SPIROS ILIOPOULOS
DAS SPIEL MIT DEN WEHRLOSEN

SPIROS ILIOPOULOS

DAS SPIEL
MIT DEN
WEHRLOSEN

VERLAG JOSEF KNECHT · FRANKFURT AM MAIN

CIP-Kurztitelaufnahme der Deutschen Bibliothek

Iliopoulos, Spiros:
Das Spiel mit den Wehrlosen: Roman. – 1. Aufl. – Frankfurt am Main: Knecht,
1978.
ISBN 3-7820-0409-4

ISBN 3-7820-0409-4

1. Auflage 1978. Alle Rechte vorbehalten. Printed in Germany. © 1978
by Verlag Josef Knecht – Carolusdruckerei GmbH., Frankfurt am Main
Gesamtherstellung: Wiesbadener Graphische Betriebe GmbH, Wiesbaden

INHALT

ERSTER TEIL

KAPITEL 1

DER GÄRTNER

Noch jetzt, knapp zehn Kilometer vom Ziel entfernt, konnte ich es nicht fassen, daß ausgerechnet ich als erster Journalist die Erlaubnis bekommen hatte, jenes von der Außenwelt isolierte Gebiet zu besuchen.

Zu besuchen und sogar darüber zu berichten. Die Reise war bisher angenehm und schnell. Ich hatte den nächtlichen Raketentrain benutzt, und da ich anschließend von einem Fahrer der Gesellschaft chauffiert werden würde, hatte ich für die über tausend Kilometer lange Reise wenig vorzubereiten gehabt. Ein Koffer mit meinen persönlichen Sachen hatte ausgereicht, und auch ihn hatte ich nicht allein gepackt. Rosalin, meine Frau, nahm mir diese Angelegenheit ab, nicht weil ich so faul, sondern weil ich so vergeßlich bin – wie sie sagt.

Mit diesen Gedanken glitt ich gestern abend beim leichten Vibrieren des Trains in einen traumlosen Schlaf.

Jetzt, in den bequemen Polstern des lautlos dahingleitenden Elektromobils, bot sich mir durch die breiten Fenster ein Bild von faszinierender Schönheit. Für mich, einen Bewohner der Städtezonen, war es schwer zu glauben, daß es noch Wälder gab, Tannen, Lärchen, Kiefern, Eichen und Buchen. In kleinen Lichtungen lagen harmonisch eingebettet putzige Bauernhöfe mit Obstbäumen und Haustieren, wie in alten Bilderbüchern. Die Luft war warm und doch frisch, kein Vergleich mit der in den Städten, gleichgültig, welche Duftkombination ich dem Hauscomputer abgefordert hätte.

Glücklich und entspannt versuchte ich mit dem Fahrer zum wiederholten Male ins Gespräch zu kommen:

»Sie leben in einer herrlichen Landschaft!«

»Ja, Herr!« sagte er, genauso respektvoll und höflich, wie er mich am Bahnhof der Bezirkshauptstadt begrüßt hatte.

»Sind Sie aus der Gegend?« wollte ich wissen, und er antwortete:

»Nein, Herr!«, ohne eine Erklärung dazu zu geben.

Ich wechselte das Thema:

»Seit über fünf Kilometern haben wir keinen Wagen mehr gesehen. Ist das immer so?«

»Ja, Herr!« antwortete der Ja-Nein-Mensch.

»Ist es vielleicht ein Sperrbezirk?« bohrte ich geduldig weiter.

»Ja, Herr!«

»Das hätte ich mir denken können!« lächelte ich ihn durch den Rückspiegel an. Aber er erwiderte meinen Blick nicht und antwortete auch nichts. Nun ja, dachte ich, dann eben nicht. Es ist schwer, mit Leuten ins Gespräch zu kommen, die aus Prinzip oder von Natur aus wortkarg sind.

Daß es sich um einen Sperrbezirk handelte, entsprach wohl den üblichen staatlichen Vorsichtsmaßnahmen. Schon der Name der Gesellschaft, deren Einladung ich folgte, hätte es mir verraten können: Gesellschaft für Forschung – Technik – Genetik – SB. Dazu kam, daß ich durch eines der bevölkerungsärmsten Gebiete des Landes fuhr. Das Territorium der

Gesellschaft umfaßte über tausend Quadratkilometer einer Hochfläche, sechshundert Meter über dem Meeresspiegel. Das waren ideale Voraussetzungen für die Arbeit jener Gesellschaft, die sich hinter dem nichtssagenden Namen verbarg.

So gesehen waren meine Fragen an den Fahrer mehr einem Bedürfnis nach einem Gespräch als der Hoffnung auf Informationen entsprungen.

Dabei hätte ich Fragen genug gehabt: Was würde ich dort zu sehen bekommen? Welche Menschen würde ich kennen lernen? Wieso sprach die Einladung von zwei Monaten Aufenthalt? Warum wurde ausgerechnet ich, ein junger Journalist an einer relativ kleinen Provinzzeitung, für eine so bedeutungsvolle Sache ausgewählt?

Unvermittelt tauchte, nach einer großen Straßenschleife, eine Art Torgebäude auf, ein Schlagbaum sperrte die Durchfahrt, links und rechts davon verlor sich, bewehrt mit einem hohen, doppelten Stacheldrahtzaun, eine große Schneise kreisförmig in den Wäldern. Der Fahrer hielt vor dem Schlagbaum und stieg wortlos aus. Ein Uniformierter, der uns am Schlagbaum erwartet hatte, kam dem Fahrer zwei bis drei Schritte entgegen. Einige kurze Sätze, die ich nicht hören konnte, wurden gewechselt. Dann kam der Fahrer zurück. »Mein Herr, ich muß Sie bitten, hier auszusteigen.«

»Ist das das Haus?« fragte ich.

»Nein, Herr, ein Kollege wird Sie nun übernehmen.«

Ich stieg aus, und der Uniformierte sagte: »Darf ich Ihre Einladung sehen?«

Ich gab ihm die Einladung. Er kontrollierte das eingeklebte Paßfoto, das auch zu den Merkwürdigkeiten dieser Reise gehörte. Wer hatte diese gestochen scharfe Aufnahme geliefert, auf der ich ein Hemd trug, das ich erst vor zwei Monaten gekauft hatte?

Einladung und Bild wurden akzeptiert, wir betraten das Innere des Torkomplexes und durchquerten einen schattenlos ausgeleuchteten, gut belüfteten Gang. Kein Mensch war zu sehen, nur leichte Geräusche hinter zwei oder drei Türen waren zu vernehmen. Am Ende des Ganges öffnete sich eine Tür, wir waren wieder auf unserer Straße. Ich sah ihren Verlauf gegen Süden, flimmernd unter der sommerlichen Sonne. Nach etwa fünfhundert Metern bog sie nach Westen ab und verlor sich in den riesigen Wäldern.

Wir standen nun auf einem kleinen Parkplatz. Dort erwartete uns unser nächstes Fahrzeug, letzter Schrei der Automobiltechnik, eine Kombination aus Sonnen- und Energieantrieb, nur den Obersten Staatsträgern vorbehalten. Mein uniformierter Führer entpuppte sich als mein zweiter Fahrer.

»Es wird nicht lange dauern, Herr«, sagte er, »nach ungefähr fünf Kilometern werden wir den Verwaltungstrakt erreicht haben.«

Im übrigen erwies sich mein neuer Begleiter als ebenso mundfaul oder diszipliniert – je nachdem, wie man es nimmt – wie sein Vorgänger. Mehr als Ja oder Nein, Herr war ihm nicht zu entlocken. So genoß ich wieder die lautlose Fahrt durch die sommerlichen Wälder.

Ich hing meinen Gedanken nach. Was würde Rosalin, meine Frau, jetzt tun? Sie hatte vermutlich den Nachmittag bei ihren Freundinnen verbracht. Dann hatte sie unsere Kinder – meinen Sohn und ihre Tochter, wie wir unsere vierzehn- und dreizehnjährigen Kinder nannten – von der Sprachenschule abgeholt. Zusammen kontrollierten sie die Schulaufgaben am Hauscomputer. Anschließend gab es im Staatsfernsehen die ersten Nachrichten. Was werden die Drei dann machen? Werden sie vor dem Abendessen vom Papa – so nennt mich meine Tochter – sprechen oder von Jan – wie meine Frau zu mir sagt? Aber wenn ich meinen Sohn richtig einschätze, dann wird er schon bei der Nachrichtensendung ausrufen: »Na hört mal, nichts Neues von Jani?« Nicht einmal das Namenslexikon wußte, woher der Bursche diese Koseform hat.

Meine Frau behauptet, er hätte mich so gerufen, als er mit dem Sprechen anfing: »Jan-ii! Jan-ii!«

Ich weiß natürlich nicht mehr, ob es tatsächlich so gewesen ist; ich neige aber dazu es zu glauben, weil mein Sohn jene Endung ›ii‹ auch für andere Begriffe gebrauchte, bevor man ihm diesen Sprachfehler in der Schule korrigierte. Mich aber ruft er weiterhin so: »Jani!«

Plötzlich tauchte in einer nach Osten und Westen offenen Mulde, eingebettet zwischen zwei Hügeln, der Verwaltungskomplex auf. Es war eine größere Anzahl flacher Betonbauten, die trotz aller Nüchternheit ihres Stiles in vollendeter Harmonie einander zugeordnet waren, inmitten einer idyllischen Landschaft, deren Schöpfer ein mindestens ebenso großer Künstler war wie der Architekt der Verwaltungsgebäude.

Die Straße schlängelte sich an einem rauschenden Bach entlang, Platanen und Ahorne säumten seine Ufer. Dicht am Eingangsgebäude war ein kleiner Palmengarten, daneben blühende Hibiskusbäumchen, Jasminhecken und wunderbare Rosenbeete, eingesäumt von silbrigen Kieswegen. (Nur wer solange wie ich in Stadtregionen leben mußte, kann mein Entzükken verstehen!) Nach der langen Fahrt durch die stillen, eher abweisenden Wälder war der Überraschungseffekt besonders groß – und vorausberechnet, wie alles, was ich hier erleben sollte. Aber das wußte ich damals natürlich nicht. Ja, ich hatte schon davon gehört, daß es den Klimatologen und Agrarökonomen gelungen war, solche Wunder möglich zu machen. Aber diese Experimente hatten unter unseren gesellschaftlichen Verhältnissen ihre Bedeutung verloren. Nun sah ich, daß unsere Elite abseits vom Getümmel der Stadtstädte Lebensformen vergangener Jahrhunderte erhalten, ja verfeinert hatte.

Ich wurde einer blonden jungen Dame übergeben, auch sie schweigsam, aber wenigstens freundlich lächelnd. »Herr Jan?«

»Jawohl«, sagte ich.

Sie führte mich durch lange Gänge mit orangefarbenen Teppichen, die Wände hell, zwischen Weiß und leichtem Orange, über leise flüsternde Rolltreppen in neue Gänge, deren Teppiche immer leuchtender wurden, je höher es ging. An vielen, gleichaussehenden Türen vorbei, hinter denen, der Stille nach, kaum Leben sein konnte. Das Innere des Gebäudes war von nicht geringerer Harmonie als seine Außenseite, und auch der Anblick der mir voranschreitenden Dame war äußerst erfreulich. Genau an diesem Punkt meiner ästhetischen Überlegungen hielt sie vor einer Türe. »Wir sind da, Sie werden erwartet.«

Nie im Leben hatte ich ein derartiges Zimmer gesehen. Den Boden des großen hellen Raumes bedeckte ein dichter orangefarbener Teppich – Orange schien eine Lieblingsfarbe dieser Behörde zu sein –, helle, leicht getönte Wände, leichte und bequem aussehende Sessel. Und Pflanzen! Keine wahllose Anhäufung, kein Dickicht und kein Urwald. Nein! Mit Sorgfalt gewählte Hydropflanzen in weißen Töpfen und Behältern

14

bildeten eine Symphonie in Grün – mit allen Schattierungen. Riesige Farnblätter an den Südwestfenstern standen gegen das Licht des Spätnachmittags wie abstrakte Graphiken, hellgrüne Farne leuchteten in den dunkleren Partien des Raumes. Dieffenbachien mit ihren gelben, braunen bis roten Blattmaserungen steigerten sich gegenseitig in einen dezenten Rausch gebrochener Farbtöne. Keine Blüte in den Töpfen und Gefäßen durchbrach den Gleichklang der Harmonie. Um so stärker kontrastierten große Vasen mit Rosen aller Schattierungen vom blendenden Weiß bis zum dunkelsamtenen Rot. Und seltsamerweise erschienen die Rosen in ihrem Farbenspiel – die abgeschnittenen Blüten, die sicher täglich erneuert werden mußten – viel lebendiger als das beherrschende Grün des Raumes.

Ergänzend zu den Pflanzen und Blumen hingen an den Wänden wunderschöne Tierstiche, nicht weniger gekonnt ausgewählt als alles andere in diesem Zimmer.

Seltsam, nun erst nahm ich den weißhaarigen Mann hinter seinem Schreibtisch wahr, der mich lächelnd betrachtete. Bis heute verstehe ich nicht, wenn ich all diese Ereignisse bedenke, wie er es fertig brachte, immer erst dann zu ‹erscheinen›, wenn er es wollte, obwohl er meistens anwesend war.

»Ich bin ...« sagte ich etwas verwirrt.

»Jan, nicht wahr? Ich weiß, ich weiß ...«

Nie in meinem Leben ging jemand herzlicher und spontaner auf mich zu, nie war ich jemandem auf Anhieb mehr zugetan. Dieser Mann strahlte Würde und Herzlichkeit, Autorität und Kameradschaftlichkeit aus, wie ich es noch nie erlebt hatte.

»Der Raum ...« sagte ich.

»Erstaunlich, nicht wahr, und phantastisch, ich

weiß.« Seine Art, väterlich zu reden, war keine Spur arrogant, sie war einfach seine Art zu sein.

»Ich habe nie etwas Ähnliches gesehen.«

Er lächelte wieder. »Danke schön.«

»Ich meine ...« ich suchte nach einem passenden Wort. –

»Ich weiß, es ist nicht Ihre Art, höfliche Komplimente zu machen. Eben deshalb freut mich Ihr Vergnügen an meinem Zimmer. Setzen Sie sich doch bitte!«

Er fuhr fort. »Haben Sie eine angenehme Reise gehabt?«

»Ja, es war eine wunderschöne Fahrt in den Sommer.«

»Natürlich, und besonders wenn man jung ist.« Er setzte sich etwas bequemer in seinem Sessel zurecht. »Für heute sollten wir uns nichts Besonderes mehr vornehmen, sondern nur noch ein bißchen plaudern. Wir haben ja noch viel Zeit vor uns. Wünschen Sie Kaffee oder Tee?«

»Tee, bitte, das Anregende des Tees liegt mir eher, Herr ...«

»Nennen Sie mich Dimitri, Herr Jan.«

»Dimitri?«

»Ein nicht üblicher Name, ich weiß. Aus dem Griechischen. Die alte Göttin Demeter, Herrin der Erde, der Pflanzen, der Erneuerung und der Wiedergeburt. Aber nun zu Ihren Fragen.«

Ich betrachtete ihn direkt und neugierig. Er hielt meinem Blick stand, aber danach wußte ich genausowenig. Nicht einmal, ob er groß oder klein war. Er war bei der Vorstellung nicht aufgestanden, und der tiefe Sessel ließ nur Schultern und Kopf sehen. Ich sagte: »Wieso ausgerechnet ich? Wie kamen Sie auf mich?«

»Ja, ich weiß. Ihre Zeitung ist nicht besonders

16

bedeutend, solche Blätter gibt es mehrere in unserm Lande. Ich meine das keineswegs geringschätzig. Aber ich muß Ihre Fragestellung korrigieren. Nicht ich bin auf Sie gekommen. Ausgewählt unter Tausenden von qualifizierten Journalisten hat Sie das Elektronengehirn der großen SBEG-Anlage der Hauptstadt.«

»Verstehe ich Sie richtig, daß ein Computer über meine Person befragt wurde?« erwiderte ich und versuchte, mir meine Überraschung nicht anmerken zu lassen. Schließlich lebt ein guter Journalist von solchen Stories.

»Exakt. Ein Computer hat Sie ausgewählt.«

»Und was waren die Kriterien für diese Wahl?«

»Ausgezeichnete Frage, lieber Jan, ich fragte mich, ob Sie sie stellen würden. Nun: Staatsbewußtsein und Staatstreue waren die ersten Punkte. Sie sollten ein aktiver Bürger unseres Staates sein, und das sind Sie. Dazu sollte der Glaube an die schöpferische Macht des menschlichen Geistes kommen, der Glaube an seine Fähigkeiten, sich und seine Umwelt zu beherrschen und zu verändern. Gleichzeitig aber Nüchternheit und Unerschrockenheit gegenüber dem Neuen und Unge-·wöhnlichen, konservativ, liberal und revolutionär in einem. Ehrlich, offen, direkt. Verheiratet, Vater, Journalist. Gesund und intelligent. Und das alles waren Sie.«

Dimitri zählte alles das so unbefangen auf, als spräche er über einen Nichtanwesenden.

Ich nickte: »Und warum?«

Er blickte mich nachdenklich an. »Weil wir Sie brauchen. Sie sollen über uns berichten.«

»Über die Gesellschaft?«

»Richtig, über sie. Was sie betreibt, wozu und wofür.«

»Können Sie mir eben dieses Was, Wozu und Wofür kurz erklären?«

Dimitri schüttelte den Kopf. »Das werden Sie selbst erarbeiten müssen, mein Freund. Man sagte mir, genau das sei Ihre Stärke, genauer gesagt, der Computer behauptete es.«

»Und Sie glauben an meine Fähigkeiten?«

»Selbstverständlich. Ich bin Mediziner und Technokrat zugleich. Mein tägliches Brot sind Computeranalysen, und ich liebe sie.«

Ich fragte weiter: »Ich soll zwei Monate Ihr Gast sein. Warum solange?«

Bevor er antwortete, drückte er rechts auf die Schreibtischplatte. Auf der gegenüberliegenden Wand erschien ein transparentes helles Quadrat, ein zweiter Knopfdruck und eine gestochen scharfe, farbige Luftaufnahme füllte das Quadrat.

»Sie sehen das Sperrgebiet der Gesellschaft, aus vierzig Kilometer Höhe aufgenommen. Sie erkennen die Bergmassive, die die etwa 1000 Quadratkilometer waldige Hochfläche eingrenzen. Die orange markierten Punkte sind die einzelnen Abteilungen der Gesellschaft. Sie sind in einem etwa 25 mal 55 Kilometer umfassenden Rechteck, also nicht allzu weit voneinander, angelegt, aber soweit wie möglich unabhängig und selbständig: Labors, Forschungsinstitute, Reaktoren, Verwaltungsgebäude, Wohngebiete, Versorgungsanlagen, Hospitäler, Lehranstalten. Die Gesellschaft ist fast autark, lieber Jan. Sie werden die zwei Monate über hart arbeiten müssen, um zusammen mit mir alles zu sehen, zu erfahren und – ihre wichtigste Aufgabe – alles zu verstehen. Verstehen! Darin ist die eigentliche Bedeutung Ihres Auftrages zu sehen. Präzisieren kann ich ihn erst, wenn Sie – natürlich nach weiteren Fragen

18

– grundsätzlich zu Ihrem Auftrag Ja gesagt haben.«

Unser Gespräch wurde durch eine junge Dame unterbrochen, die den bestellten Tee brachte. Er duftete herrlich und schmeckte auch so.

»Langsam beginne ich zu verstehen«, sagte ich, »Sie haben einen exakten Plan ausgearbeitet, nach dem ich in zwei Monaten imstande sein werde, über Ihre Gesellschaft in meiner Zeitung zu berichten. Ist das richtig?«

»Sie werden Ihren Bericht danach schreiben. Aber nicht in Ihrer Zeitung.«

Ich sah ihn fragend an.

Dimitri lächelte. »Langsam, langsam. Ich werde alle Ihre Fragen beantworten, und Sie werden nichts tun müssen, was Sie nicht wollen. Umgekehrt bitten wir Sie, ohne unser Einverständnis keine Eigeninitiativen zu entwickeln. Sie werden gleich sehen, warum. Nun ... was wissen Sie von unserer Gesellschaft?«

»Eigentlich nichts.«

»Die Gesellschaft ist eine SB, eine Staatsbehörde, und steht unter strengster Geheimhaltung. Sie wissen, daß solche Anlagen in unserer Verfassung vorgesehen sind, wir sind nicht die einzige ihrer Art. Wir existieren als selbständige Anstalt seit über dreißig Jahren. Davor hat es eine Reihe von kleineren, den Universitäten angeschlossenen Instituten gegeben, die Teilaufgaben erfüllten und die Voraussetzungen für die Gründung unserer Gesellschaft schufen. Ich bin jetzt fast siebzig Jahre alt und arbeite genau neunundvierzig Jahre in dem wissenschaftlichen Bereich, der die heutige Gesellschaft ermöglichte. Als einundzwanzigjähriger Student fing ich an ...« – er machte eine kurze Pause, als ob er die vielen Jahre bedenken wollte. Dann nahm er unser Gespräch an einer anderen Stelle wieder auf.

19

»Sie sahen mich vorher erstaunt an, als ich sagte, Sie werden nicht für Ihre Zeitung schreiben. Nun, wir glauben, das, was Sie hier sehen werden, ist so wichtig für das Wohl unseres Landes, ja, der ganzen Welt, daß darüber nur in wirklich bedeutenden Nachrichtenorganen des Landes berichtet werden soll, in den auflagenstärksten Zeitungen, Zeitschriften und Illustrierten ebenso wie in Funk und Fernsehen. Das ist der Auftrag des Staates – und unserer Gesellschaft. Zeigen Sie die Arbeit der Gesellschaft für Forschung, Technik und Genetik und ihre überragende Bedeutung für unsere Welt, schildern Sie die Leistung der wissenschaftlichen Elite unseres Volkes und ihre Verdienste um das Wohl der Menschen. Für diese Aufgabe erhalten Sie jede gewünschte Unterstützung. Sie sind frei, Stil und Art Ihres Berichtes selbst zu wählen. Denken Sie bitte daran: Fünftausend Wissenschaftler und ihre hingebungsvolle Arbeit durch Jahrzehnte werden durch Ihre Stimme, Ihre Feder erstmals der Öffentlichkeit dargestellt.«

»Das klingt faszinierend, Dr. Dimitri.«

»Wenn Sie erst alles gesehen haben, werden Sie finden, daß das Wort ›faszinierend‹ schwach ist gegenüber der Wirklichkeit unserer Arbeit.«

»Und meine Zeitung?«

»Sie wird von den entsprechenden Stellen rechtzeitig informiert. Wir kennen den Herausgeber sehr gut.«

»Wie frei bin ich innerhalb des Sperrgebietes?«

»Sie genießen die gleiche Freiheit wie ich. Aber das Werk ist so groß, der ›Lernstoff‹ für einen Laien so riesig, die Labors, Institute und Bibliotheken so zahl- und umfangreich, daß Sie ohne einen fachkundigen Führer niemals zu einem Überblick kommen würden. So werde ich Ihr Führer, Ihr Mento sein.

Unser Elektronengehirn hat unter den Gesichtspunkten eines informativen Berichtes Schwerpunkte ausgewählt, die erstens für die Sache selbst und ihren Erfolg erwünscht sind, zweitens Ihr naturwissenschaftliches Verständnis – das für einen Laien sehr groß ist – nicht überfordern, drittens für die Öffentlichkeit geeignet sind und viertens der führenden Rolle unseres Staates in diesem Bereich gerecht werden. Bitte, verstehen Sie mich da richtig. Darf ich Ihnen an einem Beispiel unsere Arbeitsweise, unsere Zusammenarbeit demonstrieren: Sehen Sie diesen Farn am Fenster mit den riesigen Blättern? Er ist eine meiner Züchtungen. Ich bin nämlich ein leidenschaftlicher Gärtner. Es ist sinnlos, Ihnen jetzt erklären zu wollen, auf welchem wissenschaftlichem Wege ich diese Züchtung erreichte. Es dürfte Ihnen genügen zu wissen, daß zwanzig Jahre Arbeit darin stecken und über tausend Kreuzungen. Wenn Sie es wünschen, kann ich Ihnen Namen und Formen der Zwischenzüchtungen genau angeben. Aber mehr werden Sie nicht verstehen, nicht wahr?«

»Sie haben recht. Ich verstehe, was Sie meinen. So wären im Augenblick meine ersten Fragen beantwortet. Wie geht es nun weiter?«

»Sie müssen sich jetzt entscheiden. Lehnen Sie den Auftrag ab, und das ist ganz in Ihr Ermessen gestellt, nehmen Sie nur die Erinnerung an eine schöne Autofahrt und an mein Büro mit nach Hause.«

Ich wüßte keinen unter meinen Kollegen, der einen so großartigen Auftrag abgelehnt hätte, aber ich kannte einige, die mindestens so gut wie ich dafür geeignet gewesen wären. So sagte ich: »Es wäre schade, so schnell wieder heimzufahren, nicht wahr?«

Dr. Dimitri lächelte breit: »Eine nett verpackte

Zusage – und ich nehme sie an. Gut, für Ihren Bericht haben Sie also – nach zwei Monaten Erstinformationen – fünf Jahre Zeit.«

Ich dachte, ich höre nicht richtig.

»Fünf Jahre?«

»Natürlich, wenn Sie erst die zwei Monate hinter sich haben, werden Sie sehen, daß das gar nicht so viel Zeit ist. Sehen Sie, es dauerte mehrere Jahrzehnte, bis das Auto aus einer Neuheit für ein paar Snobs ein Gebrauchsgegenstand wurde, der die Lebensgewohnheiten der Menschheit veränderte. Das Neue braucht Zeit, um sich durchzusetzen. Nun ist unser Problem, unsere ›Erfindung‹ wenn Sie so wollen, soviel neuartiger, bewegender und gleichzeitig umstürzlerischer, daß wir zufrieden sind, wenn wir in fünf Jahren in der Welt eine Öffnung für unsere Gedanken erreicht haben.«

»Bleibt es mir überlassen, wie dieser Prozeß der Öffnung für die Gesellschaft verläuft?«

»Ja und Nein. Natürlich werden wir Ihnen keine Hindernisse in den Weg stellen. Aber für uns ist diese Sache zu wichtig, als daß wir nicht zu einem Konsens in der Berichterstattung kommen müssen.«

»Ich verstehe«, sagte ich, und es schien nicht allzu optimistisch geklungen zu haben.

»Schauen Sie«, antwortete Dr. Dimitri, »in Grundsatzfragen haben Sie sich ja auch mit Ihrem Chefredakteur abgestimmt, ohne gleich das Gefühl einer Zensur gehabt zu haben. Auch wir wollen keine Zensur. Aber für uns ist Ihre Arbeit sozusagen der letzte Handgriff an unserer Arbeit, und ich bin der Letztverantwortliche.«

»Das verstehe ich sehr wohl.«

»Ich freue mich wirklich darüber. Wir sind uns also einig. Ihre Aufgabe besteht in den nächsten fünf Jahren darin, das Werk der Gesellschaft darzustellen, seinen weltbewegenden Sinn aufzuzeigen mit seinen ungeheuren Möglichkeiten für die Zukunft der Menschheit.«

»Darf ich es auf einen primitiven Nenner bringen? Sie meinen Reklame, nicht wahr?«

»Natürlich! Sie wissen sicher besser als ich, welche Bedeutung Reklame, Werbung in unserer hochindustrialisierten Gesellschaft hat. Es ist wissenschaftlich nachgewiesen, daß heute Leben und Fortschritt ohne Reklame nicht mehr möglich ist. Die Menschen sind mißtrauisch jedem Ding, jedem Produkt gegenüber, das ihnen ohne Reklame, das heißt ohne Vorwarnung, ohne vorbereitende Information – und das verstehe ich unter Reklame – angeboten wird.

Ich darf Ihnen dazu eine kleine Geschichte erzählen. Ein Kollege von mir – es ist schon etwa zwanzig Jahre her – hatte im Rahmen eines Forschungsauftrages einen Test gestartet. Er stellte auf einer viel begangenen Straße mehrere Kisten Tomaten zum Verkauf auf. Auf einem Plakat stand lakonisch: 1 Kilo Tomaten 20 Pfennig. Nach zwei Tagen hatte er noch keine einzige Tomate verkauft, obwohl der Preis ungewöhnlich niedrig war. Am dritten Tag stellte er die gleichen Kisten an derselben Straßenecke auf. Nur hatte er über der Ware ein großes Plakat. Ein herrlicher Königspinguin aß in einer bizarren Eislandschaft genüßlich knallrote Tomaten. In einer Wortblase stand: ›Pinguin Arabell ißt sooo gerne Tomaten. Davon bekommt er sein schönes Polarkleidchen!! Ein Kilo für eine Mark.‹

Er sah mich verschmitzt an. Ich nickte lächelnd, und er fuhr fort: »Genau, mein Freund! Alle Tomaten wurden verkauft. Ein Königspinguin hatte sie empfohlen. Und jedermann kaufte sie, obwohl sie teurer waren und obwohl niemand ein Polarkleidchen trug!«

Er lachte ausgelassen und sah nun wie ein glückliches Kind aus. Ich muß sagen, er gefiel mir immer besser.

»Sehen Sie«, fuhr er weiter fort, »Reklame ist ein notwendiger Bestandteil unseres Lebens geworden. Es ist absurd, sie wegdenken zu wollen. Ihr Bericht ist oder wird Reklame für unsere Gesellschaft sein. Sie haben alle nötigen Vollmachten, abgezeichnet vom Magister, vom Präsidenten unseres Staates. Entsprechend wird auch Ihr Honorar sein. Ich glaube, wir brauchen darüber kein Wort zu verlieren.«

Ich lehnte mich in meinem Sessel zurück. Erst jetzt wurde mir wirklich klar, welche Chancen mir mit diesem Auftrag geboten wurden. Es war albern, aber in meiner aufquellenden Freude wünschte ich mir in dieser Minute den Computer kennenzulernen, der mich unter Tausenden von Kollegen herausgesucht hatte.

»Ich muß mich bei Ihnen herzlich bedanken, Dr. Dimitri.«

»Tja«, sagte er kichernd, »und beim Computer natürlich auch.«

»An den habe ich eigentlich auch zuerst gedacht«, entgegnete ich.

Dr. Dimitri wurde sachlich. »Sie nehmen also den Auftrag an?«

»Jawohl«, antwortete ich förmlich, »ich nehme den Auftrag an.«

»Ausgezeichnet. Sie können sich jetzt ausruhen. Sagen Sie immer, was Sie sich wünschen. In Ihrer Wohnung werden Sie alles so vorfinden, wie es bei Ihnen zu Hause ist: Ihre Zahnpastamarke, Ihre Wäsche und Ihr Bett, die gleichen Tapeten und die gleichen Gardinen, die Ihre Frau vor sechs Monaten eingekauft hat. Ihre Hausschuhe. Ja, praktisch alles, außer Ihrer Familie und ...«

Ich unterbrach ihn: »Woher wußten Sie, daß ich den Auftrag annehmen würde?«

»Der Computer, lieber Jan!«

»Das ist nicht möglich. Soviel verstehe ich auch von diesen Teufelsdingern, daß ich weiß: Sie sind keine Hellseher!«

»Natürlich nicht. Aber wir haben soviele Details eingefüttert, daß er sagen konnte: Mit 98,19% Wahrscheinlichkeit nimmt er den Auftrag an.«

»Das ist sehr viel.«

»Überdurchschnittlich, würde ich sagen, und so habe ich mir erlaubt, Ihnen hier Ihre eigene Wohnung einzurichten.«

»Sie denken an alles.«

»Das muß ich, wenn ich hier sein und weiter bleiben will. Mittelmaß ist nicht mehr sehr gefragt, mein Freund.« Einen Augenblick schien es so, als klänge ein neuer Ton in seiner Stimme durch. Er fuhr fort: »Ein Letztes. Vorderhand absolute Geheimhaltung, auch Ihrer Familie gegenüber. Das verstehen Sie wohl?«

»Selbstverständlich.«

»Gut. Dann wünsche ich Ihnen gute Erholung.«

»Wann fangen wir an?«

»Morgen, wenn es Ihnen recht ist?«

»Natürlich.«

»Ich hole Sie ab.«

»Gut.«

Er drückte einen Knopf auf der Signalanlage seines Schreibtisches und sagte zu einer eintretenden jungen blonden Dame: »Herr Jan möchte zu seiner Wohnung.«

Mit einem freundlichen Nicken war ich entlassen.

Wieder einmal schritt ich hinter einem sehr hübschen, sehr schweigsamen jungen Mädchen her. Aber meine Gedanken waren noch bei Dr. Dimitri. Zweifellos war er einer der wichtigsten, wenn nicht der wichtigste Mann in diesem geheimnisvollen Betrieb. Er war so beeindruckend wie sympathisch. Und trotzdem. Irgendetwas an ihm irritierte mich. Angefangen von seinem Namen, – wer hieß denn schon Dimitri? – bis zu seinem Alter. Für siebzig Jahre strahlte er eine ganz unglaubliche Vitalität aus.

Nun, ich würde Zeit genug haben, mich damit zu beschäftigen. Zwei Monate plus fünf Jahre. Vorderhand schritt ich hinter einer gut gebauten Blondine her und, wie ich hoffte, einer aufregenden Zukunft entgegen.

KAPITEL 2

DER GARTEN

1

»Sie werden gleich verstehen, lieber Jan, warum wir diese Einheit den ›Garten‹ nennen«, sagte Dr. Dimitri am nächsten Morgen nach meiner Ankunft, während wir den ersten Raum des Gebäudekomplexes Alpha betraten. Er lag etwa sieben Kilometer vom Verwaltungsgebäude entfernt in einem weiten, lichten Tannengehölz.

Wir gingen durch ein langgestrecktes Labor, in dem etwa ein Dutzend orangefarben gekleideter Menschen arbeiteten. Endlose Reihen von Reagenzgläsern standen auf Tischen und Regalen. Die Luft war wie in einem Treibhaus und roch etwas süßlich, aber keineswegs unangenehm. Die Laboranten grüßten uns freundlich, während wir durch die schmalen Gänge schlenderten. Dr. Dimitri kannte sie alle beim Namen und wechselte mit den meisten einige Worte. Schließlich gelangten wir an einen großen Tisch, an dem ein junger, glattrasierter Mann – die anderen Männer trugen seltsamerweise alle kleine Kinnbärte – vor einem Binokular arbeitete.

»Hier ist der Ausgangspunkt, lieber Jan. Mit genau denselben Arbeiten habe ich vor über vierzig Jahren angefangen. Daniel, lassen Sie bitte unseren Freund durch Ihr Mikroskop schauen. Haben Sie das Präparat?«

Ich nahm auf dem Laborstuhl Platz. Es dauerte sehr

lange, bis ich durch die zwei sehr starken Okulare etwas erkennen konnte. Daniel stellte mir schließlich die richtige Schärfe ein.

»Nun?« fragte Dimitri hinter mir, »können Sie beschreiben, was Sie sehen?«

Ich hatte zum letzten Male vor etwa zehn Jahren durch ein Mikroskop geschaut, hatte also ein Nichts an Erfahrung. »Ich will es versuchen«, antwortete ich. »Mir scheint, ich sehe einen Frosch, dessen Bauch geöffnet ist?«

»Richtig! Und weiter?«

»Nun, etwas Großes ... Eine Blase. Die Blase hängt zwischen den Schenkeln des Frosches heraus. Die ... Aber das Tier lebt ja!« rief ich, als ich plötzlich ein Zucken an den Schenkeln wahrnahm.

»Natürlich«, antwortete Dimitri. »Und weiter?«

»Rechts sehe ich ein Stück Darm.«

»Das ist der Eierstock mit dem Eileiter. Es ist ein Weibchen«, korrigierte Dimitri.

»Na ja, es sind mehrere Organe zu sehen. Ich kann sie nicht benennen.«

»Erkennen Sie sonst nichts?«

»Weiter oben sind zwei Säckchen, ich glaube die Lungen.«

»Nein. Die Leber links, so wie der Frosch liegt, und die Gallenblase rechts.«

»Ja, ich erkenne etwas Rötliches, das sind doch die Lungen, nicht wahr?«

»Genau.«

»Über der Leber und der Gallenblase noch etwas. Das Herz?«

»Richtig. Ist das alles?«

»Ich kann sonst nichts erkennen.«

»Gut. Bitte lassen Sie nun Daniel an das Gerät.«

28

Daniel hantierte kurz am Gerät und ließ mich dann wieder Platz nehmen.

»Sehen Sie nun den Frosch wieder an«, sagte Dimitri.

Ich erkannte sofort die Veränderung.

»Die Leber und die Gallenblase sind entfernt worden.«

»Und darunter?« fragte der Doktor.

»Die Lungen sind klar zu sehen.«

»Fällt Ihnen etwas auf?«

»Direkt darunter oder eher daneben sind noch zwei ähnliche Gebilde zu sehen. Nur kleiner.«

»Richtig.«

»Hat dieser Frosch vier Lungen? Ist er deswegen wichtig? Eine Züchtung?«

»Das ist er nicht, obwohl Sie es richtig sahen. Es sind zwei Lungenpaare: zwei große und zwei kleinere.«

Ich starrte Dimitri verständnislos an. Statt einer Erklärung brachte Daniel ein neues Präparat. Nun, Geduld ist eine der notwendigsten Eigenschaften eines Journalisten, und ich hatte sie.

Wieder wurde ich wie ein erstsemestriger Biologiestudent ans Mikroskop geschickt. Wieder sah ich einen Frosch mit geöffneter Brust. Alle zwei Lungenpaare waren deutlich zu erkennen.

»Ist das nicht der gleiche?« fragte ich, ohne aufzusehen.

»Das ist er nicht«, erwiderte Dimitri. Gleichzeitig hantierte Daniel zu meiner Linken. Die beiden Frösche wurden ausgetauscht.

»Betrachten Sie die beiden Lungenpaare. Wie ist die Farbe?«

»Rosarot.«

»Eine gesunde Farbe, nicht?«

Nun kam der andere Frosch noch einmal an die Reihe. Und nun sah ich den Unterschied.

»Beim zweiten Frosch ist das kleine Lungenpaar von einem schmutzigen Grau.«

»Ausgezeichnet! Wenn Sie uns nach zwei Monaten verlassen, sind Sie ein perfekter Laborant, nicht wahr, Daniel?«

Der Doktor klopfte mir lachend auf die Schulter.

»Natürlich sehen Sie noch keine Zusammenhänge, das wäre auch verwunderlich. Aber Sie bekommen Ihre Antwort sehr bald.«

Wir verabschiedeten uns von Daniel und gingen an einen Tisch, an dem ein junges blondes Mädchen ein riesiges Binokular bediente.

»So, meine Liebe«, sagte Dimitri, »nun zeigen Sie unserem Gast, was Sie da Schönes vorbereitet haben.«

Wieder nahm ich hinter einem Gerät Platz. Und wieder sah ich einen geöffneten Frosch. Diesmal fiel es mir schon leichter, mich zurechtzufinden, und bald glaubte ich gefunden zu haben, was man mir zeigen wollte. »Neben dem Herz des Tieres sehe ich noch ein kleineres. Ist das richtig?«

»Wunderbar!« rief der Doktor. »Sie haben gute Augen. Was denken Sie über die Herzen, wenn Sie die Farbe betrachten?«

»Sie scheinen gesund zu sein.«

»Jawohl. Und nun den nächsten Frosch, bitte.« Auch hier waren die beiden Herzen deutlich erkennbar. Und ebenso der Unterschied zwischen dem größeren und dem kleineren.

»Das kleinere Herz scheint mir nicht ganz in Ordnung zu sein. Ich erkenne sogar eine Entzündung.«

»Exakt! Das kleine arme Herz ... Der Frosch ist dabei, es zu töten. Das heißt, sein Organismus. Lieber

Jan, Sie sind besser, als ich gedacht habe.« Er sah mich so strahlend an, als wäre das sein Verdienst.

Während wir einem neuen Arbeitstisch zustrebten, fiel mir eine Eigenart an ihm auf. Immer wieder im Verlauf eines Gesprächs berührte er den Partner mit halb zutraulichen, halb freundschaftlichen Gebärden.

Wir befanden uns nun vor dem dritten Gerät, um die dritte Froschgeneration zu betrachten. Ein junger Mann namens Prosper hatte fast das gleiche Schaubild unter den Okularen, einen geöffneten Frosch. Langsam kam ich mir wie ein Experte für Froschbäuche vor. Diesmal war die neue Variation leicht zu entdecken.

»Der Magen ist doppelt vorhanden, nicht wahr?«

»Jawohl.«

Bevor der Doktor weiter sprechen konnte, stand ich auf. »Der nächste Frosch wird auch zwei Mägen haben, der kleinere von ihnen wird nicht richtig entwickelt sein, und der Körper des Frosches ist dabei, ihn abzustoßen. Das sind Transplantationen, Dr. Dimitri?«

»Ja, es sind Transplantationen, lieber Jan. Ich nenne sie aber lieber Überpflanzungen, Überpflanzungen von lebendem Gewebe. Die Botaniker, besser die Gärtner, nennen sie Pfropfungen! Man kann natürlich streiten, welcher Begriff der geeignetere ist. Mir gefällt der zweite besser. Und schließlich ist das ja mein ›Garten‹.«

2

Nach einem vorzüglichen Essen in der luxuriösen Kantine des Verwaltungsgebäudes saßen wir im Büro des Doktors. Er trank seinen Aromakaffee, ich meinen Tee, der mir zu jeder Tageszeit schmeckt. Nach einem längeren, nachdenklichen Schweigen, bei dem Dr. Dimitri sein Pflanzenmeer betrachtete, als sähe er es zum erstenmal, wandte er sich mir zu. Zum erstenmal, so schien es mir jedenfalls, fiel die urbane, konziliante und überströmend freundliche Art von ihm ab. Er war ernst geworden.

»Ich weiß nicht, was Sie nach dem heutigen Besuch bei Alpha vermuten. Ich bitte Sie, lassen Sie Vermutungen für die erste Zeit bei uns ganz aus dem Spiel. Versuchen Sie erst einmal das, was Sie hier sehen, zu begreifen. Was Sie nicht begreifen, sollten Sie erfragen. Denken Sie daran, daß Sie ein Berichterstatter sind. Es ist natürlich, ja es wird geradezu erwartet, daß Sie sich eine eigene Meinung bilden. Aber Ihr Eigenes, Ihre Emotionen sollten erst ins Spiel kommen, wenn Sie das notwendige Wissen besitzen, um unsere Arbeit beurteilen zu können. Ich möchte es noch härter sagen: ich hasse Halbwahrheiten, die der Ausgangspunkt von Besserwisserei sind. Ich hasse Gefühle, wenn Sie der Logik das Handwerk verderben. Ich hasse Weltanschauungen, die die beschränkte Zeit des Menschen in fruchtlosen Diskussionen vergeuden, erhabene Lehren, die in Wirklichkeit die Entwicklung des Genies auf diesem Planeten verhindern.«

Nach einer kleinen Pause setzte er, sozusagen mit halber Stimme, hinzu:

»Vielleicht klingt das alles etwas pathetisch. Aber Sie sind in einem großen Spiel eine Schlüsselfigur für unser gesamtes Institut.«

Dr. Dimitri wartete auf eine Antwort. Aber was sollte ich sagen? Ich zog es vor, ihn schweigend zu betrachten.

»Gut«, fuhr er in seinem Monolog fort. »Sie sahen heute nichts als den Anfang. Frösche, mit denen begann ich vor bald vierzig Jahren. Und warum mit Fröschen? Es gibt ja Tausende von Tierarten. Nun, der

Frosch ist ein sehr interessantes Lebewesen, tatsächlich längst mein Lieblingstier. Er hat eine einfache Gerippekonstruktion, eine bewegliche Zunge, einen großen Magen, einen kurzen Darm. Eine große, ausgezeichnet funktionierende Harnblase, die fast klares Wasser ausscheidet und zuletzt die großen, sackförmigen Lungen. Ein wohlüberlegter und zugleich nicht sehr komplizierter Bau. Gleichzeitig ist speziell der Laubfrosch – diese Art haben Sie heute unterm Mikroskop gesehen – ein unglaublich anspruchsloses Tier, das Sie erbärmlicher behandeln können als einen Sklaven im 17. oder 18. Jahrhundert. Aus diesem Grunde fiel meine Wahl auch auf ihn vor vierzig Jahren. Seine Fähigkeit, Kälte, Frost, Wärme und Trockenheit zu überstehen, ist unglaublich. Unzählige Generationen von Fröschen haben meinen Mitarbeitern und mir treu geholfen.«

Wieder machte er eine Pause, und jetzt erst fiel mir auf, daß die meisten Tierbilder Frösche darstellten. Dr. Dimitri sprach nun weiter:

»Das Alpha-Laboratorium ist der Anfang aller Dinge hier. Das ganze Gelände der Gesellschaft für Forschung, Technik und Genetik beherbergt das größte Überpflanzungslaboratorium dieses Planeten. Soviel zum Allgemeinen. Nun im Detail. Gewiß sind Transplantationen schon seit langem üblich, und die Techniken haben sich enorm verbessert. Es hat auch in früheren Jahrhunderten ernsthafte und weniger ernsthafte Versuche gegeben, Organe zu ersetzen, die aus irgend einem Grunde dem Körper die Leistung versagten. Was lag da näher, besonders im 20. Jahrhundert, als, genau wie für Autos, auch für ihre Schöpfer Ersatzteile bereitzustellen? Überpflanzungen von lebendem Gewebe sind ja nichts anderes als das Austauschen eines nicht mehr einwandfrei arbeitenden organischen Teils mit einem intakten. Die Schwierigkeit lag praktisch nur in der Beschaffung. Der Maschinenhersteller kann beliebig viele Ersatzteile mitproduzieren; so einfach ist es beim Menschen nicht. Wir entdeckten uns plötzlich irgendwann in vorgeschichtlicher Zeit. Ich kann es mir richtig vorstellen, wie irgendwann einer unserer Vorfahren den anderen zum erstenmal bewußt sagte: ›Kinder! Wir sind Menschen und alles andere um uns herum ist Baum, Löwe, Affe, Fink, Lachs, Frosch, Stein, Wolke, Regen, Feuer. Wir aber, wir sind Menschen, wir wissen es, und alles andere ist kein Mensch, und keines von ihnen weiß, was es ist.‹ – Mag sein, ich übertreibe, lieber Jan. Aber der Unterschied zwischen Ihren Erklärungen darüber und den meinen wird nicht sehr groß sein, obwohl ganze Bibliotheken über dieses Thema geschrieben wurden. Es bleibt dabei: Es gibt keine menschlichen Ersatzteile und man kann keine Fabrik für sie errichten. Die Leichenhalle war bis jetzt die einzige Beschaffungsstelle für Organüberpflanzungen. So ist es kein Wunder, daß viele Versuche von vornherein zum Scheitern verurteilt waren. Wir können uns die Details dieser unzähligen Versuche ersparen. Noch weniger habe ich zum moralischen Unterbau dieser Arbeiten zu sagen. Ich sagte es schon, ich bin Mediziner und Technokrat zugleich, sonst nichts. Ich arbeite für den Menschen, so wie er ist, und versuche, ihm zu dem zu verhelfen, was er noch werden kann. Wir wissen, daß der Mensch sterblich ist. Als Persönlichkeit. Nur, er stirbt vorzeitig. Das war mein Ausgangspunkt vor vierzig Jahren. Krankheiten, Nervosität, Ärger und Mühe, Konstitution, Vererbung, viele Faktoren sind im Spiel, die den Organismus einseitig abnützen, seine Lebensfähigkeit verkürzen. Irgendwo, für uns nicht erkennbar, beginnt der unaufhaltsame Prozeß; der, ja ich würde es so nennen, der Selbstzerstörung. Vom Herzen zu den Lungen, von da zum Magen, zu Speicheldrüse, Leber, Blase, Nerven, Venen oder auch umgekehrt, kreuz und quer im Körper. Gewiß, Sie können mit unseren Leistungen im medizinischen Bereich kontern: Vorsorge und Früherkennung, Operationen aller Art, hervorragende Ärzte, hervorragende Kliniken, hervorragende Apparaturen! ›Wo sehen Sie denn Selbstzerstörung?‹ werden Sie sagen.

Aber ich sage Ihnen, fast fünfzig Jahre lang habe ich mich mit dem Selbstzerstörungsprozeß unseres Organismus befaßt, und ich bin überzeugt, daß er angeboren ist, in unsere Urzelle eingebaut. Ich habe das zähe Ringen mit dem Zerfall eines ganzen Systems beobachtet, einen Kampf, den Generationen von Ärzten den speziellen Organkrankheiten geliefert haben. Und die Resultate dieses Ringens? Sie waren gut, und sie werden immer besser. Zeit wird gewonnen, heute ein Jahr länger für das Herz, morgen vielleicht schon fünf oder sogar zehn Jahre. Und dann kommt der Feind plötzlich von einer ganz anderen Seite. Er heißt meinetwegen Streß, nicht wahr? Und wir beginnen unseren Kampf von neuem, mit jenem alten, abgerakkerten Herzen eines Fünfzig- oder Sechzigjährigen! Und das ist nur ein Beispiel von vielen. Ja, lieber Jan, wie wollen Sie einen alten Reifen flicken, wenn er am Ende nur mehr aus Flicken besteht? Weg damit, sonst haben Sie bald statt eines fahrtüchtigen Benzinautos aus dem vorigen Jahrhundert eine Ziehharmonika, um es am Beispiel Ihres Hobbys zu zeigen.«

Auf meine offensichtliche Verwunderung, woher er das nun wieder wisse, lachte er endlich wieder einmal.

»Sie vergessen den Computer, er sagte mir doch alles über Sie, nicht wahr?«

Dr. Dimitri machte eine kurze Pause. Wieder gab es Kaffee und Tee. Es herrschte eine eigentümliche Atmosphäre im Raum. Das indirekte Sonnenlicht spiegelte sich auf den glänzenden, bizarr geformten Blättern der Hydrokulturen und füllte das Zimmer mit fremdartigen Schatten und Lichtreflexen, bis hin zum silberweißen Haar des Doktors und verwandelte ihn zu dem urväterlichen Bildnis über seinem Schreibtisch. In diesem Raum, in diesem Augenblick war Dr. Dimitri ganz in seinem Element, er war sozusagen selbst dieses Element, das sprach, dachte, argumentierte und mit Argumenten konterte. Er sprach mit der Stimme eines Ahnen aus prähistorischer Zeit, oder er sprach von mir und von sich selbst, als ob er nicht der Sprechende, sondern eben jenes – welches? – Element wäre, das so gütig war, in der Gestalt des Doktors unter uns Sterblichen zu weilen. Und so seltsam das jetzt klingt, damals ergriff mich eine Art Furcht, ein Gefühl des Zitterns, etwas Undefinierbares bewegte mich.

Dr. Dimitri hatte reglos in die sonnige Landschaft hinausgeschaut. Jetzt wandte er sich mir wieder zu.

»Ich erwähnte es, lieber Jan, wir Menschen haben bei unseren eigenen Erfindungen die Konsequenzen schon beim Herstellungsprozeß gezogen: Ein kleines, aber sehr produktives Ersatzteillager. Nun möchte ich keineswegs behaupten, wir Menschen wollten uns unsterblich sehen. Das wäre zumindest unökonomisch. Aber wir wollen gern solange leben, wie wir leben könnten. Sie werden sagen, wie stellen Sie sich das vor? Soll jeder Mensch zwei Herzen, vier Lungen, zwei Mägen – alles in doppelter Ausführung haben?

Nein, nein! Aber warum sollte jene Möglichkeit des Regenerierens für den Menschen nicht billig sein, die für jeden beliebigen Seestern recht ist? Vielleicht meinen Sie nun, ich sei dabei, einen so komplizierten Organismus wie den des Menschen mit einem relativ einfacheren, dem des Seesterns zu vergleichen! Genau das will ich tun, lieber Jan. Ein Organismus nämlich, der ein so erstaunliches Regenerationsvermögen besitzt wie der Seestern, ist meiner Meinung nach gar nicht so einfach. Und die Schöpfung hat ihm genau das miteingebaut, was uns fehlt, die Regenerierung.

Ich könnte mir vorstellen, was jener, der uns geschaffen hat, dachte: Nun, liebe Menschen, wenn ihr eines Tages die Herren der Schöpfung sein wollt, dann gebraucht euer Köpfchen, um das zu kriegen, was ihr haben wollt und von mir nicht bekommen habt. – Vieles davon haben wir erreicht. Wir haben keine Riesenzähne, aber wir können den größten Ochsen zerlegen. Wir haben keine Flügel, aber wir fliegen schneller als jeder Vogel. Es gibt genug andere Beispiele. Wir haben uns sozusagen gegen unsere Natur ergänzt, unsere Mängel ausgeglichen, und zwar mit Hilfe des perfektesten Organs, das die Natur aufweisen kann: unseres Gehirns. Vom ersten Augenblick unseres Wissens um uns bis heute sind wir ununterbrochen dabei, dieses Instrument kennenzulernen. Denn wir kennen es noch nicht. Weder alle seine Funktionen, noch alle seine Möglichkeiten. Wenn ein Beispiel erlaubt ist: Wir sind wie Kinder, die mit einer Mondfähre spielen. Von den Hunderten von Bedienungsknöpfen haben wir die des Suchscheinwerfers entdeckt und knipsen nun stolz den Scheinwerfer an und aus. Vom Sinn und den Anwendungsmöglichkeiten des Fahrzeugs haben wir überhaupt keine Ahnung. Gerade wegen unseres Gehirns brauchen wir also den Seestern nicht neidisch zu beobachten, wie er sein Regenerationsvermögen ausnützt, um ein von uns zwecks Beobachtung abgeschnittenes Bein langsam aber sicher aus der Wunde nachwachsen zu lassen. Wir müssen es ihm nicht unbedingt auf ähnliche Weise nachmachen, sondern auf unsere Art. Und wir haben es doch schon auf mancherlei Weise getan?«

Ich war von seinen Ausführungen so fasziniert, daß ich eine Zeit brauchte, um seine Frage zu beantworten. »Gewiß, Doktor. Die ... Das Heilen eines Bruches?«

»Natürlich, auch das!«

»Transplantation aus der eigenen Haut.«

»Ja.«

»Zähne ...«

»Natürlich! Alles Pfropfungen, nicht wahr, die gelungen sind. Künstliche Zähne und Prothesen aller Art sind nichts anderes als ein Regenerationsversuch wie beim Seestern. Da hat unsere Phantasie freie Bahn! Ich war früher öfters im Kriegsmuseum. Dort habe ich die schönsten Beispiele gesehen. Glieder aus allen möglichen Materialien. Nach jedem Krieg ist die Feinheit der Ersatzglieder noch besser, den echten Gliedern noch ähnlicher geworden. Ich habe Arme gesehen, die eine Art Finger hatten, welche, mit Lederriemen bewegt, zupacken konnten, und zwar durch die einfache Muskelbewegung des Schulterblattes. Es gab auch einfachere Ausführungen. Aber alle erfüllten ihre Aufgaben erstaunlich gut. Aus der Not hat unser Verstand immer gelernt, hat uns unser Gehirn immer weiter geholfen. Wir brauchen also auf den Seestern keineswegs neidisch zu sein. Wir sollten allerdings auch nicht warten, bis eine Notsituation eintritt. Früher war das natürlich so. Wir mußten erst unsere

Erfahrungen machen und unseren Weg suchen. Aber von dem Zeitpunkt an, von dem an wir erkannt haben, daß es nicht genügt, uns nicht genügt, von der Hand in den Mund zu leben, seit der Zeit der Vorratswirtschaft gibt es für uns keinen Weg zurück. Wir haben begonnen, uns zu ergänzen, zu vervollständigen, und wir sind dabei, uns zu dem zu machen, was wir um uns herum sehen: zu einem Fisch, einem Vogel, einem Löwen, ja, warum nicht auch zu einem Seestern! Wir sind aus dem Stadium der Amöbe heraus, und doch könnte die geniale Einfachheit jenes Tierchens die Krönung unserer Intelligenz werden.«

Mir schien es ein reichlich großer Sprung zu sein vom Kriegsmuseum bis zur Vorratswirtschaft und zur Amöbe. So fragte ich dagegen: »Wie meinen Sie das?«

»Das werden Sie zur gegebenen Zeit verstehen, mein Lieber. Zurück zu dem, was ich vorhin sagte. Sie wissen, daß wir heute unsere Extremitäten ziemlich ordentlich ersetzen, regenerieren. Diese Versuche sind sicher sehr interessant, aber letztlich zweitrangig. Wichtig ist eigentlich nur unser Inneres: Herz, Lunge, Leber, Magen, Nieren usw. Hier erntet der Tod Leben, das noch aktiv sein könnte, für den Einzelnen wie für die Menschheit. Hier geht Wesenhaftes verloren. Der Einstieg in dieses Problem ist zuerst einmal eine Frage des Prinzips. Kein Mensch wird aufgegeben, bevor nicht jeder Versuch unternommen worden ist, ihn am Leben zu erhalten. Unsere Methoden und unsere Geräte und unser Wissen darüber wird ständig verbessert. Es ist aber auch eine ökonomische Frage. In der freien Natur überlebt der Tüchtigste, der Schnellste oder der Schlaueste. Nicht bei uns. Hier brauchen wir uns alle, weil wir alle zusammen es sind, die das menschliche Gebäude tragen. Ein Arzt, der mit fünfzig

Jahren stirbt, weil seine Nieren versagen, ist keine Antilope, die von einem Löwen gerissen wurde. Wir, die menschliche Gesellschaft hat ihn großgezogen, studieren lassen, ihn etwas gelehrt. Und als er gerade dabei war, seine Pflicht für die menschliche Gesellschaft zu tun, prompt verlieren wir ihn. Und warum? Weil zwei zwar komplizierte, aber relativ harmlose Filteranlagen versagen. Natürlich gibt es gerade in diesem Falle schon großartige medizinisch-technische Hilfsmöglichkeiten: Medikamente, Nierenmaschinen, Nierenbanken. Sie helfen und wirken. Wenn man aber bedenkt, wie ein Arzt seinen Beruf ausüben muß, wirken sie ähnlich wie Krücken bei einem Seestern. Abgesehen davon, daß ein solches Leben ganz sicher kein besonderes Vergnügen mehr ist. Nein, mein Lieber, wir sind noch weit, weit zurück. Und gerade hier leistet die Gesellschaft für Forschung, Technik und Genetik ihren Beitrag. Von den Fröschen, die Sie heute gesehen haben, bis ...«

Er hielt inne und sah mich eindringlich an.

»Bis wohin, Dr. Dimitri?« fragte ich.

»Nun, bis zu Verpflanzungen von lebendem Gewebe.«

»Dr. Dimitri, es ist noch gar nicht lange her, da habe ich einen umfassenden Bericht gelesen über die Transplantationen des 20. Jahrhunderts und die Entwicklung bis heute. Aber über Ihre Gesellschaft habe ich nichts erfahren.«

»Ich weiß, ich weiß. Aus diesem Grund sind Sie ja hier. Sie werden hier noch genug sehen und erfahren. Was das 20. Jahrhundert betrifft, so hat es mit seinen nach unserem heutigen Wissen naiven Versuchen die Basis für unsere Arbeit geschaffen, Pionierarbeit geleistet. Aber das wissen Sie ja selbst. Hier bei uns hat eine ganz neue Ära begonnen. Aber meinen Sie nicht, wir beide hätten für heute genug geleistet? Ich bin, ehrlich gesagt, doch etwas abgespannt. Können wir unser Gespräch heute abbrechen oder haben Sie Fragen?«

»Fragen übergenug, Dr. Dimitri. Oder besser gesagt, Fragenansätze. Mir ist langsam klar, daß sich hinter Ihren Ausführungen Überraschendes und Unbekanntes verbirgt.«

»Gewiß. Denken Sie bitte aber daran, was ich Ihnen über Vermutungen sagte ...«

Ich nickte. »Mir wird langsam etwas anderes klar, Dr. Dimitri. Nämlich, welch großes Vertrauen Sie in mich setzen und welche Verantwortung ich trage: Ein so bedeutendes Werk von dreißig Jahren der Öffentlichkeit bekannt zu machen, ist eine sehr ernst zu nehmende Bürde.«

»Sogar mehr als Sie ahnen, lieber Jan. Und ich freue mich, daß Sie das schon zu diesem frühen Zeitpunkt erkennen. Wir haben noch viele Abende vor uns, und ich freue mich darauf. Sie sind ein guter Zuhörer, und Sie werden sicher ein ebenso guter Gesprächspartner sein.«

Keineswegs müde wie der Doktor, ging ich in meine Wohnung im Westtrakt.

Als die Sonne, knapp über dem Horizont, am westlichen Bergrücken, anfing die letzten Strahlen mit allen Farben des Spektrums auf die Erde zu schicken, als gleich danach Baum und Gestein mit bunter, sonniger Farbe übergossen wurden, hatte ich nur einen kurzen Blick für dieses Naturschauspiel. Denn an diesem zweiten Tage hier, der so merkwürdig wie geheimnisvoll war, begann ich dieses Tagebuch zu schreiben, dessen Ende ... Aber, es liegt alles so entsetzlich, so entsetzlich weit zurück. ...

3

Auszüge aus meinen Tagebuchnotizen. Dritter Tag.

Heute haben wir das B = Beta-Labor besucht. Forschungsaufgabe: Studium der verschiedenen Arten von Fortpflanzung. Dr. Dimitri kennt anscheinend auch hier alle Mitarbeiter. Wie überall freundliche, ja liebenswürdige Aufnahme. Modernste, mir zum Teil unbekannte Apparaturen. Es summt, tickt oder schreibt von überall her. Eine ganze Wand ist mit Computern bestückt, die Endlosstreifen ausspucken.

Der Führer dieses Tages heißt Artur. Anscheinend haben die Leute hier keine Familiennamen.

Diesmal ging's an kein Mikroskop, sondern in einen phantastisch eingerichteten Kinosaal. Artur zeigte einen mehrstündigen Farbfilm über Fortpflanzung. Er begann bei der Teilung der Einzeller (Amöben) und endete beim Pferd als Beispiel für Fortpflanzung bei den Wirbeltieren. Bemerkenswert nicht nur die technische Qualität und Farbechtheit der Aufnahmen, sondern auch, wie geschickt und einleuchtend der Film aufgebaut ist. Auch ein Laie wie ich versteht den in Wirklichkeit ungeheuer komplizierten Vorgang der Fortpflanzung. Zwischen den einzelnen Filmteilen sind längere Pausen für Fragen und Erläuterungen. Ich wiederhole hier für mich sozusagen in Stenogrammform den Filminhalt: Einfachste und älteste Methode der Fortpflanzung Mitose oder Zellteilung. Mutter- und Tochterzelle sind identisch.

Bei höher entwickelten Organismen Fortpflanzungsart Meiosis oder Reduktionsteilung. Hier handelt es sich um ein gemischtes System aus den zwei Methoden. (Artur würde vermutlich sagen: Primitiv ausgedrückt, aber im Prinzip richtig.)

Geschlechtliche Fortpflanzung, keine Teilung einer Zelle, die alle Erbanlagen besitzt, deshalb keine völlig gleichen (identischen) Nachkommen. Die männlichen und weiblichen Erbanlagen werden vermischt.

Den Sinn der Vorführungen und Erklärungen verstehe ich so: Ich sollte, ohne durch die Vielfalt aller mit der Fortpflanzung zusammenhängenden Probleme verwirrt zu werden, Folgendes begreifen.

1. Mitose oder Zellteilung gilt nur der Vermehrung der Art. Mutter und Tochter sind identisch.

2. Die Meiosis ist schon ein großer Fortschritt zur Vermehrung mit gleichzeitiger Veränderung der Eigenschaften.

3. Geschlechtliche Fortpflanzung dient Vermehrung plus unendlichen Auslesemöglichkeiten. Erzeuger und Nachkomme sind grundsätzlich verschieden. (Das Problem der eineiigen Zwillinge spielt hier praktisch keine Rolle.)

Frage: was hat das alles mit unserem eigentlichen Thema ›Verpflanzung‹ zu tun? Bei 1. ist sie unnötig, da der Einzeller sozusagen ewig lebt. Bei 2. wäre sie möglich, da die Grundstrukturen sehr ähnlich sind. Von der Sache her aber kein Anlaß. Warum Lebenszeit verlängern? Bei 3. Transplantationen im Prinzip unmöglich, da durch unendliches Ausleseprinzip keine Gleichheit mit Artgenossen besteht. Fremdgewebe ist Feindgewebe.

Eine Stelle, so ziemlich am Ende dieses Tages, habe ich wörtlich festgehalten. Dr. Dimitri sprach sie mit einer so seltsamen Betonung aus, und Artur nickte ebenso bedeutungsvoll mit dem Kopf, daß ich annahm, es müsse sich um eine Schlüsselstelle für das Problem handeln. Aber trotz mehrmaligen Lesens verstehe ich ihren Sinn immer noch nicht. »Je mehr Möglichkeiten der Art angeboten werden, zwischen mehreren Individuen zu wählen, desto höher wird sie sich entwickeln, desto mehr Auslesemöglichkeiten sind vorhanden. Eine geniale Vorrichtung, lieber Jan! Trotzdem genial!« *Ende der Aufzeichnungen.*

Zehn turbulente und schicksalsvolle Jahre sind seitdem vergangen. Aber erst heute begreife ich den Sinn des damals für mich mysteriösen Satzes.

4

»Was gegen die Überpflanzung von lebendem Gewebe spricht, ja, sich hartnäckig dagegen sträubt, mein Freund«, sagte mir Dr. Dimitri am selben Abend aus seinem bequemen Sessel heraus, »das sind wir selbst. Unser kluger und gut gegen jeden Eindringling ausgerüsteter Organismus wehrt sich. Wir sind weder Amöben noch Autos. Also weder gleich noch besitzen wir ein Ersatzteillager. Natürlich gibt es Gemeinsamkeiten. Denken Sie an die Blutgruppen. Wir können schon seit langem Blutübertragungen vornehmen. Und natürlich werden auch gleiche Merkmale eines Individuums vererbt. Aber was die Transplantationen von wichtigen Organen betrifft, da sind die Schwierigkeiten fast unüberwindbar. Wie ich schon sagte, unser Abwehrsystem bekämpft jeden Eindringling und zwar unbeeindruckt davon, ob es sich wirklich um einen Feind oder einen ›Retter‹ handelt.«

Dr. Dimitri machte eine Pause, dachte nach, sah mich ernst an und fuhr dann fort: »Ich will Sie hier keineswegs in einem Schnellkurs zum Biologen oder Genetiker trimmen, lieber Jan, um Sie dann mit diesem Wissen an die Öffentlichkeit zu schicken. Erstens ist das in zwei Monaten unmöglich. Zweitens wäre ein ›Fachbericht‹ in unserem Sinne wirkungslos. Zum dritten aber besteht die Öffentlichkeit aus sehr unterschiedlichen Gruppierungen. Da ist einmal die große Masse, dann die breite Mittelschicht und schließlich die Elite. Für jede dieser Gruppen ist jeweils ein anderes Wissen zugänglich, eine andere Darstellungsart nötig. Unter diesen Aspekten haben wir den Plan Ihres Aufenthaltes hier festgelegt. Viele unserer Kollegen würden den Kopf schütteln, wie vereinfacht wir Ihnen vieles darstellen, über unsere Methode, uns auszudrücken oder etwas zu erklären. Genauso wie ich es tue, wenn ich an Sie und Ihre Fachausdrücke denke. Aber ... Das ist nicht mein Problem. Ich hoffe, wir sind uns einig, nicht wahr?«

»Aber natürlich, Dr. Dimitri«, erwiderte ich lächelnd, »ich verstehe Ihre Argumentation. Übrigens führe ich genau in diesem Sinne ein Tagebuch.«

»Tun Sie das?«

»Natürlich.«

»Und ohne Vermutungen?«

»Doch.«

»Und die wären?«

»Bitte verstehen Sie mich richtig. Es sind keine Zweifel oder etwas ähnliches. Und natürlich habe ich in diesen drei Tagen noch nicht viel Ahnung, worüber ich berichten soll. Mein Tagebuch ist eine Art Leitseil, das mir am Ende dieses Aufenthaltes zeigen wird, wie, auf welche Weise ich zur Erkenntnis meiner Aufgabe gekommen bin.«

»Und Sie werden nicht ungeduldig über die Unterweisung, bei der Sie vorerst nicht viel fragen können?«

»Keineswegs! Sie kennen doch mein Computerbild!«

»Zu genau.«

»Meinen Sie damit meinen Hang zu allen möglichen und unmöglichen Fragen?«

»Ja, aber ich kenne auch Ihre Begabung, geduldig auf den Zeitpunkt warten zu können, wo Fragen erst sinnvoll werden. Außerdem bin ich ebenfalls von Geburt an ein neugieriger Mensch.«

War Dr. Dimitri nun in den letzten Minuten offener geworden? Immer noch konnte ich aus ihm nicht klug werden.

Aber nun sprach er schon weiter, und seine Stimme wurde von Satz zu Satz heftiger, schärfer: »Fassen wir zusammen: Erstens, es ist notwendig, heute mehr denn je, den Weg zu sicheren Transplantationen endgültig zu festigen. Zu lange schon war der Weg dorthin, astronomisch die Ausgaben und zu wertvoll jedes zu früh verlorene Leben. Zweitens, wir müssen endlich aus dem Stadium der Versuche herauskommen und mit allen überkommenen Vorurteilen brechen. Drittens, wir sollten von unseren heutigen Situationen ausgehen. Zum Beispiel davon, daß die Art unserer Fortpflanzung grundsätzlich nicht geändert werden kann. Viertens, der Bereich, in dem wir uns bewegen können, ist relativ eng, er bietet keine großen Auswahlmöglichkeiten – und er ist außergewöhnlich.«

Ich machte eine zögernde Bewegung mit der Hand.

»Nein, unterbrechen Sie mich nicht«, Dr. Dimitri schrie es fast, und was nun folgte, war wie ein Vulkanausbruch: »ich will Sie allein und auf meine Art dorthin führen, wo Sie hingeführt werden müssen, und auf dem Weg, den ich bestimme. Dies alles hier ist mein Lebenswerk. Und nicht nur mein Leben steckt darin, sondern auch die Arbeit von Tausenden von Mitarbeitern, dreißig Jahre lang, und nicht nur ihr Wissen und meines, sondern dazu das von Jahrtausenden. Sie meinen, ich ereifere mich, ich übertreibe? Oh nein, mein Lieber. Ich bin nur offen und ehrlich. Ich kenne die Menschen, und ihre Fähigkeiten, durch Vorurteile den Fortschritt abzublocken. Ich kenne die Geschichte der ideologischen Massaker, die ‹Gehirngespensterkämpfe›. Ich weiß es und habe im Gegensatz zu vielen Zeitgenossen nicht vergessen, welche Opfer es kostete, bis zu dieser Gesellschaft heute zu gelangen. Wie oft haben meine Mitarbeiter und ich uns gefragt: Wozu all der Kampf, all die Mühe, wenn wir wieder einmal gegen eine Wand von Vorurteilen anrannten, von ideologischen Eiferern um die Früchte jahrelanger Arbeit gebracht wurden. Nun, wir haben gesiegt. Aber es war ein harter Kampf, manchmal meine ich, ein zu langer Kampf, wenn ich meine weißen Haare betrachte. Und es ist nicht so sehr mein Sieg, sondern der der menschlichen Möglichkeiten, des menschlichen Gehirns.«

Endlich machte Dr. Dimitri eine Pause und lehnte sich erschöpft in seinem Sessel zurück. Ich aber saß wie erstarrt da. Ein solches Bombardement an Gedanken, Worten, Begriffen und Ideen hatte ich noch nicht erlebt. Ebensowenig einen solchen Ausbruch von Autorität und Willenskraft. Nie hätte ich das in dem kleinen, weißhaarigen Mann vermutet, der jeden zweiten Satz mit ›mein lieber Jan‹ einleitete.

Welche Intelligenz und Genialität verbarg sich in diesem weißhaarigen Kopf? Was für eine Zielstrebigkeit, Ausdauer und Härte in der Verfolgung eines Zieles, das ich bis jetzt nur in Umrissen ahnen konnte! War die Arbeit des Doktors wirklich eine solche Sensation, daß sie in unserer übersättigten Zeit den Tag überdauerte?

Wenn ich heute in meinen Tagebuchaufzeichnungen nachlese, um meine Empfindungen von damals sozusagen vor Ort zu kontrollieren: Meine Empfindungen waren damals schon unheimlich und zwiespältig. ›Ich hatte dem Traum eines Genies zugehört, und nun weiß ich nicht, ob ich selbst geträumt habe.‹ Das schrieb ich damals in mein Tagebuch.

Ich hatte aber nicht geträumt, ich saß weiterhin am Tisch des netten Doktors, der nun wieder lächelte und ... Und das weiß ich wieder ganz genau, als ob es gestern gewesen wäre: Ich bewunderte ihn wie ein Halbwüchsiger sein Idol.

»Lieber Freund«, sagte er plötzlich und holte mich in die Gegenwart zurück. »Ich glaube, ich brauche mich für meinen Ausbruch vor Ihnen weder zu entschuldigen noch zu schämen. Ich habe gesehen, daß Sie mich verstanden haben. Sie sind erstaunt über meine Verachtung für Ideologien, über meine Härte und meine Ungeduld. Ich muß für meine Arbeit und für meine Leute sicher sein, jetzt das Richtige zu tun. Und es ist lange her, das gebe ich zu, daß ich bereit war, Kompromisse zu schließen. Verstehen Sie das?«

»Gewiß, Dr. Dimitri«, entgegnete ich, tief angerührt von dem Gewissenskampf dieses alten, feurigen Mannes, obwohl ich dessen eigentliche Ursache immer noch nicht erkennen konnte. »Nur, es ist sehr schwierig für mich, nur Bruchstücke zu verstehen, da Sie mir vieles noch verschweigen, und Vermutungen abweisen, obwohl mir eigentlich im Augenblick nicht viel mehr als Vermutungen übrigbleiben.«

»Ich weiß, ich weiß, aber ich habe ein Gefühl der Unruhe. Ich habe mehr als das, ich habe Angst. Einerseits muß ich Sie mit dem Werk der Gesellschaft bekannt machen, langsam und gründlich. Aber ich spüre, wie mir die Zeit davonläuft. Und mit ihr auch Sie. So bleibt mir keine Möglichkeit der Rechtfertigung Ihnen gegenüber. Arbeite ich aber zu schnell mit Ihnen, könnte es gut sein, daß mir Ihre Gedanken und die Schlußfolgerungen entgleiten. Das Ergebnis wäre für uns alle hier gleich katastrophal. Wo liegt die goldene Mitte, auf der wir uns treffen können? Sehen Sie, das ist mein Problem. Ich benenne es so offen und ehrlich, daß ich schon beinahe über mich selbst entsetzt bin.«

»Dr. Dimitri, ich verstehe Sie langsam, wenigstens in diesem Punkt.« Ich sprach nun auch mit mehr Gewicht, als das bisher geschehen war. »Sie haben Angst, ob ich Ihr Vertrauen enttäuschen könnte. Obwohl Sie sich immer wieder als Technokrat bezeichnet haben, würden Sie lieber den Menschen Jan besser kennen wollen als seine Computerergebnisse. Das ehrt mich, und ich versichere Ihnen ...«

Dr. Dimitri unterbrach mich freundlich: »Ich weiß, ich weiß. Und doch wird der alte Zweifler erst mit mir sterben können. Leider. – Aber wir wollen in unserm Gespräch fortfahren, damit Sie nachher in aller Ruhe Ihre Fragen stellen können. Wir sprachen eben davon, daß bei den Überpflanzungen die Abwehrreaktionen des Empfängers fast unüberwindliche Probleme schaffen. Wir sind zwar sehr viel weitergekommen mit der Eindämmung dieser Gegenwirkung des Körpers, wir haben neue Medikamente, Organbanken und Computerverfahren, die uns in Minutenschnelle den geeignetsten verfügbaren Spender und Empfänger nennen und so mit ihren exakten Daten eine bedeutende Hilfe sind. In Wirklichkeit bleibt das Problem bestehen: Jedes gespendete Organ ist ein Fremdling für den Körper, und alle bisher geglückten Operationen sind Überlistungen gewesen.«

Dr. Dimitri betonte das Wort ›gewesen‹ auf eine so seltsame Weise, daß ich stutzte.

«Gewesen?» wiederholte ich.

»Richtig«, antwortete er. »Gewesen! Denn genau hier haben wir den entscheidenden Schritt gemacht, mein lieber Jan.«

»Das ist das Ungeheuerlichste und Faszinierendste, was ich in meinem Leben je gehört habe, und als Journalist war ich bei manchen Sensationen dabei, Dr. Dimitri.« Ich war von meinem Stuhl aufgesprungen. »Aber man hat doch praktisch seit Jahrzehnten vom Problem der Verpflanzungen nichts mehr gehört. Das Mögliche war möglich gemacht worden, und das Unmögliche blieb eben ein Traum. So sah doch die Situation aus, Dr. Dimitri. Wie konnte eine solche Entwicklung der Öffentlichkeit verborgen bleiben? Und warum blieb sie bisher verborgen?«

Dr. Dimitri sah mich freundlich und nachdenklich an. »Es ist verständlich, daß Sie es so ansehen. Aber es gab eine Reihe ernster Gründe, die Zurückhaltung geboten. Niemandem ist das schwerer gefallen als mir, der viele Menschen sterben sah, obwohl Rettung möglich gewesen wäre, wenn ...«

»Aber warum?« beharrte ich auf meinem Einwand.

»Aus zwei Gründen. Erstens: Das Verfahren mußte so ausgearbeitet und verfeinert werden, daß es sozusagen ›serienreif‹ war. Zweitens, und das ist der wichtigste Grund: Der Boden für diese ›Neue Medizin‹ mußte erst einmal vorbereitet werden, vom kleinsten Stab der Mitarbeiter in immer größeren Kreisen bis in bestimmte Bereiche der Wissenschaft und der Politik. Ohne diese Hilfen wäre diese ungeheure Arbeit gar nicht zu leisten gewesen. Ohne diese Hilfen und ohne meine Geduld, die mein bester Berater all diese Jahrzehnte hindurch war, wäre ich, wie viele große Erfinder und Entdecker vor mir, im Strudel der Ideologien untergegangen, im Machtkampf der politischen und wissenschaftlichen Richtungen zerrieben worden. Die Wissenschaftsfeindlichkeit ist immer noch unterschwellig vorhanden. Wie lange ist es her, daß der erste Chirurg, der eine Herztransplantation wagte, als Scharlatan beschimpft wurde? Selbst jetzt bin ich noch gehemmt durch Vorsicht, und Sie selbst haben ja eine Probe davon vor kurzem genossen. Aber nun ist es Zeit, an die Öffentlichkeit zu gehen.«

Die Eröffnungen von Dr. Dimitri nahmen mir den Atem. Gut, nach all den Vorführungen der letzten Tage hatte ich irgendwelche großen Neuerungen auf naturwissenschaftlichem Gebiet erwartet. Das, was ich von den Anlagen hier bisher gesehen hatte, war sehr beeindruckend. Aber was der Doktor andeutete, das war mehr als eine Sensation, das war eine Revolution. Und ich, ich war, wenn auch in der Schlußphase, daran beteiligt!

»Dr. Dimitri«, ich versuchte ohne Pathos zu sprechen, aber meine Stimme gehorchte mir nicht ganz, »es klingt vielleicht lächerlich, wenn ich sage, daß ich zu Ihnen volles Vertrauen habe. Ich werde mich mit all meinen Fähigkeiten für Ihr Werk einsetzen. Ich werde versuchen, so geduldig und vorsichtig bei der Durchführung meiner Arbeit zu sein, wie Sie es wünschen.«

Ich mußte eine Pause machen, um zu Atem zu kommen. »Ich danke Ihnen für Ihre Offenheit und Ihr Vertrauen. Ich hoffe nur, daß ich der richtige Mann für diese ungeheure Aufgabe bin.«

»Absolut, mein Lieber, und nun weg von den Grundsatzdebatten und hinein in die konkrete Arbeit!«

5

Die Woche nach jenem denkwürdigen Abend im Büro des seltsamen alten Doktors verging wie im Rausch.

Dr. Dimitri zeigte mir nun die anderen Einrichtungen seiner Gesellschaft. Er steuerte selbst seinen Wagen mit den großen Panoramafenstern. Fast zu jedem Baum oder Strauch in seinem Reich wußte er etwas zu erzählen. Das waren sozusagen die Aufhänger für Entstehungsgeschichten und Evolutionstheorien – und gleichzeitig lebendige Erfolgsmeldungen. Er freute sich wie ein Kind, das seinen Spielpark zeigen darf. Gleich am nächsten Morgen brachte er mich in den zoologischen Garten der Gesellschaft, etwa dreißig Kilometer vom Verwaltungsgebäude entfernt. Der Zoo konnte seinesgleichen suchen. Dr. Dimitri sagte mir, nachdem wir das große Portal hinter uns gelassen hatten und im freien Gelände waren:

»Sie können sich nicht vorstellen, welche Anziehungskraft die Natur auf mich hat. Ich habe ihr unendlich viel zu verdanken... Unschätzbares. Da! Schauen Sie diese Flamingokolonie an! Welche Farbenpracht der Federn! Sehen Sie die zierlichen, langen Beine. Das dort sind die hügeligen Brutstätten der Tiere. Wissen Sie, wir haben bei allen unseren Tieren hier eigenen Nachwuchs. Ja, wir haben sogar Tierarten, die sonst nirgends mehr vorkommen, also praktisch ausgestorben sind. Wir bewahrten sie vor den Fehlern der Vergangenheit. Aber wir Menschen haben immer noch nicht gelernt, geduldig zu sein, behutsam und vorsichtig wie die Natur. Nun, hier versuchen wir es. Sehen Sie diese Papageienvögel dort an jenem Hibiskusbaum. Sie sind nirgendwo sonst auf der Erde zu finden.«

»Wir verändern die Natur, Dr. Dimitri«, sagte ich, neben ihm gehend, »seitdem wir wissen, daß wir sie verändern können. Ist das nötig?«

»Natürlich ist das nötig. Ich bin der letzte, der etwas anderes haben will. Aber muß die Veränderung Zerstörung zur Folge haben?«

»Wie wollen Sie Entwicklung ohne Versuche, die eben auch manchmal schieflaufen?«

»Sehen Sie, die Natur probiert ja auch fortwährend, aber sie zerstört nicht. Wir sollten es ihr nachmachen und unseren großen Vorteil gegenüber den anderen Wesen nutzen.«

»Meinen Sie unsere Logik?«

»Ja, dadurch könnten wir Zeit sparen. Dort liegt unsere Schnelligkeit und dort könnten wir rasche Fortschritte machen, nicht im Durcheinander. Aber ich glaube, wir sind aufs Ganze gesehen doch auf dem richtigen Weg dazu, auch wenn ich es nicht mehr erleben werde.«

Dr. Dimitri hielt neben einem Zebra an, das an seiner Schulter schnupperte, und er lächelte es an.

»Wissen Sie eigentlich, wer mich auf die Idee der Verpflanzung gebracht hat?«

Er drehte sich zum Zebra hin, streichelte das gutmütige Tier am rechten Ohr, die ganze Backe herunter bis zu den dicken Lippen, die seine Hand liebkosten. »Ich sagte schon, ich bin ein leidenschaftlicher Gärtner. Ich stamme aus dem tiefen Süden, meine Familie hatte große Weinberge. Ich erinnere mich sehr lebhaft an meinen Vater, wie er die Rebpfropfungen vornahm. Er hatte eine eigenartige Schere, mit der er Rebenstücke schneiden konnte. Dann brachte er die Stücke zueinander, wie er sie brauchte oder wollte. Können Sie sich das vorstellen?«

»Nur ungefähr. Ich habe Weinreben nur auf Bildern gesehen.«

»Ach, Ihr Städter. Sie können sich aber vorstellen, wie überrascht ein Kind sein mußte, als es sah, daß die Wunde heilte; das scheinbar tote Rebenstück war im Frühling tatsächlich grün. Ich fragte meinen Vater: ›Warum ist das so?‹, und er gab mir zur Antwort: ›Das ist die Kraft der Natur.‹ Und als ich weiterfragte: ›Was ist denn das, die Natur?‹, da zeigte er ringsum und sagte: ›Alles was du siehst, den Himmel und die Erde, die Bäume, die Reben und du und ich, das alles ist Natur.‹ Und ich bohrte weiter, ich war schon damals von einem quälenden Wissensdurst erfüllt: ›Kann man das Gleiche, was du mit den Reben gemacht hast, auch mit Anderem machen?‹ Der Vater lächelte und erklärte mir, daß es bei manchen Bäumen und Sträuchern auch möglich sei. Mein eigentliches Fragen ging aber in eine andere Richtung, nämlich ob man es an Tieren und Menschen auch so machen könnte. Mein bester Freund hatte nämlich vor nicht langer Zeit ein Bein durch einen Unfall verloren; und ich hatte mit ihm zusammen bittere Tränen über das verlorene Bein vergossen. So fragte ich Vater, ob es nicht eine ähnliche Schere gäbe wie die Rebschere, dann könnte man sich ja ein neues Bein für meinen Freund besorgen. Vater streichelte mich und lächelte und sagte, er würde sich nicht wundern, wenn die Menschen eines Tages irgendwann so etwas zusammenbrächten, obwohl sie keineswegs Reben seien. Tja, lieber Freund, niemandem würde ich lieber von meiner Arbeit erzählen als meinem Vater. Ich habe ihn sehr geliebt.«

Er hatte leise gesprochen und währenddessen mit sanften rhythmischen Bewegungen immerfort das Zebra gestreichelt. Das Tier schnaufte regelmäßig und bewegte sich kaum. Mir kam es so vor, als sei es der Vater des Doktors, sprachlos zwar, aber immerhin gegenwärtig, wie es der Doktor sich wünschte.

Wir waren die ganze Woche unterwegs, der Doktor und ich. Er ließ mich praktisch kaum zum Atemholen kommen, und er zeigte mir einen kompletten Staat im Staate, der anscheinend wirklich autark angelegt war. Allerdings zeigte er mir nichts Spezielles, aus dem ich die ganze Struktur des – seines? – Staates hätte erkennen können. Aber was ich sah, war genug, um mir ein klares Bild von der Unabhängigkeit der Gesellschaft zu vermitteln. Diese Gesellschaft für Forschung, Technik und Genetik mußte der Traum eines jeden Wissenschaftlers sein: unabhängig und frei Ideen nachzugehen und ihre Verwirklichung zu versuchen, ohne die alltäglichen Zwänge eines Brotberufes, ohne Existenzängste für sich oder die Familie.

Die schmucken, mit hohem Komfort gebauten Mitarbeiter-Bungalows, die harmonisch in das Gelände um die Institute eingebettet waren, sprachen überzeugend dafür. Es war eine Elite, die hier arbeitete, und sie wurde auch so behandelt: großzügig, unbürokratisch, vornehm. Aber auch die Leute selbst waren gegen ihre Vorgesetzten wie untereinander von einer natürlichen Höflichkeit und Freundlichkeit, die einem geradezu ins Auge sprang. Während der ganzen acht Wochen sah ich kein grimmiges Gesicht, nirgendwo. Das Arbeitsklima entsprach völlig dem des Umgangs miteinander.

Als ich mich am Ende meiner Arbeit auf dem Terrain der Gesellschaft vom Doktor verabschiedete, sagte ich ihm, wie sehr mir sein Reich als ein Paradies erschiene, und er erwiderte:

»Jan ...«, und es war das erstemal, das er mich mit ›Jan‹ anredete, ohne ›mein‹ oder ›lieber‹ oder ›mein

Freund‹ anzuhängen, »Sie hätten keine bessere Bemerkung machen können, um mir zu zeigen, daß Sie mich, mein Werk und uns verstanden haben. Und doch sage ich Ihnen, nein, ein Paradies ist das hier nicht, aber es ist der Anfang dazu. Ich bin froh, hier dabeigewesen zu sein, es miterlebt und mitaufgebaut zu haben. Denn es wird der Tag kommen, da unsere Freude, Krankheit und unnatürlichen Tod besiegt zu haben, von hier aus auf die Menschheit überstrahlen wird. Ich bin glücklich, hier die ersten Lichtstreifen am Horizont der Menschheitszukunft gesehen zu haben.«

Wieder verging eine Woche, in der mir unter der Führung des Doktors vieles von vielen Mitarbeitern gezeigt, erklärt und beschrieben wurde. Aber immer noch wußte ich nicht präzise, welche ›Rohstoffe‹ auf welche Weise ›verarbeitet‹ wurden. Das Ergebnis war mir bekannt, rätselhaft blieb immer noch der Weg zur Verlängerung des Lebens. Dabei wuchs meine Bewunderung für den alten Doktor immer mehr. Ich fühlte mich ihm immer stärker ausgeliefert ... und ich fühlte mich von Tag zu Tag glücklicher. Endlich hatte ich einen Meister an Wissen und Wahrheit gefunden.

Daß ich dabei meine Rosalin vergaß ... wen wundert es! Meine Briefe flossen über vor Begeisterung über das, was ich hier erlebte, obwohl ich natürlich weder Einzelheiten über die Gesellschaft noch über die Ziele, die sie verfolgte, mitteilte. Meine Familie kam in den ersten Briefen von hier kaum vor. Es war eine Art neues Leben, das ich hier begann. Nun, meine Frau kannte mich, und ihre Briefe waren voller Liebe und fast ohne Klage über mein langes Fortbleiben.

Nachdem wir wieder einmal am Abend von einer Rundfahrt zurückgekommen waren, fiel mir etwas auf. Zwar fuhren wir, so hatte es den Anschein, bei unseren Inspektionen kreuz und quer durch das riesige Gelände der Gesellschaft. Aber je mehr ich mit der Landschaft vertraut wurde, desto sicherer war ich, daß manche Wege Umwege waren, daß wir, wie man so schön sagt, die Kirche ums Dorf trugen, um zu einem bestimmten Punkt zu gelangen. Nun, an diesem Abend wurde mir plötzlich klar: wir sparten planmäßig einen relativ großen Landstrich im Süden des Gesellschaftsterritoriums aus. Ich überprüfte meinen Eindruck anhand der physikalischen Landkarte, die in meiner Wohnung hing. Ich brauchte nicht lange, um den südlichen Abschnitt zu finden, der sehr deutlich durch den höchsten Gipfel des Geländes gekennzeichnet war. Warum diese geheimnisvollen Umwege? Das konnte nur einen Grund haben: Dort im Süden mußte das eigentliche Zentrum der Gesellschaft sein. Ich registrierte diese Entdeckung wie alle anderen Tatsachen, die sich ganz allmählich zu einem wenn auch noch sehr vagen Bild zusammenfügten. Zum Beispiel, daß zum ›paradiesischen‹ Bild der Gesellschaft Stacheldrahtzäune, bewaffnete Posten, ja, sogar Wachhunde gehörten. Oder auch, daß an jedem Kontrollpunkt sogar der Doktor seinen Ausweis vorzeigen mußte.

Wieder vergingen drei Wochen intensiven Beobachtens und geduldigen Erklärens von Dr. Dimitri und seinen Mitarbeitern. Ich erhielt gezielte Einblicke in die körperliche Materie im allgemeinen, und die organische in speziellen. Ich wohnte zahllosen Operationen bei, die unter genau den gleichen Bedingungen erfolgten, wie wenn die ›Patienten‹ Menschen gewesen wären. Im sterilen Ärztedreß sah ich, wie an Affen, Eseln, Maultieren und Schweinen Herz, Magen, Därme, Nieren herausgeschnitten und neu eingepflanzt wurden. Es gab praktisch kein Organ, mit dem nicht experimentiert wurde. Es war immer der gleiche Vorgang: An nebeneinanderstehenden Tischen zwei operierende Teams, ET und ST, die Empfängerteams und die Spenderteams. Die Brust oder der Bauch wurde geöffnet und neben das Organ, um das es ging, wurde in perfekter Technik, mit tausendmal geübten Handgriffen das Schwesterorgan des Spenders transplantiert, nachdem auf verschiedenste Weise Platz dafür geschaffen wurde. Auch das Ende der Operation war immer gleich. Das eine Tier wurde zur Beobachtung weggebracht, ein lebendes Lehrbuch für die medizinische Forschung, mit allen möglichen Organen doppelt bestückt. Das andere wurde ebenfalls abtransportiert, zwar um eine Reihe von Organen leichter, aber immer noch geeignet, für die Fleischfresser im zoologischen Garten gute Dienste zu leisten.

Daneben sah ich eine Reihe von Kontrolloperationen, in denen nach bestimmten Zeiträumen die Funktionsfähigkeit der verpflanzten Organe überprüft wurde und die ›alten‹ Organe, wenn die Überpflanzung endgültig geglückt war, entfernt wurden. Es gab aber auch Tiere, die mit doppelten Organen lebten. So erinnere ich mich an ein chinesisches Schweinchen, das seit dreieinhalb Jahren mit zwei Herzen lebte. Sie waren linear gekoppelt, der Herzrhythmus war angepaßt, das Tier war körperlich äußerst leistungsfähig, wie mir Dr. Dimitri sagte.

»Das Problem der Doppelorgane ist noch im Laborstadium. Zwar spornen doppelte Herzen zur körperlichen Spitzenleistung an, aber sie verkürzen die Lebensdauer des Tieres erheblich.«

Verblüffend und faszinierend zugleich war eine neue Kontrollmethode für verpflanzte Organe: Das Hautfenster. Seit dem Ende des 20. Jahrhunderts hatte man das Innere des Körpers über Kamerasonden gefilmt und die Bilder auf Monitoren ausgewertet. Und ich wußte nichts anderes, als daß das immer noch die wesentlichste Beobachtungsmethode der Medizin war. Das kleine Kunststoff-Fenster über dem zu kontrollierenden Gebiet bot natürlich ganz andere Möglichkeiten. Man konnte nicht nur zu jeder beliebigen Zeit beobachten, sondern auch bei allen möglichen Tätigkeiten wie Fressen, Schreien, bei körperlicher Anstrengung ebenso wie beim Schlafen. Das Kunststoff-Fenster besaß alle wesentlichen Hauteigenschaften, es war elastisch, wärmedurchlässig, kälteabstoppend und praktisch von unbegrenzter Lebensdauer. Es gab Tierarten wie Reptilien, Fische und Vögel, bei denen eine Anwendung des Hautfensters nicht möglich war. Aber das schien für den Forschungsfortgang unerheblich.

Die ersten vier Wochen im Bereich der Gesellschaft waren vorbei. Ich hatte sehr viel gesehen, Dr. Dimitri und zahlreiche Mitarbeiter hatten mich informiert und meine Fragen ausführlich beantwortet. Nur in einem Punkt war ich nicht aufgeklärt worden, im zentralen: Wie war es möglich, daß praktisch die Organtransplantationen bei Tieren fast hundertprozentig glückten? Wie war es gelungen, das Naturgesetz der Antigene, das Abstoßen körperfremder Gewebe, aufzuheben und so die Verpflanzung fast aller wichtigen Organe erfolgreich auszuführen? Da diese Frage so offensichtlich umgangen wurde, hütete ich mich, sie vorzeitig zu stellen. Dr. Dimitris Belehrungen über ›unzeitige Vermutungen‹ taten ihre Wirkung. Aber langsam keimte in mir das Gefühl auf, es handle sich hier nicht nur um etwas Großes und Revolutionierendes, sondern auch um etwas Unbegreifliches und Unheimliches. Andere Deutungen schienen mir banal.

Dazu kam die Fähigkeit Dr. Dimitris, die Neugierde eines an sich schon neugierigen Menschen ins Unermeßliche zu steigern. Man fühlte direkt, wie ihn die Spannung seines Gegenübers in ein Gefühl des Wohlbehagens versetzte. Da ich ihn aber, wenn das überhaupt noch möglich war, von Tag zu Tag mehr verehrte, irritierte mich dieses Gefühl der Abhängigkeit überhaupt nicht. Seine Erscheinung, sein Charme, der so völlig ungekünstelt war, und sein Wissen überwältigten mich immer mehr.

Ich weiß, das klingt schwärmerisch und überdreht. Aber ich war zu dieser Zeit von ihm abhängig wie ein treuer Hund von seinem Herrn. Sicher trug zu diesem Zustand die gesamte Atmosphäre in der Gesellschaft bei. Ich war nur einer seiner ›Anbeter‹, wenn man so sagen darf. Wohin ich auch blickte: die Ärzte, Laboranten, Wächter, Mechaniker, Chauffeure, Männer wie Frauen, die Tiere, ja sogar die Pflanzen in seinem Zimmer schienen ihn zu bewundern, wenn er mit seinem stillen Lächeln zwischen ihnen herumschlenderte und für jeden ein Flüsterwort bereit hatte oder ein sanftes Streicheln. Oh dieser unheimliche Zauber jener Tage!

An einem frühen Abend saß ich wieder, wie so oft, mit Dr. Dimitri in seinem mir längst vertrauten Zimmer. Auf dem Tisch stand eine Flasche Wein, die er mir gleich bei der Begrüßung zeigte:

»Ihre Vorliebe für europäischen Wein hat mir der Computer vorenthalten, lieber Jan. Ich bin froh, daß Sie es nicht taten, so haben wir noch eine Gemeinsamkeit mehr, nicht wahr? Sind Sie einverstanden, daß wir heute statt Kaffee und Tee Wein trinken?«

»Aber gerne, Doktor.«

»Ausgezeichnet! Sie müssen wissen, immer, wenn ich die Müdigkeit verdrängen will, dann trinke ich

Wein. Das ist zwar unüblich, aber es bekommt mir.«
Er füllte mein Glas und bot es mir mit verbindlicher
Geste an. »Auf den Erfolg Ihres Auftrags, lieber
Freund. Und auf die Menschen ... Wir wollen hoffen,
daß sie durch Ihre Arbeit eine zusätzliche Möglichkeit
angeboten bekommen, die ihnen zum Höchsten ver-
hilft.«

»Ich schließe mich an, Dr. Dimitri, und trinke
gleichzeitig auf Ihr Wohl.«

Wir tranken langsam. Er genoß den Wein sichtlich.
Nach einer kleinen Pause sagte er, jetzt nicht mehr
mich, sondern seine Pflanzen betrachtend:

»Vier Wochen lang zeigte ich Ihnen den ganzen
Vorraum meiner Gesellschaft, den Vorgarten sozusagen. Sie hörten mich von ›meiner‹ oder ›meinem‹
sprechen. Nun bin ich keineswegs so egoistisch, wie es
scheinen mag. Aber tatsächlich habe ich den größten
Teil meines Lebens hier verbracht. Und wenn früher
noch größere Reisen nötig waren, so war es immer für
die Gesellschaft. Ich war zwar körperlich unterwegs,
aber mein Herz ist hier geblieben. Vielleicht könnte ich
sagen, einen kleinen Anspruch auf Eigentum hier hätte
ich schon. Ich meine den Anspruch des Vaters, der
seine Kinder ein wenig als sein Eigentum betrachtet.
Soviel zum Thema ›meiner‹ Gesellschaft.«

Er machte eine kurze Pause, trank einen Schluck und
fuhr fort:

»In diesen vier Wochen haben Sie nicht nur mich und
meine seltsamen Eigenschaften kennengelernt, sondern Sie sahen eine Menge Dinge: Situationen, Eingriffe, Tatsachen und Überraschungen. Nun sind Sie
endlich so weit vorbereitet, um das aufzunehmen,
worüber Sie berichten sollen. Ich sagte Ihnen schon
einmal, ich müsse vorsichtig sein mit der Preisgabe der

Wahrheit an die Öffentlichkeit. Die Wahrheit ist sehr oft härter als eine Lüge, also muß man mit ihr bei den Schwachen behutsam sein. Und ich werde, auch das sagte ich Ihnen schon einmal, nicht dulden, daß mein Werk und meine Arbeit hier von Unwissenden mißverstanden und mißbraucht wird.«

Ich nickte ihm zu. »Ja, das alles haben Sie schon einmal und sehr nachdrücklich gesagt, Herr Doktor!«

Er wirkte plötzlich müde und abgespannt. Der Wein als Aufmunterungsmittel schien diesmal nicht besonders wirksam zu sein. Er glitt tiefer in seinen Sessel hinein und fuhr fort:

»Ich habe in meinem Leben gelernt, geduldig und schweigsam zu sein, auch wenn Sie mich anders kennengelernt haben. Nun, Sie wissen, das hatte seine Gründe! Ich mußte Sie überzeugen und für mein Werk anwerben, und zwar mit allen Mitteln, die mir zur Verfügung standen, damit Sie mir glaubten, daß wir, meine Mitarbeiter und ich, die richtige Arbeit in der richtigen Weise tun.«

Er sah mich wieder einmal nachdenklich an. »Nun fangen Sie an zu überlegen: Wozu dieses, das wievielte, Vorwort des Doktors? Wovor hat er Angst? Merkt er nicht, daß er mich vier Wochen lang begeistert hat? Na also! Warum spricht er jetzt noch von Überzeugung und Werbung? Ganz einfach, mein Freund, wenn ich die Stunde der Wahrheit hinausschiebe, tue ich das nicht, um Sie künstlich in einem Spannungszustand zu halten, sondern weil ich auch jetzt noch Angst vor Ihnen habe.«

»Vor mir? Aber warum denn?« Ich war verblüfft. Es stimmte schon, den größten Teil von dem, was er sagte, hatte ich eben gedacht. Aber meine Bewunderung für ihn war doch offensichtlich. So sagte ich:

»Wollen Sie noch mehr Beweise meiner Hochachtung, ja, meiner Zuneigung und meiner Bewunderung für das, was ich hier alles gesehen habe?«

Er gab auf meine Frage keine Antwort. Er sah, ja, er starrte mich an, man merkte, wie er mit sich kämpfte. Ich sah richtig, wie er sich innerlich einen Ruck gab. Er blickte mir direkt in die Augen, wie wenn er jede kleinste Reaktion sofort ablesen müßte. Dann begann er:

»Ist Ihnen bei all Ihren Beobachtungen nichts aufgefallen, bei allen Operationen, meine ich, eine gewisse Gemeinsamkeit?«

»Können Sie sich erinnern«, fuhr er fort, als er mein verständnisloses Gesicht sah, »ob es einen körperlichen Unterschied zwischen Spender- und Empfängertier gab?«

»Einen körperlichen Unterschied?« fragte ich verwundert.

»Erstaunlich, daß Sie mit Ihrem guten Beobachtungssssinn nicht merkten, daß immer eines der Tiere kleiner als das andere war, die transplantierten Organe genau so in ähnlicher Relation zu den schon vorhandenen standen? Ein kleineres Organ vom Spender wurde immer neben das größere Organ des Empfängers übertragen.«

Und ob! Er hatte recht. Ich hatte es gesehen, dem aber keine besondere Aufmerksamkeit geschenkt.

»Doch«, sagte ich, »Sie haben recht, Dr. Dimitri, es waren immer kleinwüchsige Tiere, die als Spender dienten.«

Dr. Dimitri lächelte. »Nein, mein Lieber, es waren keine kleinwüchsigen Tiere, wie Sie meinen, es waren Jungtiere.«

»Jungtiere?«

Er sprach weiter, irgendetwas, daß teilweise der Unterschied nicht ohne weiteres erkennbar gewesen sei, aber ich hörte nicht richtig zu, denn ich dachte nur an das eine Wort, das er gesagt hatte. Ich wiederholte es laut, ohne zu wissen warum:

»Jungtiere ... Soll das heißen, daß alle Spender Jungtiere waren? Bei allen Tierarten?«

»Ja, bei allen Tierarten!«

»Heißt das, Ihre Methode besteht darin, immer nur junge Organismen als Spender für ältere zu gebrauchen?«

»Nicht ganz, es muß noch eine besondere Beziehung zwischen Empfänger und Spender bestehen.«

Ich schwieg ratlos. Dr. Dimitri machte eine seiner bedeutungsvollen Pausen, die doch gar nicht künstlich wirkten. Dann gab er sich sichtlich einen Ruck und sagte:

»Die entscheidende Beziehung lautet: Muttertier – Tochtertier.«

Ich wußte sofort, was das bedeutete und jetzt, wo ich es wußte, ließ seltsamerweise die innere Spannung nach.

»Mutter und Kind ...« sagte ich leise.

»Ja.«

»Die Mutter empfängt die Organe des eigenen Kindes!«

»Ja!«

»Und das ist das Prinzip Ihres Erfolges?«

»Ja.«

»Und es ist natürlich bei den Menschen genauso, das gleiche Prinzip?«

»Ja.«

Meine Kehle war plötzlich trocken und hart. Sogar die Luft, die ich atmete, tat weh, und ich schluckte schwer. Er bemerkte es und füllte mir mein Glas nach. Ich trank langsam.

»Und das Kind spendet der Mutter die eigenen Organe?«

»Ja.«

»Freiwillig? Wie alt?«

»Ach lieber Jan«, murmelte der Doktor, »freiwillig ist ein sehr allgemeiner Begriff.«

Wir saßen schweigend da. Ich weiß nicht, was ich dachte, ob ich überhaupt etwas dachte.

Dr. Dimitri brach nach einiger Zeit das Schweigen.

»Sie sind schockiert, lieber Jan?«

»Schockiert?« Ich fragte mich selbst, ob ich es sei. »Ich weiß es nicht, Dr. Dimitri; ich weiß es wirklich nicht.«

Dr. Dimitri sagte nachdenklich: »Sollten wir nicht unser Gespräch morgen weiterführen, wenn Sie etwas zur Ruhe gekommen sind?«

»Nein, nein! Wozu den Aufschub?« Ich seufzte, in meinen Gedanken herrschte unbeschreiblicher Aufruhr und große Verwirrung. Ich versuchte einigermaßen Klarheit und Logik hineinzubringen.

»Mutter und Kind heißt doch hier eigentlich, Mutter gegen das Kind, Mutter vom Kinde!«

»Natürlich. Wem sagen Sie das.«

»Sie wissen doch, daß ich selbst Kinder habe?« Es war eine rhetorische Frage.

»Natürlich, und es sind prächtige Kinder, aber das ist nicht vergleichbar, es gibt einen wesentlichen Unterschied!«

»Und Sie erwarten von mir, daß ich ihn begreife?«

»Gewiß, das erwarte ich, übrigens der Computer auch.«

»Aber wie soll ich glauben, daß hier eine Methode

entwickelt wurde, bei der die Mutter auf Kosten ihres Kindes am Leben bleibt? Welche Mutter wird ihr Kind für einen solchen Zweck opfern! Denn das Kind wird zum Opfer, nicht wahr?«

»Das stimmt nicht, keine Mutter wird gezwungen, das eigene Kind zu opfern. Es geht nicht um ein ›Opfer‹.«

»Worum dann?«

»Wollen Sie unbedingt eine Antwort auf eine moralische Frage?«

»Mir scheint das natürlich und notwendig.«

»Haben Sie den Eindruck, daß ich ein Mensch ohne Moral bin?«

»Keineswegs, Dr. Dimitri. Aber Sie wissen am besten, wie Sie mich in Aufruhr versetzt haben.«

»Das stimmt! Und jetzt können Sie vielleicht selber mein langes Zögern vor diesem Gespräch verstehen. Aber zurück zu Ihrer Frage. Ich kann Ihnen die Antwort auf Ihre Frage erst geben, wenn Sie die wissenschaftliche Erklärung kennen.«

»Ja ... ist das eine nicht mit dem anderen verknüpft?«

»Vielleicht ... Ich meine, wenn Sie wissen, warum das Prinzip gerechtfertigt ist, werden Sie die moralische Frage gar nicht stellen. Übrigens, Ihre Reaktion hat mich keineswegs überrascht. Jede andere wäre im Gegenteil abnorm gewesen.«

Wieder blieben wir für eine Weile stumm. Ich fühlte, wie das neue Wissen anfing, schon alt zu werden, und die Neugierde auf das noch Geheimnisvolle wuchs.

»Nun, mein Freund?« Der Doktor hatte sich über die Tischplatte gebeugt und sah mich eindringlich an: »Zwingen Sie mich nicht, laut zu werden, denn dann werde ich ungerecht! Zwingen Sie mich nicht, kleinlich zu werden, denn dann werde ich mich ärgern. Nicht, daß ich zu hoch gestellt bin, um nicht geärgert werden zu dürfen. Aber ich erwarte einfach von Ihnen, daß Sie ein Mann unserer Zeit sind und sich nicht zuerst von moralischen Bedenken beeinflussen lassen, bevor Ihr Verstand richtig arbeitet. Jawohl, ›Mutter und Kind‹ war die Lösung, mußte die Lösung sein. Das ist nicht leicht hinzunehmen. Absolut nicht! Aber weshalb fängt nun etwas in Ihnen, statt nachzudenken, plötzlich zu heulen an und den empörten Moralisten zu spielen? Als ob niemand jetzt oder früher Kinder, Männer oder Frauen getötet, verbrannt, gehängt oder, was weiß ich, hätte! Als ob die Moral etwas Beständiges bei den Menschen wäre! Und als ob Sie, Herr Jan, das nicht wüßten! Jawohl! Mutter vom Kinde! Kind für Mutter! Als ob es das in anderer Form nicht schon immer gegeben hätte. Alles schon dagewesen, und Sie wissen es, lieber Freund! Oder soll ich Ihr Erinnerungsvermögen auffrischen?«

Ich gab keine Antwort, denn in Wirklichkeit fragte er ja gar nicht. Ich erlebte einen Doktor, den ich noch nicht kannte. Polemisch, hart, fast böse. Er merkte, daß ich keine Antwort geben würde, und fuhr im gleichen Tone fort:

»Gut, Sie sagen nichts! Aber Sie denken: Aber Herr Doktor, das waren doch Ausnahmen! Ein Kind zu töten, um die Mutter zu erhalten. Zum Beispiel bei der Geburt. Na gut, sage ich. Aber waren das auch Ausnahmen, Millionen von Kindern abzutreiben, da sie unerwünscht waren? Geschieht das nicht etwa auch heute noch?«

Wieder gab ich keine Antwort.

»Auch jetzt sagen Sie nichts. Also auch eine Ausnahme! Gut, dann zählen Sie die Millionen von Kindern dazu, die nach zwei Wochen, zwei Monaten, zwei Jahren sterben, weil sie ganz einfach nichts ›zu fressen‹ haben. Sie sind schockiert! Und sind es wieder Ausnahmen? Sind die ›Menschen am Rande der Gesellschaft‹, die Idioten, auch Ausnahmen, die man isoliert, isolieren muß, und die man nicht nur in vergangenen Jahrhunderten auslöschte? Genügt Ihnen die Aufzählung? Aber warum nicht auch von Vätern sprechen? Nehmen wir auch sie ins Ausnahmeverfahren auf. Haben nicht auch sie Kinder genug geopfert? Durch Bomben, Raketen, Brand, Gas, Gift, Strahlen und was es noch alles gegeben hat und geben wird. Natürlich wollten die Väter keine Kinder opfern! Die Kriege gingen doch um ganz andere Dinge. Außerdem wurden auch Erwachsene getötet, verbrannt und verletzt: Männer und Frauen, nicht nur Kinder. Und Häuser, ganze Straßenzüge, Industrieanlagen. Da können Sie nicht von Ausnahmen sprechen, Herr Doktor! Richtig, das war und ist die Regel, Herr Jan, nicht wahr, erwidere ich. Man opfert eben wahllos, wenn es sein muß! Materie und Geist. Tiere und Menschen. Kinder und Erwachsene! Eigene und Fremde. Bekannte und Unbekannte. Haben Sie nun ein Ergebnis unterm Strich? Die Summe Ihrer moralischen Überlegungen? Haben Sie die?«

Was für eine Antwort hätte ich geben können und auf welche Frage? Er spürte es:

»Aha! Zu viele Fragen auf einmal, mein Freund? Oder zuviel Moral? Mich wundert's nicht, denn die Menschen sind gewöhnt und verwöhnt, mit wenig Moral auszukommen! Sobald es zuviel wird, ziehen sie sich in ihr ›Schneckenhaus‹ zurück. Es wird immer nur um ein bißchen Moral groß geredet. Wie schön! Wie bösartig und wie heuchlerisch! Und wie unmoralisch!«

Er hielt inne, und ich wagte kaum, laut zu atmen. Er lehnte sich in seinen Sessel zurück und sprach nun wieder im altgewohnten ruhigen Ton.

»Von einem anderen Problem brauchen wir nur am Rande zu sprechen: dem wissenschaftlichen Neid nicht weniger Kollegen. Auch er wird unter dem Deckmantel der Moral und des Humanismus auftreten. Aber wir werden ihn mit Leistung unterlaufen und mit dem Erfolg die Kollegen ins Schlepptau nehmen.«

»Herr Doktor«, nach langer Zeit fand ich die Sprache wieder, »Sie müssen mir gestatten, hinter Ihre eindrucksvolle Verteidigungsrede zurückzugehen. Schließlich lebe ich nicht hier im Institut, ich komme von draußen. Meine, unsere Tradition ist eine andere. Und deshalb haben Sie mich ja geholt. Und so muß ich Sie bitten: Kommen Sie mit mir zum Ausgangspunkt dieser Diskussion zurück. Es heißt ›Mutter-Kindbeziehung‹. An diese privateste und zärtlichste Verbindung kann ich in diesem Zusammenhang unmöglich denken.«

»Ich stimme Ihnen zu, wenn Sie ›Mutter – Kind‹ sagen, nicht, wenn ich sage: ›Empfänger – Spender‹, wobei natürlich der Empfänger genausogut der Vater sein kann. Und das ist kein Spiel mit Worten!«

»Kann man einen Menschen einfach nur als Spender bezeichnen, ist das nicht zu wenig?«

»Ich würde sagen, das ist sehr viel! Einer, der schenkt, ist doch für den anderen, ja für niemanden, nur irgendeiner.«

»Dr. Dimitri, erlauben Sie mir die direkte Frage. Schenken heißt doch, etwas freiwillig geben, mit vollem Einverständnis. Aber selbst wenn man voraussetzt, einer wäre ›freiwilliger‹ Spender, soviel weiß sogar ich über unser Strafgesetzbuch, daß dieser ›Tausch‹ gesetzlich nicht zulässig ist.«

69

»Das neue Gesetz ist formuliert. Es hängt vom Erfolg Ihrer Arbeit ab, wann es veröffentlicht wird.«

»Dr. Dimitri, Sie verlangten immer Offenheit von mir. Es fällt mir nicht leicht, das Folgende auszusprechen: Gesetze werden von Menschen gemacht, sie kommen und gehen, aber können sie eine Spenderaktion legalisieren, die mir – bis jetzt jedenfalls – an Mord zu grenzen scheint, um es vorsichtig auszudrücken?«

»Das ist absurd! So argumentiert, wäre auch jede Abtreibung Mord! Aber diesen Fall haben wir schon vor langer, langer Zeit ausdiskutiert.«

»Aber hier geht es doch um ein schon geborenes Wesen!«

»Genau, genau! Es geht um ein Wesen und nicht um eine Persönlickeit.«

»Das verstehe ich nicht.«

»Ein ungeborenes Wesen ist keine Persönlichkeit, darüber sind wir uns doch einig?«

Ich nickte. »Der Gesetzgeber hat das schon im letzten Jahrhundert erkannt. Nicht nur aus Gründen der Ernährung einer Weltbevölkerung, die aus den Nähten zu platzen drohte, und aus weltwirtschaftlichen Überlegungen. Denken Sie daran, wie es im letzten Drittel des vorigen Jahrhunderts auf unserer Erde aussah. Vom Problem der ständig wachsenden Arbeitslosigkeit durch computergesteuerte Fabriken bis zur Überbevölkerung und den Hungerkatastrophen in der damals so genannten ›Dritten Welt‹. In dem Maße, in dem wir ideologische und nationale Traditionen und Organisationsformen verließen, wurden wir auch fähiger, diese Probleme zu lösen. Heute gilt es, das Erreichte aufrechtzuerhalten. Kämpften wir damals um das Überleben von Völkern, so geht es heute um die Persönlichkeit selbst. Um die Personen, die die

Ordnung in den Staaten garantieren, um die, die Menschen heilen, sie erziehen und anleiten, ihnen Kunst und Unterhaltung, Arbeit und lebenswichtige Versorgung garantieren. Auf sie, die Erhalter dieser Gesellschaft zielt unsere Arbeit hier und wir wollen diese Arbeit öffentlich und gezielt, nicht heimlich, sondern im Schutze des Gesetzes tun.«

»Verzeihung, aber ich verstehe Ihren Gedankensprung nicht.«

»Gedankensprung? Nein! Nichts als eine logische Fortentwicklung unseres gesellschaftlichen Verhaltens. Sie sind doch sicher mit mir einer Meinung, daß zum Beispiel ein Oberbürgermeister, wenn er stirbt, einen höheren Verlust darstellt als irgend ein kleiner Angestellter irgendeines städtischen Amtes?«

»Hm, ja. In den meisten Fällen.«

»Oder daß der Verlust eines guten Chirurgen wesentlich härter trifft als der einer Krankenschwester?«

»Zugegeben, aber ...«

»Nichts ›aber‹, natürlich klingt das eingebildet, und vor zweihundert oder dreihundert Jahren hätte man aus einem falschen Demokratieverständnis heraus so etwas gar nicht zu denken, geschweige denn zu sagen gewagt, obwohl diese Tatsachen immer einsichtig waren. Auch hier stimmen Sie mir doch wohl zu?«

»Ja!«

»Nun, ich ziehe einfach aus diesen Fakten die logische Konsequenz: Der Empfänger, der eine Persönlichkeit ist, ist mir wichtiger als der Spender, das Kind, das Wesen, das keine ist.«

»Aber es könnte doch eines werden!«

»Lieber Jan, wir wollen doch nicht die uralte Diskussion über die Erlaubtheit der Abtreibung wieder aufnehmen. Auch dieses ›Wesen‹ hätte natürlich die Chance, eine Persönlichkeit zu werden. Aber zugunsten der Mutter, der Familie oder des Staates mußte es auf diese Möglichkeit verzichten. Die Privilegien – die gerechtfertigten Privilegien, wie ich meine –, eines dieser Drei sind wichtiger. Wir hier gehen nun einen Schritt weiter und zwar genau in die Richtung, die schon vorgegeben ist.«

Ich seufzte. Ob die Beweiskette ganz logisch war, konnte ich im Augenblick nicht sagen. Sicher war nur, daß, wenn man den ersten Schock überwunden hatte, das Ganze hart, aber überzeugend klang.

Der Doktor lächelte nun wieder. »Lieber Jan, wir sind uns einig, daß es heute nicht mehr darum geht, immer mehr zu haben, immer irgendetwas herzustellen oder immer mehr Menschen in die Welt zu setzen. Heute gilt es zu bewahren: Die Menschen, die Dinge, die Natur, den ganzen Planeten. Dazu benötigt man nicht ›unzählige‹ Menschen, sondern Menschen mit besonderen Qualitäten. So kann nicht jeder das Recht auf Leben haben, sondern nur der, der mehr leistet, für die Gemeinschaft mehr bedeutet. Wir sind an einem Scheideweg: Entweder wir ersticken in der Mittelmäßigkeit der Masse, oder wir nehmen unser Schicksal selber in die Hand und sagen dem biologischen Zufall den Kampf an. Aber das ist nun schon wieder Zukunftsmusik, das sind zukünftige Auswirkungen unserer Arbeit hier. Darf ich nun mit all diesen philosophischen, philantropischen und philomoralischen Gedanken abschließen? Alle diese Argumentationen sind ja eigentlich Zeitverschwendung, sind rückwärtsgewandt, aber zur psychologischen Vorbereitung der Öffentlichkeit notwendig. Zurück zu unseren eigentlichen Fragen.«

»Nun«, entgegnete ich, »Fragen habe ich noch genug.«

»Schießen Sie los«, sagte der Doktor, »aber trinken Sie zuerst Ihr Glas leer.«

Ich folgte seiner Aufforderung, wir prosteteten uns zu, und während ich mein Glas austrank, stellte er eine neue Flasche auf den Tisch.

»Ich fragte Sie schon einmal, Doktor, wie erreichen Sie die Zustimmung der Eltern, ihre Kinder als Spender zu akzeptieren?«

»Das ist gar nicht so schwierig, wie Sie glauben. Wir haben eine PSI-Abteilung eingerichtet – im Laufe der nächsten Woche werden wir einige der dort arbeitenden Psychologen besuchen –, die speziell für diese Aufgabe ausgebildet wurden. Relativ einfach ist es auch deshalb, weil die ausgewählten Persönlichkeiten ja um ihre Wichtigkeit für den Staat wissen und unseren Wunsch akzeptieren, sie solange am Leben zu erhalten, wie es menschenmöglich ist. Auch die operative Durchführung ist ohne besondere Probleme. Die Transplantation eines Herzens zum Beispiel stellt heute an den Chirurgen keine höheren Anforderungen als etwa eine Blinddarmoperation. Nein, der Kern und die Schwierigkeiten unserer Methode liegen bei der ›biologischen Erziehung‹ der Spenderorgane. Vom Eingriff in die mütterliche Zelle, das Ei, bis zum Eingriff in die väterliche Zelle, den Samen. Auch während der Schwangerschaft muß manipuliert werden. Leider ist es uns noch nicht gelungen, die Frucht außerhalb des mütterlichen Leibes gedeihen zu lassen. Und das wird auch in der nächsten Zukunft nicht der Fall sein. Mit anderen Worten, die Mutter muß jene Frucht neun Monate dulden. Das ist auch die letzte Beziehung zu ihr. Zwei Wochen vor der Geburt betreuen wir die Mutter hier, und zwei Tage vor der Geburt schläft sie ein. Das ist ungefährlich und beeinträchtigt weder den Geburtsvorgang, noch die Gesundheit der Frau, noch die der Frucht. Der Schlaf hat einen erzieherischen und einen psychologischen Sinn. Die werdende Mutter erlebt die Geburt nicht bewußt. Schmerzlos erwacht sie zwei Tage nach der Geburt. Dieser Zustand wird medikamentös erreicht, im emotionalen Bereich durch die Kollegen von PSI. Da sie das Objekt der Schwangerschaft nie gesehen hat und auch niemals mehr sehen wird, ist der Zwischenfall schnell vergessen. Wenn sie wiederkommt, ist eine lange Zeit vergangen.«

»Was heißt das: nach langer Zeit wiederkommt?«

»Zur Transplantation natürlich!«

»Wollen Sie damit sagen, sie planen den Zeitpunkt der Verpflanzung so präzis voraus?«

»Jawohl, und zwar in der Regel zehn Jahre nach der Geburt des Spenders.«

»Ja, woher wissen Sie denn, daß eine Transplantation überhaupt notwendig ist?«

»Ach ja, das ist für Sie ja auch noch Neuland. Nun, wir wenden das Verfahren bei Menschen an, die zwischen fünfunddreißig und fünfundvierzig Jahre alt sind, und zwar aus zweierlei Gründen:

Erstens: Entweder ist man in diesem Alter eine Persönlichkeit, oder man wird keine mehr. Und Zweitens: Die medizinisch-biologische Idealzeit für eine Transplantation ist für den Empfänger das Alter zwischen fünfundvierzig und fünfundfünfzig Jahren, beim Spender zwischen neun und zehn Jahren, und zwar unabhängig davon, ob das auszuwechselnde Organ krank ist oder nicht.«

»Wie bitte?«

»Das ist doch klar. Wenn ein Organ solange gearbeitet hat, beginnt es ganz allgemein anfälliger zu werden. Das ist die vernünftigste Zeit, es auszuwechseln.«

»Ihre Überraschungen finden kein Ende.«

»Ich weiß nicht, schließlich hängt das alles doch logisch zusammen.«

»Und wenn vorher eine Verpflanzung notwendig ist?«

»Eine gute Frage. Diese Fälle sind nicht gerade häufig, und sie verlaufen nicht immer ganz reibungslos. Die früheste Transplantation war bisher die mit einem vierjährigen Spender. Natürlich nimmt die Genesung mehr Zeit in Anspruch. Da das Spenderorgan noch nicht groß genug ist, warten wir länger mit der Entfernung des alten Organs, soweit es der Gesundheitszustand des Patienten erlaubt. Aber auch hier ist die Erfolgsquote sehr gut, über neunzig Prozent.«

»Das ist ja unglaublich.«

»Das scheint Ihnen nur im Augenblick so. Wissenschaft und Technik sind heute auf einem so hohen Stand, daß das keine Hexerei mehr ist. Die eigentliche Schwierigkeit lag in der Entdeckung des Verfahrens selbst und in der Umsetzung in die Praxis.«

»Ist das Ihre Idee gewesen, Doktor?«

»Sagen wir besser, in der speziellen Spenderauslese erkennt man meine Handschrift. Es ist ja schon lange bekannt, daß die Leibesfrucht bezüglich ihrer Abwehr wie ein unbeschriebenes Blatt auf die Welt kommt. Wir sagen, sie ist antikörperneutral. Schon während der Geburt macht das vorhandene, aber noch nicht gegen jemanden oder etwas gerichtete Abwehrsystem die ersten Erfahrungen und rüstet sich gegen sie. Für immer. Aber genau so für immer macht das ungeborene oder neugeborene Leben folgende Erfahrung:

Spritzt man ihm zum Beispiel Zellen eines bestimmten Organismus ein, dann werden dessen Eigenschaften auf dem ›unbeschriebenen Blatt‹ gespeichert und gelten so als ›eigene‹, und zwar für immer!«

»Heißt das, daß dann jener Organismus als zukünftiger Spender für das Neugeborene gilt? Man kann also schon für jedes Kind einen Spender bereithalten?«

»Richtig! Nur ist diese Erkenntnis für unser Problem wertlos. Was für einen Sinn hätte es denn, für ein Neugeborenes einen schon geborenen Spender bereitzuhalten? Bei der von uns entwickelten Methode der Verpflanzung im Alter von etwa fünfzig Jahren wäre das Organ des Spenders ebenfalls schon verbraucht und somit wertlos. Wir arbeiten mit der Umkehr dieser Fakten. Wir präparieren das Ungeborene als Spender für die Mutter.«

»Das ist doch unmöglich«, wandte ich ein.

»Keineswegs; es ist einfach logisch und konsequent. Da sein ›Blatt‹ unbeschrieben ist, liegt es nahe, es mit all den Informationen zu beschreiben, die es später bei Mutter oder Vater als ›körpereigen‹ ausweisen. Und genauso, wie die Mutter während der Schwangerschaft die Frucht akzeptiert, müßte es doch eine Möglichkeit geben, daß die Frucht auch lange nach der Geburt von der Mutter als Spender sozusagen ›zurückgenommen‹ wird.«

»Ich kann nur wiederholen: Das ist unglaublich! Und ist diese Möglichkeit heute schon gegeben?«

»Sehr wohl!« lachte der Doktor, und ich verstand, wie naiv ich gefragt hatte.

»Wollen wir für heute abbrechen?« fragte er dann, »es war doch etwas viel auf einmal.«

»Nur noch eine Frage. Wie haben Sie diese verblüffend einfache Idee in die Praxis umgesetzt?«

»So einfach die Idee ist, so schwierig ist ihre Anwendungsmethode. Es bedurfte jahrelanger Arbeit, bis es soweit war. Einzelheiten erfahren Sie später. Nur soviel für heute: Wir trimmen die Frucht sozusagen schon vor der Zeugung und bis zum Zeitpunkt der Transplantation.«

»Zehn Jahre lang?«

»Genau! Wir stellen Beziehungen besonderer Art zwischen Mutterzelle und Tochterzelle her, wir stecken in die Frucht die notwendigen Erbinformationen und programmieren so Spender und Empfänger aufeinander zu.«

»Es ist eine phantastische Sache!«

»Das ist sie ganz bestimmt! Und ich hoffe, spätestens jetzt sind Sie mit mir einig, daß wir hier einen wesentlichen Fortschritt für die menschliche Gesellschaft erzielt haben. Endlich gibt es ein sinnvolles und gerechtes Ausleseverfahren unter den Menschen. Je länger die Besten leben, desto besser wird die Rasse und die Gesellschaft. Es wird in nicht zu ferner Zeit keine Kriege mehr geben, keine langandauernden Krankheiten, der Klassenkampf zwischen den gesellschaftlichen Gruppen wird verschwinden und, was mir das wichtigste scheint, keine unkontrollierbaren Menschenmassen in Milliardenzahlen ohne reale Möglichkeiten eines menschenwürdigen Lebens, unnütz auf dem begrenzten Raum unserer Erde.«

»Und was haben Sie mit diesem Planeten vor, Dr. Dimitri? Wie stellen Sie sich eine zukünftige Menschheit vor?«

»Meldet sich der Journalist wieder in Ihnen, mein Freund? Das freut mich. Wie ich sie mir vorstelle? Aus Menschen, die wirklich Persönlichkeiten sind. Es ist unserer Fähigkeiten unwürdig, daß heute noch Menschen herumlaufen, Zeit, Geld, Nahrung und Raum in Anspruch nehmen, obwohl schon bei ihrer Geburt feststand, daß sie niemals einen Beitrag für die Menschheit leisten können. Für solche Menschen wäre es besser, sie wären nie geboren, denn sie leben ja gar nicht, sie vegetieren auf armselige Weise. Erinnern Sie sich noch an unser Gespräch über das Ausleseverfahren bei den Tieren? Die Menschheit hat das Prinzip sehr früh erkannt und angewendet. Aus ideologischen Gründen schreckten wir davor zurück, es auch auf den Menschen zu beziehen. So sind wir trotz Geburtenbeschränkung und einer Reihe medizinischer und gesellschaftlicher Auflagen zur Familiengründung zu dem heutigen Durcheinander gekommen. Und wir wissen, daß wir ohne radikale Lösungen den Kampf gegen Übervölkerung und alle daraus resultierenden Spannungen und den Krieg gegen die Krankheit an sich nicht gewinnen können. Gleichheit gibt es nur unter Gleichen, Freiheit nur unter solchen, die Freiheit zu würdigen wissen. Auslese oder Entartung, das ist die Entscheidung unserer Generation, und wir haben uns für den Fortschritt, für das Leben entschieden!«

»Ich sehe Ihre Argumentation ja ein, Dr. Dimitri. Aber ich dachte, das Ganze wäre ein rein medizinisches Problem oder ein genetisches.«

»Das ist es nicht und war es nie. Dem Menschen Hilfe bringen, ihn heilen, führte immer, selbst als Ärzte noch als Zauberer oder Scharlatane verschrieen waren, über ihn hinaus, half der Sippe, dem Stamm. Heute ist diese Hilfe noch wichtiger, denn die Abhängigkeit voneinander ist sehr viel größer. Es kann keine absolute Freiheit mehr geben und auch die relative muß abgestimmt sein auf die Gemeinschaft. Jeder für alle, das ist unsere Parole.«

»Und jetzt, alle für manche.«

»Richtig, denn nur wenige Wissende sind imstande, allen zu helfen!«

»Ein eingängiger Gedanke.«

»Nun gut, lieber Freund. Wir haben uns ausgesprochen. Sie wissen jetzt alles, was hier geschieht und welche wichtige Rolle unsere Gesellschaft für die Menschheit übernommen hat. In den kommenden vier Wochen wollen wir unseren LG-Bereich besuchen. Dort werden Sie sehen, wie die Arbeit an den Menschen konkret geleistet wird.«

»Den LG-Bereich? Davon haben Sie mir noch nichts erzählt.«

»LG sind die Anfangsbuchstaben für ‹Lebensgarten›. So nennen wir das Gebiet, wo die Möglichkeit gegeben ist, das Leben mit Würde zu verlängern und zu erneuern. Im Lebensgarten . . .«

Nachdenklich sah der Doktor durch das Fenster in die dunkle Nacht. Versuchte er sie zu erhellen, um dort weit im Süden jene Gegend zu erblicken, an der sein Herz so sehr hing? Es war spät geworden, und unser Schweigen machte die Stille im feuchtwarmen Raum fast erdrückend. Mein Kopf schmerzte von dem langen Ringen, von all den Argumenten, Fragen und Überraschungen. Trotzdem wollte ich noch etwas wissen:

»Dr. Dimitri, es ist zwar spät geworden, darf ich trotzdem noch eine Frage stellen? Wenn Sie Ihnen zu persönlich erscheint, brauchen Sie selbstverständlich nicht zu antworten.«

»Nur zu, mein Lieber. Sie bekommen schon Ihre Antwort.«

»Sind Sie verheiratet?«

»Nein.«

»Sind Sie es gewesen?«

»Nein.«

»Sie hatten also keine Möglichkeit, Ihre Methode an sich anzuwenden?«

»Eine Gegenfrage. Halten Sie mich für eine Persönlichkeit?«

»Herr Doktor!«

»Ja, die Möglichkeit hatte ich. Ich war einer der ersten Menschen, an dem sie vor fast zwanzig Jahren angewendet wurde.«

»Und hat sie ...?«

»Wie Sie sehen! Die Methode funktioniert, denn ich bin doch da!«

»Und ... welche ... ich meine welche Organe?«

»Meine Nieren waren schon in jungen Jahren nicht in Ordnung. Zuerst die eine. Es war eine ausgezeichnete Operation, ich lebte ein ganzes Jahr mit drei Nieren, mein Freund!«

»Und dann?«

»Nach einem Jahr versagte bei mir die zweite Niere. Bei der nächsten Operation wurden die beiden alten entfernt und die zweite des Spenders verpflanzt. Sie funktionieren bis heute ohne jegliche Störung.«

»Sonst nichts?«

»Das Herz. Und dazu möchte ich noch etwas hinzufügen, lieber Jan. Heute wäre mein Sohn, wenn er noch lebte, wer weiß wo ... Vielleicht hätten wir nur losen Kontakt, vielleicht hätten wir uns entfremdet, wie es zwischen Vätern und Söhnen so oft geht. Ich aber ... Ich habe ihn hier«, er klopfte auf seine Brust und streichelte sie zärtlich, »er arbeitet für mich, er versorgt seinen alten Vater, obwohl er ihn nicht einmal gekannt hat, nicht wahr? Er ist immer bei mir, mein Sohn. Und ich weiß, er wird mich nie verlassen, und er wird eines Tages mit mir sterben. Ich sage Ihnen, es ist ein wundervolles Gefühl, das immer wieder zu spüren und zu wissen ...«

Auf dem ganzen Weg zu meiner Wohnung hatte ich sein Bild vor mir, so wie er hinter seinem Schreibtisch saß, klein und gedrungen, das silbrige Haar auf dem mächtigen Haupt, die sehnsüchtigen Augen, feucht und unergründlich, wie wenn sie die ganze Feuchtigkeit des tropisch-warmen Raumes aufgenommen hätten, unbeweglich bis auf die rechte Hand, die die Brust mit dem Herzen seines Sohnes streichelte. ...

KAPITEL 3

DER LEBENSGARTEN

1

Der Bereich des Lebensgartens erstreckt sich etwa zwanzig Kilometer in nord-südlicher Richtung. Die größte Breite des sanftgeschwungenen, leicht sichelförmigen Tales beträgt sechs Kilometer. Ein langgezogener Bergrücken, dessen höchste Erhebung etwa zwölfhundert Meter aufragt, schirmt das Tal vor den Nordwinden ab. Nach Osten hin bilden niedrige Hügelketten ebenfalls eine natürliche Klimabarriere. In der Mitte des Tales fließt ein sehr klarer Gebirgsbach.

Wenn ich jetzt an die Tage dort zurückdenke, muß ich mir gestehen, daß ich die letzten vier Wochen von ganzem Herzen genoß. Mein früheres Leben, meine Familie trat noch mehr als in den vergangenen Wochen in den Hintergrund.

Durch die günstige geographische Lage gedieh hier eine für unsere Breiten geradezu üppige, fast möchte ich sagen, subtropische Vegetation. Wir kennen ja solche, von der Natur bevorzugte Landschaften auch im Südwesten unseres Staates. Daß es in Wirklichkeit eine von Menschen, von Meistergärtnern komponierte künstliche Landschaft war, eine exzellente Mischung von heimischen und subtropischen Gewächsen, von vollkommen natürlich wirkenden Geländeveränderungen und von einer Verpflanzung exotischer Tierarten wie Flamingos merkte ich erst spät, und es beeinträchtigte mein Vergnügen kaum.

Als erstes traf ich mich mit mehreren Persönlichkeiten des öffentlichen Lebens, die mir mehr oder weniger bekannt waren. Sie wurden nach einem Plan des Doktors für mich eingeflogen. Drei von ihnen bedürfen der besonderen Erwähnung, da sie die Repräsentanten derjenigen Gruppen des Landes waren, die ein vorrangiges Interesse an der Gesellschaft hatten. Ich konnte mich sehr ausführlich mit allen dreien unterhalten. Sie überzeugten mich vollständig, da sie zu den wissenschaftlichen Argumenten auch die gesellschaftspolitischen hinzufügten.

Da war zuerst die Vertreterin der Finanz- und Industriemacht unseres Landes, Frau Dr. Elisabeth. Sie setzte mir die wirtschaftlichen Vorteile der Transplantation nach Dr. Dimitri auseinander. Sie zeigte mir, wie eine Industrie, die länger lebt – natürlich meinte sie damit die Industrie- und Finanzmagnaten –, eher bereit sei, mehr zu unternehmen, mehr zu investieren, mehr zu produzieren und noch mehr Forschungsprojekte zu unterstützen. Die Regenerierung und damit längere Lebenserwartung eines unternehmerischen Organismus sei für die unternehmerische Tätigkeit ungemein stimulierend, mit allen Folgen und Erfolgen für die Menschheit, für den Staat und die Bürger. Das war absolut einleuchtend.

Professor Vinzenz, Leiter der nationalen Astrobehörde, war ein alter Bekannter von mir. Mein Steckenpferd im Beruf ist die Astronautik. Er war nicht weniger überzeugend. Er begeisterte mich geradezu mit der einfachen Lösung des Zeitproblems, das bisher den Fortschritt im Bereich der Neuentdeckung fremder Welten hemmte. Seitdem wir der Anfangsphase der Raumschiffahrt im 20. Jahrhundert entwachsen waren, wurden alle Planeten unseres Sonnensystems erforscht. Auf keinem war menschliches Leben sinnvoll, eine Ausbeutung ihrer Rohstoffe mindestens vorläufig viel zu kostspielig. Andererseits war es aber utopisch, sich außerhalb des Sonnensystems zu wagen. Ein Astronaut unserer Tage konnte erst mit vierzig Jahren den wissenschaftlichen Ansprüchen seines Berufes genügen. Mit vierzig Jahren war er schon zu alt, um eine außerplanetarische Reise von Jahrzehnten zu unternehmen. Die Transplantationen aber. ... Wenn man die Anwendungsmethode beschleunigte – und daran arbeitete man – dann konnte der Astronaut mit etwa fünfundvierzig Jahren seine wichtigsten Organe austauschen und auf Weltraumfahrt gehen. Seine Forschungsreise durfte dann ruhig fünfzig bis siebzig Jahre dauern. Es war eine phantastische Lösung eines bisher unbewältigten Problems.

Zuletzt sprach ich mit dem Minister für Gesundheit, Bevölkerungsentwicklung und -programmierung. Ihm war die Gesellschaft unterstellt, und er trug die ganze Verantwortung für das Gelingen meines Auftrages. Er war mein Auftraggeber und nicht Dr. Dimitri, wie ich irrtümlicherweise angenommen hatte. Das Gespräch mit ihm habe ich in meinem Tagebuch wörtlich festgehalten.

»Ich möchte ausdrücklich betonen, Herr Jan«, fing er an, »wie sehr die Regierung darauf brennt, endlich mit diesen Informationen an die Öffentlichkeit zu gehen. Dazu brauchen wir Sie. Sie sind befugt, einen Stab zu bilden, der mit Ihnen zusammen auf Landesebene arbeiten wird. Wir haben für Sie alle Experten aussortiert, die als Mitarbeiter in Frage kommen. Die Wahl überlassen wir natürlich Ihnen. Ich bin befugt, die herzlichsten Glückwünsche des Präsidenten zu überbringen.«

»Vielen Dank«, murmelte ich, denn das Ausmaß des Angebotes hatte mir die Sprache fast verschlagen.

»Er ist sehr daran interessiert, daß Ihr Bericht ein Erfolg wird. Geld spielt selbstveraständlich keine Rolle. Auch die Zeit kaum, denn sie ist mit fünf Jahren schon großzügig berechnet.«

»Ja, das ist richtig«, stimmte ich ihm zu.

»Sie wissen genauso gut wie ich, was er als Präsident unseres Staates geleistet hat. Und darüber hinaus. Nicht umsonst erhielt er vor vier Jahren, nach der Beendigung des fernwestlichen fünfzehnjährigen Krieges, den Friedenspreis der Nation. Seit sechzehn Jahren führt er die Schicksale von Millionen Bürgern mit fester Hand durch eine geschichtsträchtige Zeit. Wohlstand, Ruhe und Ordnung sind ausschließlich sein Werk. Ich nehme ihn als Beispiel, um die letzten eventuellen Bedenken oder Mißverständnisse auszuräumen« – ich versuchte ein klein wenig zu protestieren, aber er hinderte mich gönnerhaft mit einem Lächeln –, »aber ich bitte Sie, Herr Jan! Ich kenne Ihr Computerbild zu genau, Sie brauchen sich nicht zu rechtfertigen. Also, gesetzt der Fall, dem Präsidenten wird etwas zustoßen. Welch ein Verlust wird das sein? Für uns alle? Erinnern Sie sich an seinen Unfall vor zwei Jahren? Es hat nicht viel gefehlt und er wäre gestorben! Dank aber seines jungen und gesunden Herzens hat er jene schrecklichen Wunden überlebt! Nach einhelliger Meinung aller Ärzte, die ihm beistanden!«

»Ja, ich erinnere mich, Herr Minister.«

»Na gut, aber das Wichtigste sage ich Ihnen erst jetzt. Während jener Tage sind an die Regierung Tausende und Abertausende, was sage ich! an die Millionen Briefe geschickt worden. Von einfachen Bürgern der III. Kategorie über Industriefacharbeiter der II. bis hin zu den Prominenten der I. Kategorie! Männer, Frauen und Kinder sandten sie, und sie boten unter anderem an, für den Präsidenten etwas zu spenden: Blut, Nieren, Magenteile, Rippen, Adern und alles, was ihm damals zerbrochen, zerrissen und zerfetzt war. Es ist nicht so sehr wichtig, daß der Präsident alle diese Angebote nicht benötigte; die Geste, sich selbst anzubieten, zeigte die Liebe des Volkes zu seinem Präsidenten. In den Schulen sprachen die Lehrer mit ihren Schülern darüber, und jeden Morgen haben Millionen Kinder gemeinsam zur gleichen Zeit laut, intensiv und mit fest geschlossenen Augen den Wunsch gesprochen, der Präsident möge wieder gesund werden! Zwei Minuten lang! Jeden Morgen! Zwei Monate lang!«

Ja, ich erinnerte mich an jene schrecklichen Tage, an denen eine ganze Nation, aus Millionen Menschen bestehend, nur von einem Gedanken erfüllt war, ob wohl der Präsident wieder gesund werden würde! Man hat statistisch festgestellt: Während der ganzen 60 Tage ging die Konsumlust des Volkes um 50% zurück, man kaufte nur das Allernotwendigste. Die Zuschauerzahl des Staatsfernsehens stieg um 20%, d. h. 98% aller Bürger über zwei Jahre saßen vor dem Fernsehapparat! Die Nervosität der Erwachsenen stieg rapide an, mit ihr auch der Verbrauch von Beruhigungspillen! Man beobachtete neun Monate später einen Rückgang der Geburten um nahezu 70%! An Geschlechtsverkehr zu denken, mit oder ohne Folgen, wenn der Präsident im Sterben liegt?

Ja, daran konnte ich mich sehr gut erinnern, denn auch wir lebten damals mit der Angst.

Ich traute mir keine Prognose zu, was wohl geschehen wäre, wenn der Präsident ...

»Er ist fast neunzig Jahre alt«, sagte der Minister, als ob er meine Überlegung über das Alter des Präsidenten erraten hätte, »und kerngesund!«

»Ist er ein ... ein Empfänger gewesen?« fragte ich, ohne ganz sicher zu sein, ob die Frage angebracht wäre.

»Aber selbstverständlich!« antwortete Dr. Dimitri, der die ganze Zeit beim Gespräch anwesend war, aber schweigsam zugehört hatte.

Ich nickte, das war doch selbstverständlich. Gleichzeitig war mit dieser Erklärung das Rätsel der physischen Ausstrahlung des Präsidenten gelöst. Ich hatte mich immer wieder voll Bewunderung gefragt, wie er mit neunzig Jahren einen Zehn-Stunden-Arbeitstag bewältigen, Sport treiben und mit einer um fünfzig Jahre jüngeren Frau verheiratet sein konnte.

Erst am dritten Tag erfuhr ich von Dr. Dimitri die genauen Einzelheiten über die Kinder im ›Lebensgarten‹ der Gesellschaft.

Zur Zeit meines Aufenthaltes lebten dort 3254 Kinder: 1550 Jungen und 1704 Mädchen, natürlich voneinander getrennt. Diese beiden Blöcke waren in fünf Gruppen aufgeteilt, die ebenfalls voneinander getrennt waren. Jede Gruppe bestand also entweder aus Mädchen oder aus Jungen zweier Jahrgänge, von den Ein- bis Zweijährigen bis zu den Neun- bis Zehnjährigen.

Ich besuchte jene von der Außenwelt der Gesellschaft hermetisch abgeschlossenen zehn Kinderkolonien, wie Dr. Dimitri sie nannte. Jede Kinderkolonie wohnte in einem kompletten Bauernhof, umgeben von einer hohen Mauer. Ich schätzte den Umfang eines solchen eingefriedeten Gehöftes auf 150 bis 200 Hektar. Der Abstand zwischen den einzelnen Kinderkolonien betrug mindestens vier bis fünf Kilometer. Das heißt, die Kinder konnten andere Kindergruppen weder sehen noch hören. Da ihnen auch die Betreuer deren Existenz verschwiegen, wuchsen sie völlig isoliert und auf ihre Kolonie bezogen auf. Ihre Welt endete an der großen Mauer.

Es war ein Sonntagmorgen, als ich mit Dr. Dimitri die Kinderkolonie ›Flamingo‹ besuchte. Wir fuhren mit dem Wagen durch das bewachte Tor. Vogelgezwitscher durchwob die wohltuende Stille. Die Straße ging eine kleine Anhöhe hinauf, rechts und links von uns grasten Schafe in den Wiesen. Es war trotz des frühen Morgens schon sehr warm. In der Ferne tauchte, eingebettet in eine Mulde von vier bewaldeten Hügeln, der Bauernhof mit seinen Wirtschaftsgebäuden auf. Die Straße fiel in weit geschwungenen Kehren leicht ab. Vor dem Wohntrakt, der nach Westen orientiert war, erstreckten sich schier unendliche Gartenbeete mit Bäumen, Sträuchern, Blumen und Gemüsen. Es war wie ein wirklicher Paradiesgarten. Dazwischen sah ich nun zum erstenmal die kleinen Gestalten der Kinder: Manche arbeiteten mit Spaten und Hacken, andere beschnitten Bäume und Sträucher, wieder andere brachten große Körbe mit Früchten in die Lagerhäuser. Weiter südlich konnte ich Sportplätze sehen, von denen fröhliches Kindergeschrei herüberklang.

Wir stiegen vor dem Wohngebäude aus. Dort erwartete uns Dr. Martin, der Leiter der ›Flamingokolonie‹, die 295 Jungen im Alter von 9 – 10 Jahren beherbergte.

Ich bekam ein Zimmer im zweiten Stock des Hauses, mit Fenstern zum Innenhof. Ich ging hinauf, um mich zu erfrischen. Vom Fenster aus betrachtete ich den Garten. Er war ungefähr fünfzig Meter vom Bau entfernt in Fächerform angelegt, und obwohl alles, so weit ich sehen konnte, grün und üppig wuchs, hatte ich den Eindruck, ich hätte vor mir eine Oase. Ich sah keine erwachsenen Menschen, die Kinder waren allein zwischen den Beeten. Es waren mehrere fast gleichaltrige Kinder, die einen fröhlichen, verspielten und gesunden Eindruck auf mich machten. Gleich danach begaben wir uns, Dr. Dimitri, Dr. Martin und ich, in den Garten.

»Einen solchen Morgen kann man nur im Garten genießen«, meinte Dr. Dimitri.

Als die Kinder Dr. Dimitri bemerkten, brachen sie in Jubel aus und umkreisten uns bald.

»Na, ihr kleinen Pflänzchen?« sagte Dr. Dimitri freundlich und streichelte die Köpfe der Reihe nach.

»Hast du Schokoladeneier mitgebracht, Onkel?« fragte ein braungebrannter, blonder Junge mit großen, blauen Augen.

»Alle Taschen voll!« antwortete der Doktor und fing tatsächlich an, Schokoladeneier an die Kinder zu verteilen.

»Weißt du, Onkel, was ich heute gesehen habe?« fragte ihn ein zweiter Junge, indem er ihn zugleich mit der kleinen, von Erde verschmutzten Hand am Anzug faßte.

»Was denn? Was denn?« lachte er.

»Einen sehr – sehr großen Vogel, der brummte und brummte, und weg war er, dahinten!« Er zeigte über den Berggipfel hinaus.

»Na prima!«

»Ein großer Vogel, den ich gar nicht kenne«, sagte der Kleine, paradoxerweise ohne Frage in seiner Feststellung. Der Doktor aber war schon mit anderen Kindern beschäftigt und antwortete nicht.

Ich glaubte, ich sollte eine Antwort geben, nahm den

Kleinen, der genüßlich das Schokoladenei lutschte, auf die Seite, klopfte ihm auf die Schulter, lächelte ihn an, als er seine Augen zu mir emporhob, und sagte:

»Ein Flugzeug war das. Eine Flugmaschine.«

»Ein was? Nie! Das war ein Vogel«, erwiderte er.

»Lassen Sie, lieber Jan!« schaltete sich der Doktor ein, »Sie brauchen dem Jungen keine Erklärung geben, die er nicht verstehen kann. Wozu auch!«

»Nun ja ...«, meinte ich verwirrt.

»Ich vergaß natürlich, Sie auch darüber aufzuklären«, lächelte er mich über ein Dutzend Kinderköpfe hiweg an, »wir beantworten nur diejenigen Fragen der Kinder, die mit ihrer Umwelt hier zu tun haben. Ich kann Ihnen versichern, kaum ein Mensch kann zehn Jahre seines Lebens hintereinander so sorglos, ausgeglichen und friedlich leben wie diese Kinder. Es ist richtig, sie sind hier von der ferneren Umwelt absolut abgeschirmt, sie wissen nicht einmal davon. Zugleich aber sind sie gegen die Gefahren, Enttäuschungen und Tränen jener Welt immun. Sie kennen nur das Lachen, die Pflanzen und die Tiere. Glauben Sie mir, sie sind glücklich! Schauen Sie den Kleinen an. Er erzählte vom großen Vogel, nicht wahr? Für ihn war es ein großer Vogel, der brummte, genauso wie es große Vögel gibt, die schreien, wie die Gänse zum Beispiel. Er weiß, daß es so ist. Sie tun ihm keinen Gefallen mit solchen Erklärungen, er wird sie nicht einmal verstehen.«

»Sie haben recht, Doktor«, sagte ich.

Die Fröhlichkeit der Kinder war für mich ein überwältigendes Erlebnis. Sie beachteten mich kaum. Nicht, weil sie mißtrauisch waren, nein. Ich war aber ein Fremder, und der Doktor sagte mir, die Kinder seien von ihren Arbeiten im riesigen Garten so sehr in Anspruch genommen, sie hätten dort schon mit drei

oder vier Jahren so viele Probleme zu lösen, daß ihre
natürliche Neugierde voll befriedigt würde.

Ich hatte also Zeit, sie zu beobachten, wie sie, –
ähnlich kleinen Zwergen – immer um Dr. Dimitri
herumschwärmend, ihm die Neuigkeiten in den Beeten
zeigten. Sie führten uns zu den Obsthecken und
besprachen mit dem ›Onkel‹ die Qualität der Birnen.
Sie erzählten von Pfirsichen und Feigen. Sie zeigten die
Salatgurken, wie sie lang und gerade hingen. Sie
fragten ihn, ob er länger bleiben werde oder gleich
wieder abfahren wolle, sie wollten ihm nämlich Obst
für die ›lange‹ Reise mitgeben. Und er? Er ging
zwischen ihnen, da streichelte er eines, dort gab er
einem anderen einen Stoß, beantwortete Fragen, be-
jahte Vorschläge, erklärte Zusammenhänge und natürlich lachte er mit ihnen, genauso froh und glücklich
wie die Kinder selbst.

Ich blieb hinter der Kinderschar zurück und betrach-
tete sie. Der kleine Doktor war nur um seinen weißen
Kopf größer als die Kinder. Mir kam er wie eine
Bruthenne vor, die glücklich und besorgt mit ihren
Küken unterwegs ist. Mich hatte er fast vergessen. Dr.
Martin neben mir hatte bis dahin kein Wort gesagt,
und so war ich für einen Moment erschrocken, als er
plötzlich sagte:

»Wissen Sie, Herr Jan, ich bewundere ihn. Ich kenne
ihn, seitdem ich Student war, aber er begeistert mich
immer von neuem. Alles, was er berührt, bekommt
Farbe und Glanz von seiner Erscheinung: Ob Pflanze,
ob Tier, ob Mensch!«

Ich nickte nur und dachte an das Zebra im zoologischen Garten. Es benahm sich damals nicht anders, als
die Kinder jetzt. Oder Dr. Martin. Oder sogar ich. . . .

Schon vor dem Mittagessen hatte ich zusammen mit

Dr. Dimitri und Dr. Martin die nähere Umgebung kennengelernt. Es war ein idealer Tummelplatz für Kinder. Ihr Betätigungsbereich war enorm vielseitig und entsprechend groß. Außer dem Garten gab es Ställe für Schafe, für Gänse, Enten und Hühner. Sportplätze sorgten für Abwechslung von der intensiven Arbeit. Was mir damals noch nicht auffiel, war die Selbständigkeit der Kleinen. Sie sorgten für alles im Hof, bis auf die schweren Arbeiten natürlich. Diese besorgten die Erwachsenen mit den vorhandenen landwirtschaftlichen Maschinen. Aber alles andere wurde von kindlichen und sehr geschickten Händen gemacht. Ich hatte mehr als genug Gelegenheit, dies festzustellen.

Das Leben im Freien, die spielerische Verrichtung der Arbeit, die allerdings sorgfältig und konsequent durchgeführt wurde, hatte wohlproportionierte Körper heranwachsen lassen. Sie waren durch und durch gesunde und glückliche Kinder, wie ich sie nicht einmal bei den landwirtschaftlichen Familien der III. Kategorie angetroffen hätte.

Am Nachmittag zeigte mir Dr. Martin die Einrichtungen der Gebäude. Die Räume der Kinder waren klein und puppenhaft gebaut. Ich konnte kaum aufrecht durch die Türen gehen, und im Eßraum Platz nehmen zu wollen, war zwar möglich, aber ich hätte es auf den kleinen Stühlen nicht lange ausgehalten.

»Das ist eben die Welt der Kinder, Herr Jan«, bemerkte Dr. Martin, als ich die Bequemlichkeit der Stühle ausprobieren wollte. »Alles, was für die Kinder da ist, ist für sie entworfen und entspricht ihren körperlichen Bedürfnissen.«

Das stimmte bis zur letzten Kleinigkeit. Die Toiletten zum Beispiel: Sie waren eine wahre Farbenpracht!

Tier- und Pflanzenbilder bedeckten die sauber glänzenden Wände. Ebenso war es in den Duschräumen. Die Schlafzimmer, die jeweils für vier Kinder eingerichtet waren, hatten weiche orangefarbene Teppiche, eine Fülle von Spielzeug aller Art lag auf dem Boden herum oder in den Regalen; überall war es sauber, kindgemäß und farbenfroh.

Jede Abteilung wurde von einem Erwachsenen betreut und beherbergte vierzig Kinder. Sie war, was die Räumlichkeiten betraf, autark, das heißt, mit eigenem Eßraum, Duschen, Toiletten, Spiel- und Kinoraum. Ich hatte Gelegenheit, Trickfilme mit den Kindern der 4. Abteilung zu sehen. Es waren kleine, lustige Episoden, in denen hauptsächlich Flamingos vorkamen, die in einer ähnlichen Hofkolonie lebten und sich mit den verschiedensten Arbeiten beschäftigten. Sie züchteten Obst, Gemüse und Blumen, sie hielten Hühner, Enten, Gänse und Schafe. Sie hatten auch die alltäglichen Probleme der ›Flamingokolonie‹ und lösten sie friedlich, lustig und mit viel Elan. Die Kinder, die die Filme mit Begeisterung ansahen, identifizierten sich sehr leicht mit den Flamingodarstellern und erkannten mehrere Situationen, die auch ihnen irgendwann auf dem Hof begegnet waren. In jedem Film waren es immer wieder einige Flamingos, die sagten, sie hätten nun das herrliche Leben auf der Farm wirklich lange genug genossen, es wäre an der Zeit, Platz auch für andere Flamingos zu machen. Das wurde ganz natürlich gesagt und wiederholt, alle übrigen Flamingos beklatschten den Entschluß und verabschiedeten die ›alten‹, die dann niemals wieder in den nächsten Filmen erschienen. Das kannten die Kinder schon, sie fanden absolut nichts dabei, und obwohl sie sich für die ›Helden‹ begeistert hatten, freuten sie sich schon auf die nächsten, die kommen würden.

»Den Kindern ist schon in diesem Alter bewußt, daß jedes Lebewesen eine bestimmte Zeit lebt und dann sterben muß«, erklärte mir Dr. Martin, als wir zu dritt am Abend beim europäischen Wein beisammen saßen.

»Sehen Sie, lieber Jan«, sagte Dr. Dimitri nun, »diese Kinder führen ein ideales Leben. Von der Geburt bis zum Tode genießen sie die ganze Zeit sorglos und glücklich. Sie sehen in der Tatsache des Todes nichts besonderes, denn niemand hat sie damit jemals geängstigt. Sie leben in der Natur, und sie begegnen dort jeden Tag sowohl der Geburt als auch dem Tod. Sie wissen, sie leben eine Zeitlang, und irgendwann müssen sie sterben; so wie die Pflanzen und die Tiere. Ich beneide sie oft ...«

»Stellen die Kinder eigentlich keine Vergleiche an?« fragte ich.

»Sicherlich tun sie das«, erwiderte Dr. Dimitri. »Sie fragen auch. Ob sie irgendwann so groß werden wie die Erwachsenen, ob sie den Hof einmal verlassen werden und ähnliche Fragen. Heute morgen fragte mich eines, ob es auch einmal weiße Haare bekäme wie ich!«

»Wie beantworten Sie solche Fragen?« wollte ich wissen.

»Alles hier ist auf das Ziel der Gesellschaft gerichtet«, antwortete er. »Das heißt, die Kinder erfahren alles, was sie bis zum zehnten Lebensjahr sehen oder verstehen werden. Dementsprechend ist auch die Erziehung hier. Zu dieser Erziehung gehört natürlich auch, keine Konflikte entstehen zu lassen. Sie können entstehen, wenn zum Beispiel eine Frage, die direkt mit dem Leben hier zu tun hat, unbeantwortet bleibt, wie

94

jene, die ich eben erwähnte. Es ist einfach: Mit Beispielen aus dem Leben von Pflanzen und Tieren, verstehen Sie? Sie müssen aus diesem Bereich kommen, denn darin spielt sich im wesentlichen das Leben der Kinder ab. Es gibt einjährige, zweijährige und mehrjährige Pflanzen, große und kleine, auch bei der gleichen Art. Ähnlich bei den Menschen; es gibt große und kleine, das sehen die Kinder bei uns Erwachsenen, lieber Jan. Sie sind über 1,85 m groß und ich bin gute 20 cm kleiner; Sie sind jung und ich bin alt, mit weißen Haaren auf dem Kopf, nicht wahr?«

»Das akzeptieren die Kinder, Herr Jan«, fügte Dr. Martin hinzu.

»Das glaube ich ja«, erwiderte ich. »Aber wie ist es mit der Frage der Eltern? Die Kinder sehen doch, daß die Vögel und die Schafe auf dem Hof einmal Elterntiere hatten!«

»Natürlich sehen sie das, und sie fragen auch danach«, lächelte Dr. Dimitri. »Ich habe diese Frage erwartet, obwohl ich annehme, daß Sie überzeugt sind, den Kindern geht es hier gut, nicht wahr?«

»Ausgezeichnet, Doktor, aber ...«

»Ja, ich weiß, ich weiß! Sie machen sich Sorgen um den emotionalen Bereich der Kinder, nicht wahr?«
Ich nickte.

Dr. Martin sagte zu mir: »Sie haben die Kinder lange beobachten können, Herr Jan. Sie sind die ausgeglichensten Geschöpfe im ganzen Land, glauben Sie mir. Sie werden in den nächsten Tagen Gelegenheit haben, das auch in den anderen Kinderkolonien bestätigt zu sehen.«

»Die Frage nach den Eltern nun«, fuhr Dr. Dimitri fort. »Gewiß ist es schwer, sie konfliktfrei und wahrheitsgemäß zu beantworten. Aber die Kinder haben weder meine Eltern gesehen noch die von Dr. Martin noch die Ihren. In regelmäßigen Abständen bringen wir in jede Kinderkolonie Tiere und Pflanzen aus den anderen Kolonien, ohne Zusammenhang mit Eltern. Zum Beispiel kleine Schafe, Küken und Setzlinge. Wir haben den Kindern die einfache Erklärung gegeben, daß es Eltern gibt, die Kinder länger bei sich haben und andere, die es nicht tun. Am besten zeigen wir ihnen Fische und Käfer. Sie schlüpfen aus dem Ei und sind auf sich angewiesen, ohne jegliche Beziehung zu den Eltern, nicht wahr?«

»Außerdem«, ergänzte Dr. Martin, »kommt die Frage nach den Eltern nicht aus der Sehnsucht nach Eltern, sondern aus Neugierde. Das versteht sich von selbst, Herr Jan. Ich sagte schon, wir legen sehr viel Wert auf Ausgeglichenheit und Gruppenverhalten. Schon in den Kinderkolonien der Einjährigen werden die Kinder gemeinsam in kleinen Vierergruppen versorgt; sie haben ein sehr gut entwickeltes Gruppengefühl, das werden Sie schon sehen.«

»Damit ist das Wesentliche gesagt, lieber Jan!« lächelte mich Dr. Dimitri an. »Ich sagte schon, die Kinder führen hier ein Leben in Geborgenheit, das außerhalb der Gesellschaft nicht so leicht möglich ist. Ich beneide sie oft.«

Ich wußte, daß er es tatsächlich ernst meinte. Das Paradies, in dem die Kinder das Glück hatten zu leben, war perfekt. Man konnte es nicht mit dem Alltag vergleichen. Es war richtig, wie die beiden sagten: Diesen Kindern in ihrer Unwissenheit blieb wirklich vieles erspart.

2

Dr. Dimitri und ich besuchten in den anschließenden drei Wochen alle zehn Bauernhöfe, in denen die 3254 Jungen und Mädchen lebten.

Überall sah ich ähnliche Bilder wie in der Kinderkolonie ›Flamingo‹. Glückliche Kinder, arbeitsam und verspielt, fröhlich und gesund. Nicht nur die älteren von ihnen machten einen solchen Eindruck, sondern alle. Auch in den zwei Intensivkolonien mit den zwei- bis fünfjährigen Kindern und auch in der ›Brutkolonie‹ mit den einjährigen sah ich durchweg zufriedene Kinder. Ein gut geschultes, vertrauenswürdiges und ausreichendes Personal sorgte für sie zu jeder Tages- und Nachtzeit. Nirgendwo hörte ich ein böses Wort von einem Erwachsenen zu einem Kinde. Niemand hatte jemals ein Kind geschlagen oder nur hart angefaßt. Im Bereich der Gesellschaft gab es einen besonderen Gebäudekomplex, in dem die neu eingestellten Mitarbeiter sechs Monate lang auf ihre speziellen Aufgaben gründlich vorbereitet wurden. Die Unterkunft war luxuriös, die Bezahlung ausgezeichnet.

Zuletzt ist es wichtig, zu wissen, daß alle Mitarbeiter, die direkt mit den Kindern zu tun hatten, natürlich aus der elitären I. Kategorie kamen, eine Tatsache, die schon allein das Gelingen der gesamten Arbeit im Bereich der Gesellschaft für Forschung, Technik und Genetik SB garantierte.

In der letzten Woche meines Aufenthaltes im Bereich des Lebensgartens wohnte ich einer Operation bei. Somit wurde der Plan des Doktors genauestens erfüllt. Er hatte es mir gesagt und immer wieder gesagt:

›Wir werden den Plan einhalten, lieber Jan ...‹
oder

›Natürlich werden Sie die Kinder sehen! Sie müssen doch darüber berichten, nicht wahr? Gedulden Sie sich aber ...‹

oder

›Nun, lieber Jan, das Hauptgewicht Ihres Berichtes sind nicht die Kinder an und für sich, nicht die ... Aber wenn die Zeit gekommen ist, werden wir ...‹

oder

›Operationen? Aber gewiß werden wir Operationen beiwohnen! Wir haben noch Zeit bis dahin, lieber Jan. Wir haben Zeit ...‹

Jetzt war die Zeit da.

Ich hatte das nach modernsten Gesichtspunkten gebaute Hospital schon kurz nach meiner Ankunft im Bereich des Lebensgartens besucht. Es stimmte, wenn Dr. Dimitri zu mir sagte:

»Sie werden im ganzen Land keine zweite derartig eingerichtete Klinik finden! Ich habe ihre Einrichtung teils persönlich entworfen, teils ist sie das Werk von Prof. Benedikt; natürlich wird sie laufend auf den neuesten Stand der Technik gebracht. Sie wissen ja, lieber Jan, um die Kosten brauchen wir uns nicht zu kümmern ...«

Auch um das Hospital waren Landschaftsgärtner tätig gewesen. Ein romantischer Seerosenteich trennte es von einem langgestreckten Erholungsheim für die Patienten. Große, gepflegte Liegewiesen wechselten mit schattigen Parkanlagen ab. Dort, wo sie in hügeliges Gelände übergingen, lag ein schöner Golfplatz.

Professor Benedikt hatte ich bei meinem ersten Besuch nicht gesehen. Er befand sich, wie Dr. Dimitri mir damals sagte, auf einer Südseereise. Heute sollte ich nun einer von ihm geleiteten Operation zusehen dürfen.

98

Damals hatten wir den Operationssaal selbst besichtigt, heute befanden wir uns auf einer Empore, mit direktem Blick auf die Operationstische. Die Entfernung betrug etwa vier Meter, das leicht getönte große Panoramafenster störte in keiner Weise. Ich sah die Ärzte und Schwestern direkt unter mir die Operation vorbereiten, und selbst ich als Laie erkannte, wie perfekt sie aufeinander eingespielt waren. Nun sollte ich also das eigentliche Wunder, das hier geschah, mit eigenen Augen sehen; ich war so aufgeregt, als wäre ich direkt in das Geschehen dort unten einbezogen.

Ein Mitarbeiter machte Professor Benedikt auf uns aufmerksam, und er begrüßte uns durch die Mikrophone, die über den Operationstischen hingen.

»Wir operieren heute in zwei Stadien, meine Herren«, fuhr der Professor fort. »Zuerst werden wir eine zweite Niere vom Spender auf den Empfänger transplantieren. Zeitdauer des Eingriffs etwa zwei bis zweieinhalb Stunden. Der Empfänger bekam die erste Niere vor fünf Monaten, gleichzeitig wurde die eine kranke Niere entfernt. Die zweite eigene Niere hat bis jetzt weiterhin gute Dienste geleistet, deshalb wird sie heute auch noch nicht entfernt, aber mit Sicherheit zu einem späteren Zeitpunkt. Nach Beendigung dieser Operation werden wir eine zweistündige Pause einlegen. Sie ist notwendig, um den Empfängerorganismus wieder etwas zur Ruhe kommen zu lassen und gleichzeitig zu prüfen, ob er die neuerliche Belastung der doch relativ schwierigeren Herztransplantation verträgt. Verläuft die Kontrolle positiv, wird die Herztransplantation durchgeführt. Da keine Komplikationen zu erwarten sind, werden wir dazu etwa vier bis viereinhalb Stunden brauchen. Haben Sie noch irgendwelche Fragen?«

Er sah zu uns herauf und wartete. Auf der Armlehne meines Sessels befand sich die hier übliche Armaturentafel. Ich drückte die Taste ›Sprechverbindung OP‹. Lautlos glitt von der Decke ein Mikrophonkopf vor mein Gesicht. Ich fragte: »Professor Benedikt, was geschieht mit dem Spender in der Pause zwischen den beiden Operationen? Er hat ja nun keine Nieren mehr?«

»Wir schließen ihn an eine Nierenmaschine an, das ergibt überhaupt keine Probleme.«

»Sie sagten außerdem, Sie erwarteten bei beiden Operationen keine Komplikationen. Wie können Sie das denn im voraus wissen?«

»Die Simulat-Operationen von gestern nachmittag verliefen ausgezeichnet.«

»Die Simulatoperationen?« fragte ich überrascht und sah Dr. Dimitri neben mir an.

Er beugte sich zu mir herüber und sprach in das Mikrophon: »Ich habe Herrn Jan davon noch nichts erzählt, Benedikt.«

»Hm! Vor jeder Transplantation operiert sozusagen als Generalprobe ein Simulator-Computer, Herr Jan. Er führt die Eingriffe durch anhand aller Informationen, die wir zuvor eingespeichert haben: Dazu gehören der Organzustand von Empfänger und Spender ebenso wie alle Daten vom Blutdruck über Blutverlust bis zur allgemeinen Organtätigkeit und natürlich die Zeitdauer der Operation und so weiter. Das Operationsbild, das wir so erhalten haben, ist ausgezeichnet.«

Ich hatte keine Frage mehr. Der Professor wartete kurz und nickte dann seiner Mannschaft auffordernd zu: »Gut, fangen wir an.«

Die großen Schiebetüren des OP öffneten sich lautlos, und hintereinander wurden zwei Krankentragen hereingerollt. Die Umrisse beider Körper, der größere des Empfängers und der kleinere des Spenders zeichneten sich deutlich unter dem dunkelgrünen Tuch ab. Die Köpfe lagen auf der mattgelben Unterlage unbedeckt: Es handelte sich um eine Frau und ein Mädchen; beide waren blond, hatten die Augen geschlossen, die Gesichtszüge waren völlig entspannt. Behutsam wurden die beiden auf die Operationstische gelegt, die etwa drei Meter voneinander entfernt standen. Plötzlich erhellte der riesige Operationsscheinwerfer an der Decke den Raum.

»Empfänger und Spender stehen unter Narkose«, kam nun wieder die Stimme Professor Benedikts durch die Lautsprecher zu uns auf die Empore. »Sie werden jetzt an die Anästhesieapparate angeschlossen.« Zwei Narkoseärzte nahmen jeweils am Kopfende der Patienten Platz und hantierten an verschiedenen Geräten, schlossen Schläuche an, drehten Ventile.

Die Lautsprecheranlage klickte, plötzlich hörte ich sie beide – die Frau und das Mädchen – atmen, regelmäßig, langsam, ja fast mühsam. Leise klirrten dazwischen Instrumente.

Nüchtern kam die Stimme des Professors durch die Lautsprecher: »Die Operation hat begonnen.«

Ich spürte mein Herz heftiger schlagen. Mir war, als wenn ich in irgendeiner Weise mit dem Geschehen dort unten verbunden wäre. Wie immer, wenn ich mich wirklich aufrege, wurden meine Handflächen feucht.

Dr. Dimitri bemerkte meine Unruhe und sagte: »Sie sind so schweigsam und gleichzeitig unruhig ...«

Ich sagte die Wahrheit: »Ich habe noch nie eine Operation gesehen, geschweige denn etwas Derartiges.«

Dr. Dimitri lächelte verständnisvoll. »Das stimmt

nicht ganz, mein lieber Jan, denken Sie doch an die Frösche und die vielen anderen Transplantationen an Tieren, oder sagen wir besser ›Lebewesen‹, die sie gesehen haben!«

»Das war aber doch etwas ganz anderes, Doktor, oder nicht?«

»Absolut nicht. Die äußere oder die innere Form ist anders, verschieden von unserm Körper. Aber was die Operation betrifft, gibt es keinen Unterschied!«

»Sie haben im Prinzip recht.«

»Natürlich habe ich recht, und zwar im Prinzip und im Detail. Die Tiere haben uns den Weg gewiesen, lieber Jan. Methode und Technik der Eingriffe sind gleich oder mindestens sehr ähnlich. Denken Sie daran, das ist die erste Etappe eines sehr langen und mühevollen Weges!«

Wie immer gelang es Dr. Dimitri, mich auf das Wesentliche hinzuführen. Ich konzentrierte mich auf die Vorgänge dort unten. Es war faszinierend genug, zuzusehen.

Die beiden Operationsteams arbeiteten praktisch simultan, wie im Gleichtakt, wenn man so sagen darf. Ab uns zu hörte man eine halblaute Anweisung von Professor Benedikt oder vom Chefchirurgen am anderen Tisch, oder eine Erklärung, die an mich gerichtet war:

»Wir werden die Spenderniere oberhalb der vorhandenen Niere einpflanzen und verbinden dann die Arterien, die Venen und den Harnleiter.«

Dann wieder geschäftige Stille, leises Klirren von Instrumenten und hinter allem das gleichmäßige Atmen von Empfänger und Spender.

Ich war überrascht, als das Chirurgenteam am Spender zu arbeiten aufhörte und die Stimme Professor

Benedikts zu uns heraufklang, fast monoton, als läse er von einer Liste ab:

»Computerbildaussage?«

Aus dem Hintergrund antwortete jemand: »Bei Empfänger und Spender o.k.«

»Die Nierenmaschine?« fragte der Professor.

»Arbeitet einwandfrei«, kam die prompte Antwort.

»Die Zeit?«

»Eine Stunde und dreiundfünfzig Minuten«, stellte der Mann am Computer fest.

»Ausgezeichnet, es war eine gute Arbeit.«

Damit verließ der Professor den Operationssaal. Eine Stunde und 53 Minuten, wenn ich es auf meiner Uhr nicht gesehen hätte, es wäre mir unglaublich erschienen.

Die darauffolgenden zwei Stunden verbrachte ich mit einer kleinen Gruppe um Professor Benedikt. Er führte das Gespräch sehr locker, ja geradezu heiter, aber gleichzeitig doch sehr souverän. Er räumte alle meine Zweifel am Gelingen der Transplantation aus, obwohl ich nichts derartiges geäußert hatte. Er sprach von weiteren neuen Möglichkeiten und Wegen der transplantierenden Chirurgie und erzählte von der Zeit des gemeinsamen Studiums mit Dr. Dimitri – er war also auch schon um die siebzig Jahre alt, wirkte aber ebenso vital und frisch wie sein Freund. Gemeinsame Erfolge und Mißerfolge wurden aufgetischt, gemeinsame Erlebnisse. So erfuhr ich manches über das private Leben des Professors Benedikt, zum Beispiel seine Vorliebe für die Hochwildjagd. Auch den Grund, warum er bei meinem ersten Besuch im Hospital nicht anwesend war: er hatte zum drittenmal geheiratet und die Südseereise war also eine Hochzeitsreise gewesen.

In ungefähr solchen Bahnen bewegte sich unser Gespräch, und es hätte genausogut auf irgend einem beliebigen Empfang, bei einem Ärztekongreß etwa, stattfinden können. Wenn nicht die zwei Körper gewesen wären, die jetzt irgendwo in der Klinik auf einen neuen, den letzten Eingriff warteten.

Nach etwa zwei Stunden trat ein Assistenzarzt auf Professor Benedikt zu und übergab ihm eine Notiz. Er schaute kurz auf und wandte sich an die Umstehenden: »Meine Damen und Herren, es ist Zeit.« Dann wandte er sich mir zu. Nichts war von dem liebenswürdigen Charmeur, dem geistreichen Plauderer, der er eben noch gewesen war, geblieben.

»Herr Jan, Sie werden jetzt das sehen, um dessentwillen Sie eigentlich hier sind. Mit der Transplantation des Herzens muß ein Organismus getötet werden. Sie erlauben, daß ich in meiner Sprache spreche, die viele als hart bezeichnen, die aber für mich einfach ehrlich und aufrichtig ist. Über den Tod brauchen wir nicht zu diskutieren. Er ist alltäglich, unabwendbar und letztlich gleichgültig. Wenn ich nun das Leben eines Körpers beende, tue ich es, um das Leben eines anderen weiterhin möglich zu machen. Ich bin mir meiner Aufgabe innerhalb der Gesellschaft unseres Landes bewußt. Ich weiß, daß sich die Prinzipien eines Arztes bezüglich des Lebens und des Todes in Jahrhunderten und Jahrtausenden geändert, besser, konkretisiert haben. Sie sind nicht mehr pauschal zu verstehen, keine nichtssagenden Gemeinplätze mehr. Und jetzt lade ich Sie zum zweitenmal ein, der Vollendung der heutigen Transplantation beizuwohnen.«

Er grüßte und ging hinüber zum OP-Trakt. Während wir ihm nachblickten, sagte Dr. Dimitri:

»Er ist der beste Chirurg der letzten dreißig Jahre

und wird es noch für eine lange Zeit bleiben. Ich wette mit Ihnen, er wird auch bei dieser Herzverpflanzung fehlerlos arbeiten.«

Wenig später sah ich, im gleichen Sessel auf der Empore sitzend, die Ergänzung und Vollendung der ersten Operation, die Transplantation eines Herzens.

Über die Operationstechnik bei Transplantationen ist schon oft berichtet worden. So darf ich mir die Einzelheiten des Eingriffes schenken, zumal ich als Laie sowieso nur sehr oberflächlich berichten könnte. Wieder war die Präzision, das Gleichmaß, in dem die beiden Teams arbeiteten, unglaublich. Alles verlief sozusagen wie am Schnürchen. Dann kam jener entscheidende Punkt, von dem an alles anders wurde, von dem an die Operation neue Maßstäbe setzte. Es war der Augenblick, in dem das Herz des Spenders in den Körper des Empfängers eingepflanzt war. Neben dem Mutterherz, das noch eine Zeitlang einen Teil seiner Arbeit tun mußte, schlug nun das Tochterherz, jetzt als Stütze, irgendwann, in nicht zu ferner Zeit, als endgültiger Ersatz. Und so nüchtern hörte sich die dramatische Situation im Operationssaal an:

»Wie steht es mit dem Gesamtzustand?« fragte Professor Benedikt, ohne einen Blick hinüber zum Computer zu werfen.

»Normal«, kam die Antwort zurück.

»Können wir die eigene Herztätigkeit wieder aufnehmen, Dr. Charles?«

»Jawohl, wir sind soweit.«

»Gut. Freigeben bitte!«

Ich konnte nicht erkennen, was nun unten passierte. Vermutlich wurde die Herz-Lungenmaschine abgeschaltet, jedenfalls war das leise Summen, das bisher immer zu hören war, verstummt. In die atemlose Stille platzte die Stimme des Chefchirurgen unnatürlich laut hinein:

»Schließen Sie den Herzton an die Lautsprecher, bitte!«

Zuerst meinte ich, es sei mein eigenes, aufgeregtes Herz, das da dazwischen schlug. Ich versuchte, mit den dumpfen, wie von einem fernen Gong herklingenden Schlägen mitzuzählen. Es gelang mir nicht.

Ich sagte laut: »Wieviele sind es?«

»Natürlich zwei, lieber Jan«, kam die Antwort von Dr. Dimitri.

»Es sind tatsächlich zwei! Haben Sie es denn nicht erwartet?«

Ich atmete tief durch, meine Aufregung ebbte ab, auch die Schwestern und Ärzte bewegten sich wieder, und nun hörte ich laut und deutlich durch den Lautsprecher die zwei Herzen klopfen: Mutterherz und Tochterherz. Hintereinander! Nebeneinander! Durcheinander! Gleichgültig wie, sie arbeiteten beide und versorgten den einen Körper mit Leben.

Nach einiger Zeit, sicher waren es nur wenige Minuten, wurden die Herztöne leiser. Die Stimme Professor Benedikts drang von neuem zu uns herauf:

»Die Hauptarbeit ist nun vorbei. Was jetzt noch zu tun ist, ist Routine. Während meine Kollegen weiterarbeiten, darf ich Ihnen, Herr Jan, noch einige ergänzende Informationen geben. Wir wissen schon, daß die Erfolgsaussichten dieser Operation sehr gut sind. Das Proteinbild der Zelle der beiden Organismen ist zu über achtzig Prozent identisch. Wir haben die Mittel, den Rest des Abwehrsystems der Mutter zu manipulieren. Da die erste verpflanzte Niere seit über fünf Monaten arbeitet, der Körper sie akzeptiert hat, wird er es mit dem Herzen ebenso tun.«

106

Er machte eine kleine Pause und sah auf den etwas verloren dastehenden zweiten Operationstisch, auf dem der Spender, das Mädchen, lag. Nur noch ein Arzt und eine Schwester arbeiteten dort.

»Was nun den Spender betrifft. ... Wir werden einen Teil der Haut aufbewahren, hauptsächlich aus den weichen Bauchpartien und aus den Schenkeln. Außerdem werden wir die Leber entfernen, die Bauchspeicheldrüse und vielleicht die Thymusdrüse, allerdings nicht für Verpflanzungen, sondern für Forschungsaufgaben. Ebenso werden Teile der Lunge aufbewahrt, obwohl hier die Konservierung uns vor sehr schwierige Probleme stellt ...«

Er sprach weiter, sehr flüssig, und es war bestimmt sehr interessant. Aber plötzlich konnte ich mich nicht mehr auf seine Stimme konzentrieren. Ich versuchte den Atem der beiden unten im Saal liegenden Körper zu hören, so wie er zu Beginn der Operation zu uns heraufgeklungen war. Aber ich nahm nur den der Mutter zwischen den monotonen Erklärungen des Professors wahr. Der der Tochter war längst verstummt. Ich sah auf ihren Körper hinunter. Ein dritter Arzt war gerade hinzugekommen. Man entfernte das Laken, das den Leib bisher noch teilweise bedeckt hatte. Die kleine Gestalt schien im grellen Scheinwerferlicht noch zierlicher, noch zerbrechlicher zu werden. Ich versuchte eine, und wenn auch noch so kleine, Bewegung im weitgeöffneten Brustkorb wahrzunehmen und wußte gleichzeitig, wie lächerlich, ja wie absurd mein Versuch war. Die Operation war ja großartig gelungen. Ich hatte die Erfüllung eines der großen Träume der Menschheit gesehen: die Verlängerung des Lebens. Ich war hierher gekommen, um begeistert zu sein, und ich war begeistert. Aber die regungslose, kleine Gestalt mit der weit offenen Brustwunde beunruhigte mich mehr, als ich erwartet hatte ...

3

Als ich drei Tage später den ›Lebensgarten‹ und damit auch den Bereich der Gesellschaft für Forschung, Technik und Genetik, Staatliche Behörde, verließ, war allerdings diese Beunruhigung schon vergessen.

Ich hatte noch lange Gespräche mit Dr. Dimitri geführt. Aber nun ging es nurmehr um die organisatorischen Probleme meiner Arbeit draußen für die Gesellschaft. Informationen und Material hatte ich in den vergangenen zwei Monaten mehr als genug gesammelt. Der Doktor überflutete mich mit Vorschlägen, um gleichzeitig immer wieder zu betonen, daß ich natürlich absolute Freiheit hätte, ein Konzept nach eigenen Vorstellungen zu entwickeln. Er vergaß auch nicht, mich daran zu erinnern, daß vor der endgültigen Aktion in der Öffentlichkeit unsere Meinungen aufeinander abgestimmt werden müßten. Ich versprach ihm, sobald als möglich einen Gesamtplan zu entwerfen und ihn mit ihm durchzusprechen. Gleichzeitig sollte ich den Minister für Gesundheit, Bevölkerungsentwicklung und -programmierung informieren.

Die Stunde des vorläufigen Abschiedes war gekommen. Wir saßen wieder einmal in seinem Büro bei Kaffee und Tee. Ich bedankte mich für sein Vertrauen, seine Hilfsbereitschaft, für die ganze wundervolle Zeit in seinem ›Garten‹. Seit Jahren hatte ich das Gefühl eines Abschiedsschmerzes nicht mehr gekannt. Heute überfiel es mich. Mir schien, ich verließe einen väterlichen Freund und ein kleines Stück vom Paradies; und das sagte ich Dr. Dimitri.

»Jan ...«, sagte er, »Sie hätten nichts sagen können, was mich mehr freut. Für mich persönlich und für die Gesellschaft hier, mein Werk. Ich bin froh, daß der Computer gerade Sie ausgewählt hatte. Manche werden es Schicksal nennen, aber ich ... lachen Sie nicht ... ich habe das Gefühl, der Computer wußte, was er tat.«

Und wir lachten beide zusammen, als kennten wir uns schon Jahrzehnte.

»Wir werden nun noch oft zusammenkommen, Dr. Dimitri«, sagte ich, »ich hoffe, ich bin auch in Zukunft bei Ihnen willkommen.«

»Aber gewiß, Jan!« rief er aus. »Das hoffe ich nicht weniger als Sie und ...« hier machte er eine Pause, sah mich forschend an und fuhr fort »ich würde mich freuen, auch Ihre Frau dabei kennen zu lernen. Und noch mehr würde es mich freuen, wenn Sie beide einmal die Dienste unserer Gesellschaft in Anspruch nehmen würden.«

»Sie meinen, Doktor ...« Ich war völlig verblüfft. An diese Möglichkeit hatte ich im Traume nicht gedacht.

Lächelnd sagte Dr. Dimitri: »Lieber Jan, Sie wissen doch, wie wichtig für unser Land echte Persönlichkeiten sind und wie nötig es ist, sie möglichst lange zu behalten!«

Fünfzehn Minuten später fuhr ich mit dem gleichen wortkargen Fahrer, der mich vor zwei Monaten hergebracht hatte, zurück zur Bahnstation. Ich hatte nichts bei mir als den gleichen kleinen Koffer, den Rosalin mir gepackt hatte. Nichts schien verändert. Und doch sollte mein Wissen, das ich mit zum Bahnhof, mit zu meiner Familie, mit in die Welt brachte, mein Leben auf eine Weise verändern, die ich nicht vorausahnen konnte.

ZWEITER TEIL

KAPITEL 1

JAN

Und jetzt, Rosalin? Was schreibe ich jetzt, wie schreibe ich es, und vor allem, für wen? Kann ich, der intelligente, der computergerechte Mann, das, was nicht im Tagebuch steht, sondern in meinem Gehirn durcheinander wirbelt, auf dieses Papier bringen? Wie soll ich den Ansturm der Gefühle ordnen, ohne an dem gallenbitteren Geschmack der Niederlage zu ersticken? Kann ich, nun ein erfolgreicher Journalist und eine prominente Persönlichkeit dieses Landes, ohne vorzeigbares Beweismaterial mein Wissen auseinandersortieren, vernünftig formulieren und lesbar aufbereiten? Ich höre dich ›ja‹ rufen, willst du mir Mut zusprechen, Rosalin? Du glaubst an mich, das hast du immer getan, und du kannst nicht wissen, wieviel Schmerz mir das heute bereitet.

So mache ich mich an das schwere Geschäft, mir meine Schuld vom Herzen zu schreiben. Bis heute sehe ich immer nur deine traurigen Augen vor mir; vielleicht erinnere ich mich eines Tages wieder an dein strahlendes Gesicht, wie es damals war, als wir uns kennenlernten am leuchtenden Strand jenes südlichen Meeres.

Was war ich damals, vor zwölf Jahren für ein unwissendes ›Kind‹ ... Er mußte ein leichtes Spiel mit mir gehabt haben, der alte Doktor! Wie sehr mußte er seine Menschheit gekannt haben! Und wie gut mußte er wissen, aus welch harmlosen Menschen sie besteht! Wieviele Gegebenheiten habe ich übersehen, wieviele Tatsachen nicht registriert, wie gedankenlos bin ich gewesen! Wenn ich jetzt die vorausgegangenen Kapitel noch einmal lese, verstehe ich dich, Rosalin, als du auf meine versteckten Fragen und Zweifel in meinem Tagebuch hinwiesest. Aber ich selbst hätte das merken sollen, nicht du! Ich wurde ja mißbraucht. Ich hätte sehen, hören, bemerken und verstehen müssen, daß es dort mehr gab als nur den lieben Doktor, die höflichen und zufriedenen Arturs und Prospers, den Autorität und Respekt ausstrahlenden Professor Benedikt, die vielbeschäftigten Politiker und Zukunftsideologen! Mehr als die Gefühlsausbrüche Dr. Dimitris, mehr als meine immer erneuten Überraschungen und anschließenden Zustimmungen, mehr als die perfekt arbeitende Maschinerie der Gesellschaft. Ich habe mich selbst in meinem Tagebuch getäuscht. Also muß ich nun auf die Suche nach der Wahrheit in die Tiefen meines Unterbewußtseins gehen, ich muß suchen, Dr. Dimitri, denn Suchen selbst ist Wissen, hast du es nicht selbst gesagt?

Ich fragte mich also, warum hat man mich im Rahmen jenes Planes regelrecht gedrillt, damit mein Bericht, so gut wie möglich, so angemessen wie möglich für die damalige Öffentlichkeit des Landes ausfällt? Die Antwort war gar nicht so schwierig. Es sollte kein Widerstand geleistet werden, weder gegen die Auffassung, noch gegen die Haltung der Gesellschaft. Wenn das aber so war, dann mußte es innerhalb der Gesellschaft ernste Bedenken gegeben haben, ob die Öffentlichkeit wirklich so fortschrittlich gesinnt sei, wie überall behauptet wurde. Das sagte Dr. Dimitri selbst! Wie aber war seine Offenheit und Direktheit mir gegenüber zu verstehen? Er sprach von Unwissen, Halbwissen und veralteten Ideologien. Warum wohl zeichnete er ein so dunkles Bild der Öffentlichkeit? Und da fiel mir eine seiner anfangs oft gebrauchten Wendungen ein: Ich sei noch zu sehr ›Öffentlichkeit‹. Natürlich, mich wollte er entwaffnen, mich zuerst. Mit einem Schwall von Argumenten und mit Offenheit. Natürlich hatte er mein Computerbild. Aber er wußte, daß nicht jedes verborgene Gefühl darin aufgezeichnet ist. Er hatte Angst um sein Objekt, er war voller Zweifel, er wollte ganz sicher gehen. Vielleicht dachte er so: ›nein, mein Freund, ich bin zwar ein Technokrat und ein Mensch meiner Zeit, aber ein alter Fuchs bin ich auch, sonst wäre ich nicht hier und hätte nicht diese Aufgabe.‹

Er war geschickt, gekonnt und klug vorgegangen. Und ich, ich habe genau so reagiert, wie er es sich gewünscht hat. Er zeigte mir am Anfang Frösche. Kleine, harmlose Frösche. Natürlich nicht die Kinder. Er sprach von ungeschlechtlichen und geschlechtlichen Fortpflanzungsmethoden. Jeder Schüler kann diese Dinge im einfachsten Biologiebuch nachlesen. Sicher hatte das alles auch mit seiner Methode zu tun, aber ihm als Biologen war von Anfang an klar, daß ich als Laie von diesen Dingen höchstens fasziniert, aber niemals klüger als vorher sein würde. Genau das wollte er. Er lenkte mich durch eine Unzahl von ›Fakten‹, durch scheinbare Erkenntnisse vom Kern der Probleme ab. Er blockte entscheidende Fragen von vorneherein ab. Natürlich forderte er mich immer wieder auf, Fragen zu stellen, und ich fragte auch. Aber sie gingen größtenteils in die von ihm gewünschte Richtung. Und wenn sie einmal von dem abwichen, was er wollte, kamen die emotionalen Explosionen eines alten Man-

nes oder eines sehr geplagten Wissenschaftlers oder
eines mißverstandenen Erneuerers. Einmal in freund-
lich-ruhigem Ton, ein anderes Mal polemisch, ironisch
oder laut und polternd. Und immer jene betonte,
entwaffnende Offenheit und Ehrlichkeit.

Wie war sie eigentlich, jene herrschende Klasse in
diesem Lande, in dem dies alles geschah? Schließlich
war der Doktor ja einer ihrer hervorragendsten Expo-
nenten. Und ich, auch ich war ein nicht unwichtiger
Teil von ihr. Auch mich hat sie geformt. So sollte man
vielleicht den Weg dieser Gesellschaft am Beispiel
meiner Familie zeigen, um besser ihre – und meine
Irrtümer zu verstehen.

Ich war das einzige Kind meiner Eltern. Sie erzählten
mir, sie hätten gerne noch ein oder zwei Kinder gehabt,
wenn sie es gedurft hätten. Sie lebten und arbeiteten
damals in der Provinzhauptstadt, in der ich später als
Journalist wirkte. Mein Vater war Lehrer, meine
Mutter Bibliothekarin. Es war jene Zeit, als die
Regierung beschloß, mit drastischen Maßnahmen die
Einwohnerzahl des Staates nicht nur zu stabilisieren,
sondern sie zu senken. Nachdem die Bevölkerung der
Erde um die Jahrtausendwende explosionsartig ange-
wachsen war, bekamen jene Experten recht, die immer
schon auf diese Gefahr hingewiesen hatten.

Das Land wurde in drei ›Geburtsregionen‹ aufgeteilt, in denen jeweils eins oder zwei oder drei Kinder
zu haben erlaubt war. Da die Bedürfnisse des Staates
an menschlichem Potential verschieden waren, wurden
die Menschen in entsprechende Kategorien aufgeteilt.
Man ging so ›demokratisch‹ wie möglich vor, und man
hat es allen freigestellt, wo sie eingestuft werden
wollten, soweit es natürlich der eigene Beruf oder die
schulische und akademische Bildung erlaubte. Ein

116

Lehrer zum Beispiel, wie mein Vater, konnte sich in allen drei Kategorien einschreiben lassen, aber nur in der I. hätte er seinen Beruf ausüben und entsprechend allerdings nur ein Kind haben können. Ich fand jene Maßnahme richtig, denn der Staat drohte, ein Akademiker- und Beamtenstaat zu werden. Ein Industriefacharbeiter konnte zwar zwischen der II. und der III. Kategorie wählen, aber nur in der II. hätte er seinen Beruf ausüben und dann zwei Kinder haben dürfen. Ein Landarbeiter oder ein Hilfsarbeiter – rare Berufe unserer Zeit – durfte nur in der III. Kategorie eingestuft werden und konnte drei Kinder haben. Sie blieben also dort, woher sie kamen.

Jederzeit konnte man sich aus einer höheren Stufe in eine niedrigere umschreiben lassen, der Antrag wurde immer genehmigt, aber man verlor damit jeden Anspruch, den erlernten Beruf ausüben zu können. Mein Vater hatte mit eben jener Tatsache meine Mutter überzeugen können, als es bei ihnen darum ging, was nun besser wäre, in der I. Kategorie zu sein oder zwei, vielleicht drei Kinder zu haben. Er sagte, er hätte keine Lust, als Bauarbeiter bei jenen Truppen zu arbeiten, die durch das Land zogen und die nicht mehr bewohnten ›Geisterstädte‹ und ›Geisterdörfer‹ abrissen, um den Boden wieder bebaubar zu machen. Er wollte den Umstufungsantrag auf keinen Fall stellen, auch dann nicht, wenn er schon im voraus gewußt hatte, daß er den lukrativen Posten des Wächters über eines der riesigen stillgelegten Atomkraftwerke an der Küste bekommen würde.

Ich wurde also in der Stadt geboren, blieb das einzige Kind meiner Eltern und genoß damit alle Vorteile der Stadt mit ihren I. Klasse-Menschen. Ich studierte an der Universität Journalistik und spezialisierte mich auf den Bereich Astronautik. Selbstverständlich wurden die Kosten für das Studium völlig vom Staat getragen. War es nun die Sorge meiner Mutter um ihr einziges Kind, die mich zu dem erzog, was ich heute bin? Oder der Stolz meines Vaters, den er vor Freunden und Bekannten nicht verbergen konnte und wollte, wenn ich meine ausgezeichneten Zeugnisse nach Hause brachte? Das war doch an sich nichts Neues. Immer gab es Mütter voller Sorge um ihr einziges Kind und Väter voller Stolz auf den intelligenten Stammhalter. Warum bin ich dann anders geworden? Oder bin ich das überhaupt? Bin ich anders als meine Studienkollegen? Wir wissen zu wenig von der Geschichte der Menschheit, zu wenig über ihre Irrtümer, wir kennen kaum die Literatur der Vergangenheit. Wie hätte ich da vergleichen können! Im staatlichen Kindergarten lernten wir Lieder singen, die von der Größe der Nation und den Vorzügen unserer speziellen Klasse handelten. Da wir weder eine andere Nation noch eine andere Klasse kannten, konnten wir auch nicht vergleichen, sondern nur glauben. In der – natürlich – staatlichen Schule war es nicht anders. Ich lernte gerne, vor allem die praktischen Fächer: Maschinenkunde, Rechnen, Computertechnik, Astronomie. Auch hier war höchstens innerhalb des Gleichen zu vergleichen. Es waren fast Kindereien, die riesige Freude bereiteten, etwa wenn man mit zwei Punkten mehr bei einer Arbeit einen Rivalen bei einem Mädchen ausstechen konnte. Alternativen kannten wir alle nicht. Ich hatte mich niemals gefragt, wo denn diese Menschen wohnten, die jeden Morgen in die Stadt kamen, die Dreckarbeit verrichteten und abends, wie von der Dunkelheit verschluckt, plötzlich verschwanden.

Ja, meine Gesellschaft verwöhnte mich mehr als

meine Eltern. Sie bot mir alles Erdenkliche: Geld, Luxus, Ausbildung, Anstellung, Beziehungen, Bekanntschaften, Erfolg. Sie, nicht meine Eltern, informierte mich, aber sie beanspruchte mich auch die meiste Zeit: im Kindergarten, in der Schule, während des Studiums, später im Beruf. Meine Bindungen zu ihr waren stärker als die zu meinen Eltern, und zwar mein ganzes Leben lang. Ich blieb zwei Drittel des Tages im Kindergarten, erst dann, zur Schlafenszeit, sah ich Vater und Mutter wieder. In der Schule bereitete mir die Gesellschaft den Weg der Individualität, indem sie mir Freunde und Freundinnen anbot, Veranstaltungen, Sport, Musik und Tanz. Jetzt hatte ich für die Eltern noch weniger Zeit. Dann kam die Universität. Ich war von da an kein Familienmitglied mehr, falls ich je eines gewesen sein sollte. Die Uni war meine Familie. Sie nahm mich rundum in Beschlag und bot mir Gelegenheit, alle meine Bedürfnisse zu befriedigen, die anspruchsvollsten wie die primitiven. Wenn sie unter uns Studenten Ruhe wünschte, bot sie die verschiedensten Veranstaltungen an, aber auch Möglichkeiten eines unabhängigen Lebens auf Zeit, ohne Prüfungsdruck. Stipendien dafür gab es genug.

Brauchte die Gesellschaft etwa Lehrer, sie warb dafür und zeigte alle Vorteile des Lehrerberufes. Brauchte sie Architekten, Journalisten, Ärzte oder Ingenieure, verfuhr sie nach derselben Methode. Wir wurden das, was sie wollte, und wir erkannten diese Gängelei kaum.

Sie war aus irgend einem Grund plötzlich für die Familie mit zwei Kindern! Wie einfach! Sie informierte uns darüber. Nicht nur indirekt und unpersönlich im Staatsfernsehen oder in den Zeitungen, sondern direkt und persönlich durch das Bevölkerungsamt mit den unendlichen Computeranlagen, in denen jeder Bürger säuberlich katalogisiert war und alle Veränderungen seines Lebens bis zur Blinddarmoperation erfaßt wurden. Noch fünf Jahre nach seinem Tode wurden sie weitergeführt, allerdings statt mit einem roten nunmehr mit einem schwarzen Stern markiert. Alles, was meine Gesellschaft für mich tat, war logisch aufgebaut, konsequent durchgeführt und wurde mir prachtvoll präsentiert. Und ich? Ich sagte. ... Ja, ich sagte nichts anderes als bei dem Doktor:

»Ja, Sie haben recht, Doktor Dimitri ... Sie haben mich überzeugt, Doktor Gesellschaft ... Ja, Sie müssen mich verstehen, Professorin Gesellschaft, ich war nicht vorbereitet auf das, was Sie mir eben sagten, Sie haben mich fasziniert! Ja, Sie arbeiten Jahre, Jahrzehnte, Jahrhunderte daran, und ich ... Ich erfuhr es erst jetzt! Sie müssen mir Zeit lassen. ...«

Und sie tat es, denn die größte Tugend der Gesellschaft ist es, ungeheure Geduld und Zähigkeit zu besitzen, als ob ihr dies von der Natur überkommen wäre, mit ihren langen Evolutionszeiten! Wie war es sonst möglich, daß Menschen I., II. und III. Kategorien akzeptierten? Haben sich die Menschen der I. Kategorie nicht mit ihrem Schicksal abgefunden, nur ein Kind haben zu dürfen? Haben sie nicht auch das Gesetz der Abtreibung akzeptiert, falls die Frau zum zweiten Mal schwanger wurde? Das und noch mehr, was eben die Gesellschaft nötig hatte. Nötig ...

Oh, du großartiger Verstand, mit deinen verspäteten Aussagen! Wo warst du, als ich dich brauchte, und warum kommst du erst jetzt, um mich zu vergiften? Nötig! Nötig...

Wie problemlos war das Leben damals, zu jener Zeit, als Rosalin und ich uns kennenlernten! Es geschah in einem Studentenerholungsheim an der Westküste. Diese Erholungsheime waren natürlich bei uns Studenten sehr beliebt. Gaben sie uns doch die Möglichkeit, zweimal im Jahr ausgelassen und sorglos Ferien unter unseresgleichen zu verbringen. Das eine Mal im Winter im Gebirge, das andere Mal im Sommer an der See. Es war die Zeit der endgültigen Lösung von der Familie, die Zeit des Kennenlernens unserer großen Familie, der gesellschaftlichen oder der nationalen, wie sie offiziell hieß: der NF. Vom achtzehnten Lebensjahr an übernahm der Staat endgültig alles, was wir brauchten, Studium für die I. Kategorie, Fachschule für die II. und Ausbildungslehre für die Angehörigen der III. Kategorie. Schöne, modern eingerichtete Wohnheime waren vorhanden, und sie waren während der ganzen Zeit unseres Studiums unser Zuhause. Für alles war gesorgt, sogar für ein sehr großzügig bemessenes Taschengeld.

Ich war zweiundzwanzig Jahre alt, als ich Rosalin kennenlernte, und es bedurfte dazu besonderer Umstände. Schließlich waren wir etwa zweitausend Jungen und Mädchen, die sich an dem goldgelben Sandstrand tummelten. Es war ein herrliches, sorgloses Leben, wir genossen die Ferien, spielten zusammen, flirteten und liebten uns, wenn uns danach war; die meiste Zeit aber lagen wir in kleinen Gruppen zusammen im Sand, ließen uns von der Sonne bräunen oder von den Wellen des Meeres treiben. Dazu hatte ich eine sehr hübsche Ferienfreundin. Kein Bedarf also für Rosalin – bis, ja, bis ihre Schreie übers Wasser klangen. Ich war der beste Schwimmer an diesem Strandabschnitt, und das war der einzige Grund, warum ich das Mädchen, Rosalin, als erster erreichte.

Als sie auf dem Strand lag, mit geschlossenen Augen

und blassem Gesicht, erkannte ich ihre Schönheit. Natürlich nicht sofort und auf einen Schlag. Ich war ängstlich wie alle andern, die um sie standen und den reglosen Körper schweigend betrachteten.

Endlich machte sie die Augen auf. Sie waren von einem herrlichen Blau, wie dem tiefen Meer gestohlen. Sie sah mich an, ohne Erkennen zuerst und ohne Beziehung, dann füllten sich die Augen plötzlich mit Tränen, und in ihrem Blick mischte sich Angst mit Erleichterung.

»Es ist schon gut, kleines Mädchen«, sagte ich, mit Recht, denn ich hatte damals schon meine 1,84 Meter Körpergröße erreicht. »Es ist alles wieder gut ...«

Sie gab mir keine Antwort, bedeckte mit dem linken Arm die Augen und schluchzte. Ich kniete immer noch neben ihr, so wie ich sie aus dem Wasser geholt hatte, und eigentlich hätte ich wieder aufstehen und zu meinen Freunden gehen können. Aber ich betrachtete das Mädchen und fühlte, wie Bewunderung für seine Schönheit in mir aufstieg. Ich sah seine braune Haut, hier naß, dort mit Sandflecken bedeckt; ihre kleinen Brüste bebten unter dem bunten Stoff, das Kinn zitterte leicht. Ich betrachtete den schönen Mund und die leicht geschwungenen Lippen, die sich zu schweigsamer Klage geöffnet hatten. Die nassen Haare waren strähnig im Sand ausgebreitet, die Arme lagen kraftlos an beiden Seiten des Körpers. Ich sah den zartgeformten Bogen der Schultern, den Flaum der Achselhöhle... Noch immer wußte ich nicht, daß ich in diese junge Frau verliebt war. Ich ließ sie eine Zeitlang weinen, und erst dann fragte ich: »Wie heißen Sie denn?«

Sie verschob ihren Arm ein wenig, blickte mich mit einem halbverdeckten Auge an und antwortete:

»Rosalin ...«

Diese Rosalin heiratete ich also vor einem dicken Staatsbeamten, der so nervös war, als wäre er der Bräutigam. Wie wenig romantisch war das damals – und mit dieser Rosalin lebte ich, verlebte ich glückliche Jahre; diese Rosalin gebar unsere zwei Kinder. Mit ihr sprach ich damals nach zwei Monaten Aufenthalt im Bereich der Gesellschaft für Forschung – Technik – Genetik SB über das, was ich dort erlebt hatte, über meinen Auftrag und natürlich in vorsichtigen Dosen über mein Vorhaben, ›Spender‹ für sie und mich zu besorgen!

Wie ging es zu, daß ich in dir eine willige Partnerin fand, bereit mitzuspielen, um mich und sich selbst mit den notwendigen ›Spendern‹ zu versorgen? Erst heute kann ich diese Begriffe ruhig aussprechen, über sie nachdenken, sie aufschreiben. Denn erst heute habe ich gelernt, alles, auch mich selbst, in Frage zu stellen um der ursprünglichen Wahrheit willen. Einer Wahrheit, die unabhängig von zeitlichen Zwängen ist und unabhängig vom Fortschritt, mitgewachsen mit den Jahrtausenden menschlicher Geschichte. Sie sieht uns mit vielen Gesichtern an, nur mit einem nicht: dem der Unmenschlichkeit.

Heute weiß ich, daß es immer Menschen, immer Gruppen gegeben hat, die diese Wahrheit verdeckten und versteckten, weil sie ihren ehrgeizigen oder egoistischen Zielen im Wege stand. Daß sie Lüge und Täuschung benützen, um die Unzufriedenheit der Menschen mit der Gegenwart auszunützen, ihren angeborenen Neid und nicht zuletzt ihre Träume von einer paradiesischen Zukunft.

Wie Unzählige vor mir bin auch ich diesen Täuschungen erlegen. Ich sage das nicht, um eine Entschuldigung zu suchen. Aber wenn dieser Bericht irgend jemand helfen soll, muß ich aus diesem Durcheinander von Wahrheiten und Täuschungen herausfinden. Es genügt mir nicht zu wissen, daß Dr. Dimitri ein ebenso intelligenter wie ehrgeiziger, machthungriger, skrupelloser Wissenschaftler ist, trefflich sich selbst betrügend in der Rolle des Biedermannes. Ich muß meine eigene Rolle entdecken, meine Anfälligkeiten, meinen Sturz in die Hölle der Unmenschlichkeit, um dem Auftrag Rosalins, die Wahrheit, meine Wahrheit niederzuschreiben, gerecht zu werden.

Ja, Rosalin. Du warst, zu Beginn jedenfalls, ein bequemer Partner, aufnahmebegierig, schweigsam und leicht zu täuschen – du liebtest mich ja. Und ich war ein gelehriger Schüler meines Doktors. Ich ging behutsam vor, ich erzählte viel von der Gesellschaft Dr. Dimitris und noch mehr von ihm selbst, jenem seltsamen alten Mann. Ich lauerte auf jedes Zeichen der Begeisterung von dir, und wenn dein Gesicht Erstaunen zeigte, baute ich um dieses Erstaunen die glänzenden, gläsernen Paläste auf, in die man auch mich geführt hatte. Ich besaß ja sozusagen die Erfahrungsschablonen, die der Doktor mir mitgegeben hatte. Ich ließ dir mit dem ›Erfahren‹ Zeit, ich schirmte, genau wie der Doktor, deine unbequemen Fragen schon bei der Entstehung ab und forderte dich gleichzeitig immer wieder unverfroren auf, alles zu fragen.

Vor allem aber führte ich dich in die strahlende, erhabene und glänzende Welt der ›Persönlichkeiten‹ ein. Welch eine Welt für uns! Gewiß, wir waren bis dahin Menschen der I. Kategorie gewesen, also auch schon etwas Bedeutendes, Besonderes. Aber wie banal war unser Leben im Verhältnis zu dem der höchsten Stufe, dem der Persönlichkeiten! Ich erweckte in dir eine Fülle von Rauschgefühlen und eroberte dich kampflos, denn du wußtest ja noch gar nichts von meinen eigentlichen Zielen, Spender zu zeugen, Ersatzteile für meine wertvolle Persönlichkeit zu produzieren. Ich hatte das Angebot des Doktors dankbar angenommen, und ich hatte, ohne es dir zu sagen, auch für dich entschieden. Es ging nur noch darum, auch dich auf den ›richtigen Weg zu führen‹.

Ich nahm dich überallhin mit. Ich machte dich mit den Repräsentanten unseres Staates, der Wirtschaft und der Kultur bekannt. Ich führte dich in jene Kreise ein, die meinen, sie seien vom Schicksal dazu bestimmt, die Zügel der Menschheit in den Händen zu halten, um sie sicher dorthin zu führen, wohin sie ihrer Meinung nach geführt werden müsse. Dabei degradierte ich dich zu dem, was ich war: ein Instrument für ihre sehr privaten Zwecke.

Banalitäten, wie ›Ach, wie ich Sie um Ihren Mann beneide. Sein gestriger Artikel war phantastisch!‹ von Ministerfrauen ausgesprochen, gaukelten ihr und mir eine Bedeutung vor, die in Wirklichkeit nur in unserer Nützlichkeit für die Öffentlichkeitsarbeit der Gesellschaft bestand. So reichte man meine Frau in den besten Kreisen unseres Landes herum, und ich stand dabei als aktiver Helfer. Wie ein kleiner, ahnungsloser Vogel warst du, von hungrigen Katzen eingekreist, die mit dir ein tödliches Spiel trieben. So wurdest du nach und nach von deinen Geheimnissen, Befürchtungen und Bedenken entblößt, so daß du unsere Spender gebarst, ohne vorerst noch genau zu wissen, was sie waren und wie sie gebraucht werden würden.

Wie ein gerissener Schwindler zeugte ich mit dir meinen ersten Spender, als du noch glaubtest, daß ich dich nur lieben wollte. Dein Verhütungsmittel habe ich mit einem harmlosen Präparat vertauscht – mein guter

Dr. Dimitri verhalf mir zu diesem schäbigen Trick. Auch er traute dir zu diesem Zeitpunkt noch nicht. Als du dann schwanger warst, war auch das Spiel der Katzen mit dem Vogel viel einfacher geworden. Nun brauchten wir dir nur noch die weiblichen ›Persönlichkeiten‹ zu zeigen, die Ersatzteillieferantinnen waren. Langsam schob ich dich immer tiefer hinein in den Rachen des Ungeheuers, und bald warst du für immer verloren. Mit einem verstehenden Blinzeln schob ich dich, mit einem ermunternden Lächeln. Du gingst beruhigt hinein, so glaubte ich, und spürte die Stille deines Schweigens nicht, die mich immer wieder umfing. Du hattest ganz einfach Vertrauen zu mir und natürlich warst du auch ein Kind unserer Gesellschaft. Du warst von ihr genauso geprägt wie ich. Es war für dich selbstverständlich, daß sie einen Anspruch auf dich hatte als Individuum. Besonders dich, sagten wir, braucht die Allgemeinheit, du, du bist eine Bildhauerin, einer der wenigen noch produktiven Künstler, ein seltener Beruf in dieser Zeit. Darin bewunderten wir dich wirklich und du strahltest, ahnungslos und glücklich.

Damals.

Es war nicht mehr schwierig, als du wußtest, daß du schwanger warst, das Gezeugte zum ›Spender‹ zu erklären. Und ich? Ich verdoppelte meine Bemühungen, dich abzulenken. Nicht nur um meine Zweifel, die tiefinneren, zu übertönen, ich hatte damals immer noch Angst, daß du – mein Opfer – vor meinem Schafott davonlaufen würdest...

Sie gebar beide ›Pflänzchen‹, das männliche zuerst, das weibliche dann, so wie es der Doktor geplant hatte. Ja, sie war zuletzt glücklich, eine Chance wahrgenommen zu haben, die uns beiden noch lange Jahre erlaubte, beisammen zu sein.

KAPITEL 2

ROSALIN

Heute weiß ich, daß jene ersten zwei Jahre nach meinem Besuch im ›Lebensgarten‹ Dr. Dimitris nur ein Vorspiel zu meinem neuen Leben gewesen sind. Ich bemühte mich um Rosalin nur solange, bis sie das vollbracht hatte, wozu ich sie nach dem Vorschlag des Doktors gebraucht hatte. Danach stellte ich den ganzen Jan in den Dienst seiner Aufgabe: die Ziele der Gesellschaft für Forschung – Technik – Genetik SB der Allgemeinheit nach und nach bekanntzumachen. Ich baute einen Stab mit mehreren Experten auf: Journalisten, Programmierern, Ärzten, Biologen, Männern des Geldes und Männern der politischen Macht, Historikern, Fotografen, Fernsehansagern, Sängern, Schauspielern. Ich kann mich heute nicht einmal mehr erinnern, welche Berufe noch meinen Stab bildeten. Aus der Zentrale in der Landeshauptstadt koordinierten erfahrene Journalisten und Technokraten aller beruflichen Zweige unsere Aktionen, die über das ganze Land verstreut waren. Eine ungeheure Maschinerie wurde in Gang gesetzt, von der die große Masse der Bevölkerung sehr wenig ahnte, geschweige denn, daß sie sie zu durchschauen imstande gewesen wäre. Unsere Organisation war ein Teil der staatlichen Aktivitäten, und das machte sie zugleich undurchsichtig, vermittelte das notwendige Sicherheitsgefühl, das man für ein solches Vorhaben benötigt. Dabei kamen uns die Erfahrungen der Bürokratie zugute, die Vergleichbares fast täglich zu bewältigen hatte. Alles mußte gesetzlich verankert sein, die Verfassung und das freiheitliche System unseres Landes mußten unangetastet bleiben. Oft zögerten wir mit Teilaktionen, bis die entsprechenden Gesetze, die uns die legalen Zuständigkeiten garantierten, speziell für uns von der Regierung formuliert, vor das Parlament gebracht und auch von ihm bestätigt worden waren. Erst dann taten wir den nächsten Schritt. Wir bedienten uns aller Schichten des Volkes, wir sprachen alle an, bis hin zur Provokation unserer Gegner, die sich irgendwie bis in unser Jahrhundert gerettet hatten: religiöse Organisationen, Umweltschützer, Fortschrittsgegner. Alle arbeiteten für uns, Freunde und Feinde, ja auch die Feinde. Der Staat hatte die zufriedene Masse hinter sich, die ›Feinde‹ des Staates waren also die ›Feinde‹ der Masse. Zudem: Wir fanden überall, auch in den ›feindlichen‹ Lagern, Persönlichkeiten, die bereit waren, mit unserer Stimme zu sprechen. Wie recht hatte doch Dr. Dimitri, als er sagte, eine Persönlichkeit weiß, daß sie eine Persönlichkeit ist. Viele geistige Führungskräfte stimmten in unsere Parolen ein:

»Eine Welt ohne Leid, ohne Hunger und ohne Krieg!«

»Der Mensch wird die Möglichkeit haben, in seinem nun langen Leben das Irdische zu genießen und den Nachkommen ein gutes Erbe zu hinterlassen!«

»Jedem von uns wird es möglich sein, in einem längeren Leben die Errungenschaften des menschlichen Geistes zu genießen!«

»In Eintracht und Liebe ...«

128

»Alle Menschen werden Brüder ...«

»Betrachtet die Natur! Alles, was stirbt, sorgt zugleich dafür, daß das Leben weitergeht ...«

So und ähnlich sprachen sie und halfen mit, daß die überwältigende Mehrheit des Volkes mit Sehnsucht nach unseren Lösungen verlangte. Wir hatten sehr bald die geplanten Weichen gestellt. Wir hatten uns an dem bewährten Prinzip der Lawine orientiert: Zu Beginn des Lawinenrollens kleine Geschwindigkeit, wenig Gewicht und geringe Masse. Mit der Zeit würde sich das steigern; größere Geschwindigkeit, mehr Gewicht und die ganze Masse, die die Lawine unterwegs aufnehmen konnte. Wer ihr aus dem Weg gehen wollte und dies auch erreichte, war dazu verurteilt, ›draußen‹ zu bleiben. So war es immer mit dem Neuen und Fortschrittlichen in der ganzen Geschichte der Menschheit bis zum heutigen Tag. Eine Änderung dieses Prinzips oder Systems war nicht in Sicht. Eine Änderung wäre nicht einmal notwendig, dachten wir alle.

Nach und nach lebte ich nur für meine vom Doktor gestellte Aufgabe. Ich arbeitete mich zu einer international anerkannten Persönlichkeit empor, deren Meinung hochgeschätzt war, ihre Anwesenheit bei Gesprächen und Entscheidungen ebenso. Ich war stolz auf mich, selbstherrlich und glücklich. Ich lebte für mich, und ich fand dieses Leben selbstverständlich. Wie oft hörte ich es von allen, wie oft sagte mir Dr. Dimitri, daß ich zu Großem geboren sei! Wir oft sagten das viele Persönlichkeiten, die es wissen mußten!

Je mehr ich im Rausch meines Könnens lebte, desto weniger interessierte ich mich für Rosalin. Je mehr ich mein Ich preisgab, um mich allen zugänglich zu machen, allen zu imponieren, alle zu blenden, desto mehr zog sich Rosalin zurück oder stand in meinem Schatten. Je mehr ich im Dienste der Allgemeinheit und des Staates stand, desto weniger dachte ich daran, wer ich war, mit wem ich verbunden war und welche Art Bindungen ich nach allen Richtungen hatte. Ich glaube jetzt, in jener Zeit entsprach ich dem Begriff ›Persönlichkeit‹ völlig, ich war aber keine Person mehr im Sinne eines Individuums. Ja, man konnte mich einen ›Gebrauchsgegenstand‹ nennen.

Heute noch weiß ich nicht genau, welches Leben Rosalin neben mir führte. Ich bemerkte nicht, daß sie sich zurückzog und immer seltener mit mir sprach, immer seltener an meinem turbulenten Leben teilnahm. Ich hörte von ihr keine Beschwerden, ich dachte gar nicht daran, daß es überhaupt Gründe dafür geben könnte. Ich fühlte mich in meiner Lebensweise absolut wohl und sicher. Diese Sicherheit erwies sich als trügerisch, ich begann bald Fehler zu machen, die das gemeinsame Leben mit Rosalin später so belasten sollten.

So überraschte mich die erste Auseinandersetzung mit Rosalin zu einer Zeit – etwa fünf oder sechs Jahre nach dem Besuch im ›Lebensgarten‹ – in der ich am wenigsten Überraschendes von Rosalin erwartete. Wir hatten gemeinsam eine Rede Professor Benedikts gehört, die er anläßlich des Todes des Verteidigungsministers gehalten hatte. Es sollte unser letztes gemeinsames Erscheinen in der Öffentlichkeit sein. Damals ahnte ich es noch nicht.

Jener Minister war ein ehemaliger, hochdekorierter General des letzten fernöstlichen Krieges gewesen, der auch später ein sehr populärer Politiker wurde. Er kannte das Geheimnis der Gesellschaft und unterstützte uns mit allen militärischen Kommunikationsmitteln. Ich kannte ihn persönlich und hatte oft mit ihm gesprochen. Er starb nach einem Flugzeugabsturz, von dem die Allgemeinheit nichts erfuhr. Wir nahmen diesen Fall zum Anlaß, um einen direkten und offenen Durchbruch für unser Vorhaben´ zu schaffen. Wir verschwiegen also die tatsächliche Todesursache und ließen Professor Benedikt in einer spektakulären und von allen Medien verbreiteten Rede mitteilen, daß der Verteidigungsminister noch jahrelang hätte am Leben bleiben können, wenn man sein altes Herz rechtzeitig durch eine Transplantation ersetzt hätte.

»Es ist in unserer Zeit verantwortungslos«, behauptete Professor Benedikt in seiner Rede weiter, »wenn wir es hinnehmen, daß pro Jahr über eine Million Schwangerschaftsunterbrechungen trotz Verhütungsmitteln durchgeführt werden, und gleichzeitig tatenlos zusehen, wie wertvolles Leben verloren geht. Leben, das uns allen nützlich war, ja, das wir liebgewonnen haben. Ich muß es noch einmal betonen, es ist nicht mehr zu verantworten! Ich frage die Regierung, ich frage den Minister für Volksgesundheit: Er war Ihr Freund und Gefährte, Herr Minister! Was taten Sie, um ihn am Leben zu erhalten?«

Seine Rede wurde in der Fortsetzung mehr und mehr polemisch, und sie entsprach dem Geschmack aller Anwesenden und dem der Bevölkerung. Wie es sich in den folgenden Tagen zeigte, schlug sie trotzdem wie eine Bombe im Volk ein und löste eine Reihe von Diskussionen im ganzen Lande aus. Die Emotionen prallten heftig aufeinander, ganz im Sinne des Professors und unseres Stabes.

Wieder zu Hause angekommen, nach der Einäscherung des Verteidigungsministers, sahen wir im Staatsfernsehen die Feierlichkeiten der Beerdigung noch einmal, und anschließend sprachen wir, Rosalin und ich, darüber:

»Schade um den Minister«, sagte Rosalin seufzend. »Warum hat er nicht rechtzeitig für sein Herz gesorgt?«

Genau nach dieser Frage machte ich meinen ersten Fehler. Ich saß auf einem weichen Stuhl und betrachtete immer noch nachdenklich die nun dunkle Mattscheibe des Fernsehers. Ich antwortete:

»Das tat er doch.«

Rosalin stand rechts von mir am Fenster. Von dort kam auch ihre überraschte Frage: »Was?«

Ich sah sie jetzt an, stand dann auf und ging zur Bar des Wohnzimmers, um uns etwas zum Trinken zu holen.

Ohne ihren überraschten Ton zu berücksichtigen, sagte ich:

»Schon bevor ich vom ›Lebensgarten‹ etwas gewußt hatte.«

»Komplikationen also?« fragte sie nun.

»Nicht daß ich wüßte. Es war doch ...«

Sie unterbrach mich: »Aber der Professor sagte, sein Herz ... nein, er sagte genau: ›sein altes Herz ...‹ hat versagt.«

»Ja, das sagte er, die Todesursache war aber eine andere. Habe ich es nicht erwähnt? Es war doch ein Flugzeugabsturz. Oben, in den Bergen.«

Ich konnte Rosalins Gesicht nicht sehen, als ich zu meinem Stuhl zurückging. Sie fragte weiter:

»Warum sprach der Professor vom Herz...?«

Ich schaute wieder auf den Bildschirm, trank meinen Wein und merkte immer noch nicht, daß ich meinen ersten Fehler schon begangen hatte. Ich dachte nur daran, wie gelegen der Unglücksfall für mein Vorhaben gekommen war und welche positive Auswirkungen er haben mußte. Das tat ich wirklich, obwohl ich den Minister sehr geschätzt hatte und seinen Tod bedauerte. Ich erwiderte also:

»Nun, sein Tod ist wirklich sehr bedauerlich. Aber er hat mir sehr geholfen. Tja ... So ist das Leben nun einmal. Man kann es nicht von allen Seiten absichern.«

»Aber der Professor ...«

»Ja, ja. Er hat eine sehr starke Rede gehalten. Das kann er vorzüglich, das muß man ihm lassen.«

»Warum sagte er nicht die Wahrheit? Kannte er sie nicht? Es ist kaum vorstellbar!« wollte Rosalin weiter wissen und stand plötzlich neben mir.

Ich sah sie nur kurz an und fuhr dann fort, als ob ich einen Monolog hielte:

»Er kannte sie wohl, aber sie konnte uns nicht weiterhelfen.«

»Euch?«

»Natürlich uns. Wenn schon nichts zu ändern ist, ich meine den Tod des Ministers, warum diesen Tod nicht ausnutzen?«

»Ich verstehe dich nicht.«

»Aber doch. Mit diesem Tod können wir auf die Notwendigkeit von Transplantationen bei wichtigen Personen hinweisen. Oder war der Minister keine wichtige Persönlichkeit?«

»Ja, aber ...«

»Eben. Warte ab, morgen wirst du sehen, welches Echo die Rede Benedikts haben wird. Dafür habe ich schon gesorgt. Übrigens, ich fliege morgen Mittag zur östlichen Küste. Dort habe ich ...«

»Wieso aber eine Lüge!« unterbrach mich Rosalin.

»Was? Eine Lüge?« Erst jetzt bemerkte ich Rosalins veränderte Stimme, ihr Befremden.

»Ja, eine Lüge«, erwiderte sie und jetzt stolperte ich mitten hinein in meinen zweiten Fehler.

Ich glaubte plötzlich, ihr keine Rechenschaft schuldig zu sein, und wurde ärgerlich. »Willst du damit sagen, Professor Benedikt ist ein Lügner?« fragte ich sie schroff.

»Nein, nein. ... Ich finde einfach keine Erklärung! Das ist alles.«

»Mit seinen siebzig Jahren hatte der Minister sowieso ein altes Herz! Wo ist die Lüge?«

»Aber Jan, sei nicht so ungeduldig. Ich frage nur, weil ...«

Ich unterbrach sie: »Als ob du nicht wüßtest, daß hier sehr viel auf dem Spiel steht! Wir haben endlich die Gelegenheit, klar und deutlich zu sagen, was wir wollen. Sollen wir sie einfach ungenutzt vorübergehen lassen?«

Ich stand auf und ging erregt ein paar Schritte im Zimmer hin und her.

Sie wandte sich zu mir und sagte:

»Ich wußte nicht, daß er abgestürzt ist, und ich hörte, daß er an Herzversagen gestorben sei. Soll ich mich nicht wundern?«

»Ja, ja! Was spielt das für eine Rolle!«
Rosalin blieb jetzt stumm, ich sah sie nicht an.

»Es gibt Situationen, in denen man nicht alles sagen darf ...« sagte ich fast stotternd und ärgerte mich darüber, »es ist nichts weiter dabei ... das weißt du schon!«

»Nein ...«, sagte sie zögernd.

Ich überhörte dieses ›nein‹ und sprach weiter: »Es geht um eine sehr ernste Sache, das weißt du!«

Sie blieb ruhig.

»Du kennst meine Arbeit nun seit Jahren, oder?«

134

»Was hat das damit zu tun!« wunderte sie sich, »ich frage nur, warum der Professor ...«

Ich unterbrach sie erneut und sprach lauter: »Sein altes Herz hat versagt! Das ist mir bekannt! Woher willst du wissen, daß es nicht wahr ist?«

»Du sagtest ...«

«Ich weiß, was ich sagte!« fuhr ich sie an und plötzlich merkte ich, daß ich sie mit dieser Art noch mehr verwirren mußte, aber ich versuchte es weiter, mit Sturheit.

»Ich sagte, daß die Öffentlichkeit nicht alles zu wissen braucht! Es gibt Dinge, die nicht alle verstehen werden, vieles wird mißverstanden, so ist es oft klüger, manches zu verschweigen. Soll das Unwahrheit heißen?«

»Zählst du mich zu der Öffentlichkeit?« fragte sie leise.

»Wir alle sind Öffentlichkeit«, wich ich ihr unbestimmt aus.

»Trotzdem finde ich keine Erklärung für deine Weigerung, mir die ganze Wahrheit über die Todesursache des Ministers zu sagen«, meinte sie, immer noch eher erstaunt als ärgerlich.

Ich verpaßte die Gelegenheit, wieder Herr der Lage zu werden, endgültig. Ich erwiderte:

»Seit fünf Jahren arbeitet eine ganze Reihe von Menschen mit mir an der Spitze daran, ein staatliches Vorhaben durchzuführen. Dabei nütze ich jede Gelegenheit aus, die mir geboten wird, nicht mehr und nicht weniger. Eine solche Gelegenheit ist nun der Tod des Ministers. Ich bedaure, daß er so kläglich und dumm sterben mußte, aber ich bin nicht dafür verantwortlich. Sein Tod kann uns aber weiterhelfen und, soweit ich den Minister gekannt habe, geschieht das, was der

Professor sagte oder ich mit meinem Stab tue, bestimmt in seinem Sinne.«

»Ich weiß, was deine Arbeit ist, Jan«, antwortete sie versöhnlich, »und ich weiß, wie sehr du an ihr hängst. Aber wieso hätte ein staatliches Vorhaben nicht durchgeführt werden können, auch ohne den Tod des Ministers? Dabei wäre diese Unwahrhaftigkeit nicht nötig gewesen.«

»Ich habe es dir gerade erklärt. Alles hat seine Zeit und seine Gesetzmäßigkeit, das ist alles.«

»Jetzt verstehe ich noch weniger.«

Ich ging von ihr weg und wartete mit der Antwort, während ich an der Bar mein Glas erneut mit Wein füllte. Ich wurde ruhiger, erst dann erwiderte ich:

»Um dir alles zu erklären, müßten wir die ganze Nacht durch reden. Findest du das nötig? Warum bist du mit meinen Antworten nicht zufrieden?«

»Du gabst mir ja keine!« erwiderte sie verwundert.

»Ich habe dir bis jetzt immer alles Wissenswerte gesagt.«

»Das ist wahr.«

»Na also. Das tat ich immer, ohne auf deine Fragen zu warten.«

»Ich frage nicht viel. Aber wir gehen ...«

»Soweit deine Interessen gehen, habe ich dich immer informiert. Das ist eine Tatsache.«

»Nun ja, wie du arbeitest, ist mir weitgehend unbekannt.«

»Du weißt um das Vorhaben mit dem ›Lebensgarten‹.«

»Ja ...«

»Mehr hast du nicht wissen wollen, und außerdem ist meine Arbeit eine mühevolle organisatorische Kleinarbeit. Was willst du davon wissen?«

»Ich habe dich damit niemals belästigt.«

»Von Belästigung kann keine Rede sein.«

»Gut, mehr wollte ich ja nicht wissen ...«

»Dann ist es recht. Hören wir endlich auf mit diesem Gespräch, Rosalin. Es ist lächerlich, uns zu zanken, wo mir morgen ein so anstrengender Tag bevorsteht!«

»Wie du meinst.«

Ihre folgsame Zustimmung beruhigte mich. Damit schien mir das Gespräch beendet, und doch war ich derjenige, der am nächsten Morgen wieder davon anfing, ohne dazu von Rosalin aufgefordert zu werden. Wir sahen uns beide beim Frühstück schweigend die Frühnachrichten im Staatsfernsehen an. Sie brachten in langen Ausführungen die Reaktionen auf die Rede Professor Benedikts. Die meisten davon waren positiv, ganz im Sinne meiner Vorbereitungen. Als der Ansager mit den Berichten zu Ende war, schaltete ich den Apparat im Frühstückszimmer ab und sagte zugleich:

»Ausgezeichnet! Das Echo ist fast stärker, als wir dachten. Siehst du? Was sagte ich dir gestern?«

Rosalin antwortete nicht. Ich lächelte sie an und fuhr fort: »Mach kein solches Gesicht und denke an mich und auch an die Arbeit, die heute auf mich wartet. Glaube mir, Staatsgeschäfte bringen mehr Kummer, als du mit deiner Kunst jemals hattest!«

»Ich habe nachgedacht«, sagte sie, »und jetzt sah ich gerade meine Überlegungen bestätigt.«

»Welche Überlegungen?« fragte ich immer noch gutgelaunt.

»Ich dachte an das Echo, von dem du gestern sprachst. Es trat doch ein.«

»Ich sagte es ja.«

»Und es beruht auf falschen Tatsachen.«

»Na gut.«

»Nein, es ist nicht richtig.«

»Ich möchte gerne wissen, was du eigentlich willst, Rosalin.«

»Eine Antwort. Warum hat der Professor die wirkliche Todesursache verschwiegen?«

Sie fragte nicht, sie sprach so, als ob sie nur eine Feststellung machte.

Ich lachte: »Ach Rosalin. Wozu kümmerst du dich um Dinge, die nicht so wichtig sind?«

»Mir ist ernst, Jan.«

»Ich sagte es dir gestern.«

»Ja, manche Dinge versteht die Öffentlichkeit nicht.«

»So ist es.«

»Also, man muß ihr diese Dinge vorenthalten.«

»Hin und wieder.«

»Und wer entscheidet darüber?«

»Der, der darüber Bescheid weiß. Was willst du jetzt damit?«

»Ich will ungefähr wissen, wie oft ich Falsches als Wahres erfahre. Nichts mehr und nichts weniger.«

»So kenne ich dich nicht.«

»Mein lieber Jan. Ich sitze neben dir und höre einen Nachruf auf den Verstorbenen, dessen Tod ich sehr bedauere. Dann erfahre ich plötzlich, daß er nicht so gestorben ist, wie ich es hörte, sondern aus einer ganz anderen Ursache. Dann höre ich deine Begründung darüber, warum diese Täuschung nötig sei, und zuletzt wirfst du mir vor, ich wäre komisch mit meinen hartnäckigen Fragen! Das meinst du, oder?«

»Willst du etwa sagen, ich führe dich hinters Licht?«

Sie zögerte ein wenig, dann sagte sie: »Nein ... Das will ich nicht sagen. Aber ich finde alles, was ich seit gestern von dir höre, eigenartig.«

138

»Du bist doch kein Kind, Rosalin. Es ist nichts Neues.«

»Für mich schon!«

»Na schön! Höre also gut zu!« rief ich jetzt fast wütend und machte zugleich meinen dritten Fehler bei Rosalin. »Du willst wirklich behaupten, es sei dir unbekannt, daß es Dinge gibt, über die man zuerst nachdenkt, bevor man sie an die Öffentlichkeit bringt?«

»Ja, das will ich.«

Ich lachte laut: »Ich hielt dich nicht für so naiv.«

»Lach mich bitte nicht aus!«

»Hör zu, Rosalin. Meinst du, der Staat kann es sich leisten, jeden Schritt und jedes Wort vorher zu rechtfertigen, bevor er etwas unternimmt? Wenn er so vorginge, wären wir, was den Fortschritt betrifft, noch im Mittelalter!«

»Ich behaupte nichts Ähnliches.«

»Laß mich ausreden! Oder meinst du, der Staat kann es sich leisten, vor Entscheidungen zuerst jeden Menschen zu fragen: Darf ich oder darf ich nicht? Nein, das kann er nicht. Wenn also in einem speziellen Fall der Staat entscheidet, daß für ihn und damit für die Öffentlichkeit – denn was ist der Staat anderes als die Öffentlichkeit? – also für beide etwas zweckmäßig sei, dann entscheidet er so, ohne lang zu fragen! Das ist alles.«

»Ich weiß nicht.«

»Aber ich weiß es! Du hast es gerade gesehen. Aus allen Ecken des Landes kommen Zustimmungen für die Meinung des Professors. Ist das nicht ein Erfolg nach einer richtigen Entscheidung von mir, von uns? Oder wem diene ich?«

»Würden diese Zustimmungen auch kommen, wenn man wüßte, daß der Minister abgestürzt ist?«

»Ach was! Das ist zweitrangig.«

»Ich weiß nicht.«

»Welches ist das Ziel meines Stabes, Rosalin? Mein Ziel?«

»...«

»Du antwortest nicht? Das Ziel ist dir bekannt, und dieses Ziel bejahst du genauso wie ich. Was hast du denn nun?«

»Es geht mir um die Wahrheit. Ich meine, ich verstehe immer noch nicht, welche Notwendigkeit...«

»Als eine solche Wahrheitsfanatikerin kenne ich dich gar nicht!«

»Jan!«

»Entschuldige, aber ...«

»Wann habe ich dich angelogen, Jan?«

»Entschuldige, ich habe das nicht so gemeint.«

»Du hast es aber gesagt.«

»Entschuldige! Seit zwanzig Stunden aber redest du nur von diesem Toten, der bestimmt mit unserem Vorgehen einverstanden wäre!«

»Du verstehst mich nicht.«

»Jawohl! Das tue ich!« Ich schrie sie jetzt an: »Für wen ist die Lüge, wenn du schon das Ding bei diesem Namen nennen willst? Will die Gesellschaft nicht etwas Fortschrittliches? Und zwar so glatt präsentiert, wie es nur geht? Ohne Krach und langes Palaver? Wieso bemühe ich mich und bemühen sich ein paar hundert wichtige Menschen seit fünf Jahren darum? Wenn unser Staat ein totalitärer Staat wäre, wäre auch die Sache an einem einzigen Tag erledigt! Ist das nicht wahr?«

»Ich weiß es nicht ...«

»Du weißt es nicht? Dann sei still, wenn du nicht verstehen kannst! Sei endlich still!«

140

Sie blieb zu meiner Zufriedenheit still. Sie war fast wieder die gewohnte Rosalin, als ich mich bald von ihr verabschiedete und zur Ostküste flog.

Heute weiß ich, daß sie meine Aufforderung ›still zu sein‹ nur zu genau befolgte. Ich weiß es heute, damals war ich froh, daß eine solche Auseinandersetzung mit ihr die erste und zugleich die letzte in unserem bis dahin gemeinsamen langen Leben blieb. In den darauffolgenden drei Jahren bemerkte ich nicht, daß Rosalin immer stiller wurde. Ich war zufrieden mit dem, was meine ›Partnerschaft‹ mit ihr ausmachte: ein Zuhause, zu dem ich nach allen langen Reisen rund um die Welt immer wieder zurückkehrte und in dem immer eine Rosalin vorzufinden war, die mich mit allem Notwendigen versorgte, mir alle lästigen Kleinprobleme abnahm und zugleich eine stille Zuhörerin bei den Berichten über meine Erfolge war.

Ich kann heute nur erraten, welchen Weg Rosalin in der nachfolgenden Zeit zurückgelegt hat. Ich habe ihr eigentliches Leben in den mehr als drei Jahren nach unserer kurzen Auseinandersetzung nicht miterlebt. Sie war für mich eine Person geworden, die einfach ›dazu‹ gehörte. Ich war gewöhnt, sie vorzufinden, wenn sie da sein mußte. Und sie war immer da.

Ich glaubte, sie wäre die Begleiterin meines beruflichen Höhenfluges. Es entging mir, daß sie höchstens eine Beobachterin meines Tuns und meines Lebens war. Rosalin hatte sich in dieser Zeit zu einer bekannten, aber auch umstrittenen Bildhauerin hochgearbeitet. Ich war stolz auf diese Tatsache, und sie vermehrte mein Gefühl der Selbstherrlichkeit, denn sie ›gehörte‹ ja mir. So wie das Haus an der Peripherie der Hauptstadt mir gehörte, ebenso wie die Villa an der Küste und die Hütte in den Bergen. Ich nannte viele bekannte Menschen meine Freunde und genoß mein Ansehen bei ihnen. Für Rosalin, ihr Leben und ihre Probleme und Sorgen war kein Platz geblieben. Wenn ich jetzt einer Sache sicher bin: Rosalin und ich standen uns damals ferner denn je.

Wieviel Schmerz empfinde ich heute, wenn ich bei dem Versuch, meine Vergangenheit aufzuarbeiten, feststellen muß, daß mir nichts aus dieser Zeit mit Rosalin im Gedächtnis zurückgeblieben ist, als genau zu zählende Auseinandersetzungen. Nichts sonst. Nur ein Jan, der redet, Hände schüttelt, stolz ist, lacht, hinweist und programmiert. Nur ein Jan, der seinen Auftrag treu an den Mann bringt, genau nach den Plänen seines Entdeckers Dr. Dimitri.

Wenn ich diesen Jan wegnehme, muß ich wirklich einen ganzen Berg auf die Seite schieben, um das Versteck Rosalins zu finden, in dem sie meistens zusammengekauert ihr kümmerliches Dasein mit mir zu ertragen wußte. Ein Versteck, in dem böse Worte widerhallten, ein Versteck voller Mißverständnisse und Streit zwischen uns beiden.

Dorthin muß ich also gehen, zu diesem Versteck Rosalins in mir, um das zu finden, was zwischen uns beiden in der jüngsten Vergangenheit geschah. Dort finde ich auch alle markanten Stationen unseres gemeinsamen Lebens, die Geburt der beiden ›Spender‹, dort höre ich alles wieder, was nach dem Tode des Verteidigungsministers gesagt wurde. Dort sehe und höre ich auch wieder alles, was ich die zweite Auseinandersetzung zwischen Rosalin und mir nenne. Alles ist so lebendig, als ob es gestern gewesen wäre, selbst Kleinigkeiten, die ich längst vergessen glaubte.

Die mein Leben immer mehr bestimmende Vorausplanung brachte mich dieses Mal nach Hause. Die

Geburt des ersten ›Spenders‹ lag nämlich schon fast acht Jahre zurück. Nun war die Zeit gekommen, in der die ›organische Parallelität‹ – so war der medizinische Begriff Professor Benedikts – zwischen ›Spender‹ und ›Empfänger‹ vervollkommnet werden mußte. Das heißt, jetzt mußte der Verträglichkeitsgrad der zur Transplantation anstehenden Organe festgestellt und nach Bedarf durch entsprechende Maßnahmen erhöht werden. Dazu war der gesamte organische Zustand des ›Empfängers‹ von Bedeutung. Unsere Anwesenheit im Bereich des ›Lebensgartens‹ war also unbedingt notwendig. Dies teilte mir nicht nur mein Terminkalender mit, sondern auch ein Anruf Dr. Dimitris. Ich freute mich, nach vielen Jahren endlich wieder einige schöne Tage im Bereich der Gesellschaft verbringen zu können.

Mit solchen Gedanken kam ich nach Hause zurück. Ich suchte Rosalin in ihrem Atelier auf. Dort lebte sie, auch, wenn ich zu Hause war. Es war die natürliche Situation unseres gemeinsamen Lebensablaufs, ich selbst war zu Hause immer beschäftigt.

Ich fand Rosalin, wie sie zwischen vollendeten und halbfertigen Statuen und Statuetten an ihrem Tisch mit hellrotem Ton arbeitete. Es war lange Zeit vergangen, seit ich das letzte Mal in diesem großen Raum gewesen war. Ich hielt zwar nicht viel von Kunst, andererseits aber war ich stolz auf Rosalins Kunst. Sie war bekannt und geschätzt, ich hatte manche Artikel über sie in einer Künstlerzeitung gelesen.

Rosalin grüßte, fuhr aber fort, ihren Ton zu bearbeiten.

»Du hast viel Neues hier«, sagte ich, Interesse zeigend. »Vieles von diesen Arbeiten kenne ich gar nicht.«

»Es sind über sechs Monate her, seit du zum letzten Mal hier warst«, antwortete sie leise.

»Schon!« wunderte ich mich ehrlich, »wie die Zeit vergeht ... Tja. Ich sehe ... Sehr schöne kleine Dinge hat du hier. Das muß man dir lassen.«

»Danke.«

Ich schlenderte zu der Fensterfront hinüber und betrachtete die Büste eines alten Mannes mit Bart. Beiläufig fragte ich:

»Hast du die Mitteilung Dr. Dimitris auch erhalten?«

»Ja.«

»Sehr gut.« Ich war ein wenig unsicher. Rosalin und ich hatten seit Jahren nicht mehr über das Thema der ›Spender‹ gesprochen. Ich glaubte, daß ich nicht viel darüber zu sagen brauchte. Es kam mir also gelegen, daß Rosalin sich so wortkarg zeigte. Nach kurzer Pause fuhr ich fort:

»Ich bin richtig froh, einige freie Tage im Bereich der Gesellschaft zu verbringen.«

Sie antwortete nicht. Ich drehte mich um und betrachtete ihre über den Tisch gebeugte Gestalt. Sie hatte aufgehört zu arbeiten. Ich fügte schnell hinzu:

»Natürlich mit dir.«

Sie drehte sich auf ihrem Hocker zu mir und sah mich an:

»Du bist doch nicht meinetwegen gekommen, Jan. Meinst du, ich weiß es nicht? Du könntest auch allein hinfahren.«

»Wie bitte?« wunderte ich mich.

»Ich meine, es ist gar nicht nötig, mich dabei zu haben.«

»Das ist nicht dein Ernst!«

»Warum nicht?«

144

»Du hast die Mitteilung des Doktors bekommen, und du weißt doch, warum wir dorthin müssen!« erwiderte ich.

»Und?« sagte sie nur und sah mir direkt, fast abschätzig, wie es mir schien, in die Augen. Ich wich ihrem Blick aus und antwortete, während ich die langen Regale mit Kleinplastiken betrachtete:

»Ich verstehe deine Frage nicht. Du weißt genau, daß der Tag nicht mehr fern ist, an dem wir ...« Ich stockte mitten im Satz, denn nun erst sah ich die Dutzende von Tonfiguren auf den Ablagen bewußt. Sie hatten alle die gleiche Größe, etwa 25 bis 30 Zentimeter, und alle waren ...

Wie aus einem anderen Raum hörte ich Rosalin fragen:

»Der Tag, Jan?«

Ich beachtete sie nicht, ich nahm kaum Notiz von ihr, denn jetzt bemerkte ich, daß mehrere... nein alle Figuren auf eine seltsame Weise identisch waren und das gleiche Thema variierten: zwei Kinder, ein Junge und ein Mädchen, nackt und schön gebaut, von einer unbeschreiblichen Unberührtheit — aber ohne Gesicht! Hier, Hand in Hand über die Bretter der Regale im Schwung eines Tanzes schwebend — aber ohne Gesicht! Rosalin hatte mit der unbeugsamen Kraft und der unendlichen Geduld der Künstlerin jedem Körperteil zur natürlichen und fast lebendigen Vollkommenheit verholfen — aber nicht dem Gesicht! Ich versuchte die Ruhe oder die Bewegung der kleinen Körper zu erkennen, um die Absicht zu verstehen, ich bemühte mich, die Motivation Rosalins zu erfassen... Dort half der Knabe dem Mädchen einen Felsen zu erklimmen. Man sah die körperliche Anstrengung des Knaben und ebenso deutlich war die zärtliche Fürsorge für das

Mädchen aus der Haltung abzulesen – aber kein Gesicht! Immer wieder sah ich zuletzt die unförmige Masse dort an den Köpfen, wo das Gesicht sein mußte! Und immer wieder begann ich von neuem bei der nächsten Figur alles andere zu betrachten, aber nicht diese grausamen Stellen. Dort auch, beide Kinder standen nebeneinander, die Köpfe nach oben gerichtet, den offenen klaren Himmel anblickend, die Körper auf den Zehenspitzen balancierend, die Hände in eine Ferne zeigend, wie aber? Welche Ferne konnten die Gesichtslosen sehen? Stellungen der freudigen Erwartung wechselten mit denen der Verzweiflung, Haltungen der Hoffnung mit denen der Angst – aber kein Gesicht! In der unbeschreiblichen Schönheit der Gestalten hatte Rosalin in allen Figuren eine zerklüftete Leere geformt, dort wo die Krönung ihrer Werke hätte sein müssen – im Gesicht. Eine unfertige Masse, ein grausamer Anziehungspunkt war dort zu sehen.

Ich sah Rosalin an. Und ich sah, daß sie mich mit weit aufgerissenen Augen betrachtete, mit blutleerem Gesicht.

»Sie haben keine Gesichter!«

»Ich weiß.«

»Ja, warum denn?«

»Kenne ich sie denn? Kennen wir sie?«

»Das ist doch kein Grund! Hier sind genug andere Skulpturen mit Gesichtern!«

»Ich kenne ihre Körper und ihr Gesicht.«

Ich begann mit einer ärgerlichen Ahnung zu kämpfen. »Hör mal, sind das nicht Haarspaltereien?«

»Bei diesen Kindern nicht«, erwiderte sie leise, kaum hörbar.

»Willst du nicht oder kannst du nicht?«

»Nein.«

146

»Jetzt sag mir um Gottes willen, was ist an ihnen so Besonderes?« Mit etwas gekünsteltem Interesse betrachtete ich einen Pferdekopf in der Mitte des Ateliers: »Sogar dein Pferd hat ein Gesicht!«

»Meine Kinder nicht!« beharrte sie auf dieser unbestimmten Antwort, mit einer fast tonlosen Stimme.

»Und warum, wenn ich fragen darf?« Ich bedauerte die Frage im selben Augenblick, als ich sie gestellt hatte, und noch heute überkommt mich ein Gefühl des Unbehagens, wenn ich an diese Szene denke.

Mit der gleichen leisen Stimme antwortete Rosalin: »Weil diese Kinder deine und meine sind, Jan.«

Während ich diese neue Komplikation zu verdauen suchte, diesen unerklärlichen Rückfall in überwunden geglaubte Gefühle, mußte ich gleichzeitig denken: ›Welche Dummheit erlaubt sie sich da, wenn das jemand wie Dr. Dimitri hören würde‹. Mich überkam eine Welle von Wut:

»Was heißt das denn nun wieder... meine Kinder, deine Kinder. ... Was soll denn diese rührende Naivität?«

Sie sah mich an, leicht zusammengekauert auf ihrem Hocker sitzend, bleich und angespannt, in ihrem verschmutzten Arbeitskittel, die Ärmel aufgeschlagen, das Kopftuch, das sie immer bei der Arbeit trug, faßte kaum die Fülle des blonden Haares ... Erst heute weiß ich, daß sie nie schöner war als bei diesem Gespräch.

»Du hast keinen Grund, spöttisch zu sein«, sagte sie leise.

»Spöttisch zu sein, meine Liebe? Warum nicht? Solche Sentimentalität! Wie kannst du nur von ›Kindern‹ sprechen?«

»Sind sie das nicht?«

»Aber natürlich nicht! Wie sollten sie auch! Sie sind

unsere ›Spender‹, nicht mehr und nicht weniger. Wenn du allerdings in deinem ... künstlerischen Wahn sie hier als Kinder darstellen willst, bitte. Aus diesem Ton – oder auch wenn sie aus Marmor wären, wirst du bestimmt keine Persönlichkeiten zum Leben erwecken!«

Diese Ironie lockte Rosalin aus ihrer Reserve heraus. Sie antwortete laut:

»Oh du und deine Persönlichkeiten! Ich habe es endgültig satt, immer davon zu hören! Persönlichkeiten! Persönlichkeiten!«

»Ja, Rosalin!« ich wunderte mich über sie und vergaß fast meinen Ärger. »Was ist mit dir los?«

»Eines ist wahr«, sprach sie weiter. »Ich kenne dich nicht mehr, Jan.«

Sie war wieder gefaßt und fuhr schnell fort, bevor ich etwas sagen konnte. »Es ist nichts mehr übrig geblieben.«

»Sei nicht albern, Rosalin. Erkläre mir lieber, was du gegen mich hast!«

Sie blieb stumm auf ihrem Arbeitshocker sitzen. Ihre unruhigen Hände zeigten, daß sie innerlich mit sich kämpfte.

»Ich glaube, du hast dich hier mit deinem Ton und deinen Figuren überarbeitet. Weißt du was? Wir beide lassen hier alles liegen und machen erst einmal Ferien! Ja? Ich gebe zu, ich war in letzter Zeit sehr beschäftigt und ... Na gut! Ich gebe dir sogar recht, ich habe dich vernachlässigt. Wir lassen also alles liegen und stehen und machen Ferien. Was sagst du dazu?«

Ich stand jetzt vor ihr, und sie sah zu mir auf. Ihre Hände lagen ruhig in ihrem Schoß gefaltet.

»Ferien, Jan?« sagte sie in einem traurigen Ton. »Im ›Lebensgarten‹ deines liebenswürdigen Wunderdoktors?«

148

Ich spürte .meine Bereitschaft zur Versöhnung schwinden und meinen Ärger wieder hochkommen. Trotzdem bat ich ruhig:

»Laß bitte diese Bemerkungen, du hast kein Recht dazu.«

»Doch. Jetzt habe ich das schon. Ich gebe zu, ich war ...«

Rosalin zeigte also kein Verständnis für mein Bemühen, sie hatte es vielleicht nicht einmal wahrgenommen.

Ich unterbrach sie also:

»Vergißt du, daß nichts ohne deine Zustimmung geschehen ist?«

»Ich vergesse es nicht. Ich wollte sagen, ich weiß es!«

Sie schrie mir die Worte ins Gesicht, sie streckte die Arme aus, um ihre Hilflosigkeit zu demonstrieren. ...

»Ich habe zugestimmt. Ich habe es getan! Ich kann nichts mehr rückgängig machen! Das weiß ich nur zu genau ...«

»Aber Rosalin«, erwiderte ich zwischen Verwirrung über ihr Verhalten, das mir neu war und unerwartet kam, und Ärger über diese Situation. »Wie kommst du auf solche Gedanken? Ich verstehe diese Dramatik überhaupt nicht. Ich bin überzeugt, dein Verhalten läßt sich nur dadurch erklären, daß du überarbeitet bist. Hör zu! Wir machen erst einmal Ferien ... Nein! Unterbrich mich nicht! Wir fahren nicht zur Gesellschaft, nein. Wir fahren an die Küste und dort ... Ich habe es! Weißt du was? Wir fahren zum Erholungsheim, dorthin, wo wir uns kennengelernt haben, weißt du noch? Ich kann die Erlaubnis für uns bekommen, und dann fahren wir. Ist es dir recht?«

Sie antwortete nicht gleich, sie stand auf, blieb vor dem Fenster stehen, sah hinaus und sagte:

149

»Wie oberflächlich bist du geworden, Jan. Wie sehr ...«

Meine Geduld war zu Ende: »Nicht zufrieden? Na gut. Wenn ich oberflächlich sein soll ... Bleib du hier mit deinen Tongespenstern, du kannst eine ganze Horde davon formen, setz dich dazwischen und huldige deinem sentimentalen Kult! Aber ohne mich! Ich habe kein Bedürfnis mehr, über rätselhafte Erscheinungen deines Gehirns oder deiner Phantasie zu diskutieren. Tu, was du willst! Aber ohne mich!«

Ich war dabei, den Raum zu verlassen, doch ihre Stimme hielt mich an der Türe fest. Sie klang ruhig und bestimmt:

»Wenn das so ist, Jan, dann hat es keinen Sinn mehr. Entweder schaffen wir uns jetzt Klarheit oder wir gehen auseinander.«

Ich drehte mich jäh um und sah sie böse an.

»Ist das eine Drohung, Rosalin?«

»Nein, nur eine Schlußfolgerung, Jan.«

Sie ging zum Arbeitstisch zurück und setzte sich auf den Hocker. Ich kam näher.

»Kannst du mir endlich erklären, was in dich gefahren ist? Bin ich derjenige, der sich verändert hat, oder du? Gebrauchst du das Wort ›oberflächlich‹ oder ich?«

Sie schüttelte den Kopf und seufzte: »Ich habe das Gefühl, uns trennen Welten. Irgendetwas ist gänzlich falsch, in mir, in dir, in unser aller Leben.«

Sie fing an zu weinen. Ohne das Gesicht zu verbergen, ohne den Kopf hängen zu lassen, ohne zu schluchzen, die Tränen rollten einfach die Wangen hinab.

»Es tut mir leid«, sagte ich, »ich wollte dich nicht verletzen ...«

150

»Ach, Jan ...« Sie sah mich mit ihren blauen, tränenüberfüllten Augen an. »Was bindet uns noch, Jan? Was ist aus der Liebe geworden ...?«

Ich nahm einen zweiten Hocker und setzte mich ihr gegenüber. Ich nahm ihre Hände in die meinen, und sie ließ es geschehen. Sie sah mich an, und aus den blauen Tiefen tauchten schweigende Fragen. Ich sagte:

»Das ist nicht wahr! Uns bindet eine Reihe von Jahren voll Glück, Rosalin. Hast du das vergessen? Gemeinsame Erlebnisse, Erfolge, auch Kummer. Du kannst nicht alles wegwischen und meinen, es hätte nichts existiert! Ich kann das genauso wenig.«

»Aber der Mensch ist nicht nur Vergangenheit, sondern Gegenwart und Zukunft«, entgegnete sie.

»Natürlich ist er das! Haben wir keine glänzende Zukunft vor uns? Wenn auch die Gegenwart, für mich immer noch unerklärlich, ein wenig trüb erscheint? Gut, Rosalin, wir klären alles hier und heute, wie du es willst. Ich beginne damit, ist es recht?«

Sie nahm ihre rechte Hand aus meiner und wischte die Tränen mit dem Handrücken ab. Sie nickte, und ich sprach weiter.

»Ich sagte es schon, ich habe in den letzten Jahren sehr viel gearbeitet. Dabei habe ich dich vernachlässigt; dazu kam, daß die großen Kinder dich immer weniger gebraucht haben, bis sie dich und mich überhaupt nicht mehr brauchten, das ist heute nun einmal so. Deshalb hast du nach einem anderen Wirkungsbereich gesucht, ist das so?«

»Ich habe meinen Beruf immer geliebt, auch in der Zeit, als die Kinder noch zu Hause waren.«

»Na gut, aber sie fehlten dir doch und ...«

»Nicht so sehr, wie du meinst, Jan. Ich war immer froh, mehr Zeit für meine Arbeit zu haben.«

»Laß mich zu Ende sprechen!« Ich merkte, daß sie meine Vorstellungen über ihr Leben in den letzten Jahren nicht akzeptierte, und ich stellte plötzlich fest, daß ich nicht genau wußte, was Rosalin in diesen Jahren tatsächlich gemacht hatte. War das, was ich ihr nun sagen wollte, nur Vermutung?

»Auf jeden Fall warst du unzufrieden, und damit hat es angefangen, daß du ...«

Jetzt wußte ich nicht mehr, was ich sagen sollte, und sie sah mich ständig mit ihren traurigen Augen an. Ich stand auf und ging nervös ein paar Schritte weiter bis zum Pferdekopf in der Mitte des Raumes. Ich fuhr fort:

»So muß es gewesen sein! Du hast dich hier vergraben, hier mit diesen Dingen, die stumm dastehen und einen kalt anstarren! Ja, so muß es gewesen sein, du hast dich von den Menschen entfernt! Wann hatten wir das letzte Mal Gäste bei uns? Das muß lange her sein, oder?«

»Nein, Jan«, sie schüttelte den Kopf, »das ist nicht wahr. Wenn du schon von den Menschen sprichst, dann gut, einer hat mir gefehlt. Du, einfach du ...«

»Wie oft habe ich dir gesagt, du sollst mit mir kommen?«

Ich war wieder ungeduldig, und Rosalin wußte sehr genau, was sie mir zu sagen hatte. Sie mußte allerdings viel länger darüber nachgedacht haben als ich. Ich spürte plötzlich, daß die Situation, wie schon einmal, mir aus den Händen zu gleiten drohte und ich nicht mehr imstande war, mich durchzusetzen. Sie antwortete:

»Wozu? Um immer daneben zu sitzen und dich zu betrachten? Deine Reden anzuhören und deine Persönlichkeiten kennenzulernen? Außerdem hatte ich auch meinen Beruf.«

152

»Warum beklagst du dich dann?«

»Ich beklage mich nicht darüber, sondern ich stelle nur fest, daß ich von dir fast nichts hatte. Wunderst du dich dann, wenn ich mich zurückziehe und mich mit meinen stummen Gefährten hier beschäftige?«

»Du hättest mit mir darüber sprechen können.«

»Habe ich das nicht getan?«

»Seit Jahren nicht mehr, wenn ich mich recht erinnere. Ich beginne allerdings zu begreifen, daß du Probleme haben mußt, von denen ich nicht die geringste Ahnung habe!«

»Ich habe mit dir gesprochen und von dir keine Antwort bekommen . . .« erwiderte sie unbestimmt.

»Wann?«

»Ich befürchte, das Gespräch führt uns zu keinem Ergebnis, Jan.«

»Wenn ich unterlassen haben sollte, deine Fragen zu beantworten, bitte ich um Entschuldigung. Wirklich, ich meine es ernst.«

»Auf Fragen muß man eine ehrliche Antwort geben«, antwortete sie in ruhigem Ton. »In die Zukunft verlagerte Antworten sind sinnlos, besonders dann, wenn man entdeckt, daß einem die Wahrheit vorenthalten wird.«

»Kannst du mir diese Philosophie vielleicht erklären?« sagte ich bissig, denn ich verstand nicht, was sie meinte.

Ich sah, wie sie nach einer Antwort suchte. Sie stand wieder auf und entfernte sich vom Arbeitstisch.

»Jan . . .« sagte sie zögernd, »ich sagte, der Mensch ist nicht nur Vergangenheit.«

»Du weichst mir aus, Rosalin. Ich kann doch nur in der Vergangenheit ein Mißverständnis vermuten! Wo sonst?«

»Du hast mir damals nach dem Tod des Verteidigungsministers keine Antwort gegeben, Jan.«

»Was?« staunte ich nicht wenig.

»Ich mußte dann meine Antworten selbst finden.«

»Bist du verrückt?«

»Nein. Das war nur der Anlaß und nicht ...«

»Das ist lächerlich!«

»Nein. Ich fand keinen vernünftigen Grund ...«

»Das ist unglaublich, was du hier behauptest!«

»Ich behaupte nichts. Ich versuche nur, dir meine Situation zu erklären.«

»Jetzt brauche ich keine Erklärungen mehr.«

»Soll ich also wieder still sein? Sag es doch! Komm aber dann nie wieder und erzähle mir, ich soll mit dir über meine Probleme sprechen! Sage nie wieder, ich soll dir erklären, was mit mir los sei! Denn was ich in den letzten Jahren durchgemacht habe, kannst du nicht einmal ahnen!«

Sie sprach erregt und laut. Mitten im Raum, zwischen den Figuren, erstarrte ihre Gestalt für kurze Zeit selbst zu einer Statue. Ich sah sie an und wußte nicht, was ich erwidern sollte. Ihre Spannung löste sich aber rasch, sie kehrte mir den Rücken zu und sprach weiter:

»Ich habe zu lange allein gelebt hier mit meinen Tongespenstern, wie du sie nennst. Wie oft habe ich hier gestanden, allein ... Ich fragte die Statuen, was mit mir los sei. Ich ging hin zu dem alten Mann, und ich fragte ihn, ob ich wohl lebe. Ja, zum Pferdekopf ging ich auch, und ich fragte, ob alles so sei, wie es mir schien, und wenn es so wäre, ob ich dann eine andere sei, als ich glaubte. Niemand gab mir je eine Antwort, niemand. Es gab Stunden, da glaubte ich, ich sei verrückt geworden! Ich schrie alles hier an und sagte, daß ich einsam sei! Daß ich friere! Daß ich weine, Hunger und Schmerzen habe ... Sie standen alle da, stumm wie jetzt, und ich versuchte trotzdem, einen Laut, ein Flüstern, einen Hauch wahrzunehmen. Nichts ...«

Ihre Gestalt sank in sich zusammen und ich hörte mich plötzlich leise sagen:

»So kenne ich dich nicht, Rosalin.«

Sie drehte sich um, ich blickte in ein jäh altgewordenes Gesicht.

»Wiederhole das wieder und immer wieder, was du gerade gesagt hast. Und frage dich, warum ich eine andere geworden bin! Du hast seit Jahren für nichts anderes Zeit als für dich. Wunderst du dich, daß ich irgendwann zu fragen begann? Und meine Fragen dann als Antworten nahm? Hast du meine Denkfähigkeit so sehr unterschätzt? Oder meine Loyalität zu dir zu sehr überschätzt? Vergißt du so leicht, daß auch ich eine Person bin, wenn auch keine Persönlichkeit in deinem Sinne?«

»Ist das alles ein Ergebnis der damaligen Auseinandersetzung zwischen dir und mir?« fragte ich verblüfft durch ihre Aufregung. »Wegen der Todesursache?«

»Nein, nein! Es war nur der Anfang.«

»Was dann?«

– Wie hätte ich dich verstehen können, nach so vielen Jahren der Trennung, Rosalin? –

Rosalin schwieg für kurze Zeit und antwortete dann:

»Wir müssen Klarheit schaffen, Jan, gleichgültig, was danach geschieht. Ich fühle mich leer und einsam, mir ist, als ob jemand mir den Boden unter den Füßen weggezogen hätte.«

Ich murmelte, um einen Laut von mir zu geben:

»Du mußt wirklich sehr einsam gewesen sein.«

Sie lachte traurig. »Nur das hast du verstanden?«

Ich schwieg.

»Was dich und mich betrifft, Jan. Und die Kinder ... die ›Spender‹ sagst du? Gut, die ›Spender‹. Was uns alle betrifft: Vielleicht hast du es unterlassen, auch bei mir langfristig deine Reklamemethoden anzuwenden. Oder du mußt dich sehr sicher bei mir gefühlt haben. Warum, Jan? Weil ich eine Frau bin? Oder weil ich deine Frau bin?«

»Du weißt nicht, was du sagst!« versuchte ich, ihre Fragen abzuwehren. Sie blieb aber hartnäckig beim Thema.

»Oder vielleicht, weil ich mich mit Kunst befasse? Hast du niemals mit mir gerechnet? War ich von dir immer so sehr abhängig, daß du mich mit dir in jeder Situation identifiziert hast? Oder war ich bei allen deinen Vorhaben nur ein Jasager? Bis hin zur Geburt der ›Spender‹? Warum warst du so sicher über meinen Charakter, Jan? Bin ich so leicht zu durchschauen?«

Ich gab keine Antwort, ich vergaß zugleich ihre Fragen und dachte daran, um wieviele Jahre mich diese Situation zurückversetzte. Welcher ähnelte sie? Hatte Rosalin die Wahrheit getroffen, als sie sagte, ich sei oberflächlich geworden? Oder war ich das schon immer? Schon damals im Bereich der Gesellschaft? Hatte der Doktor mir diese Eigenschaft, oberflächlich zu sein, als eine für ihn willkommene Eigenschaft verschwiegen? Denn daß der Computer ihm auch diese verraten haben mußte, ist doch selbstverständlich. Der Doktor sagte, er wisse alles über mich. Sogar die Farbe meines Schlafanzuges. Sollte er von meiner Oberflächlichkeit nichts gewußt haben? Oder hat er gerade so einen Menschen gebraucht?

Ich schüttelte den Kopf, um diese Gedanken zu verjagen. Die nächste Frage stellte sich trotzdem: Spielte Rosalin jetzt das gleiche Spiel mit mir wie der Doktor damals? Hat sie für dieses Gespräch, dessen Ausmaße mir schon jetzt grenzenlos und mit unbekannten Auswirkungen erschienen, einen Plan zugrunde gelegt? Und versuchte sie nun, mich nach diesem Plan zu beeinflussen? Warum? Und was wollte sie von mir? Ich sah sie mißtrauisch an. Sie merkte es. Sie ging zum Wandkühlschrank und holte daraus eine Flasche und zwei Gläser. Sie zeigte sie mir und sagte:

»Dein Lieblingswein.« Ruhig und ernst fuhr sie fort: »Habe ich nicht das gleiche Recht, wie damals Dr. Dimitri, um dich zu kämpfen?«

Ich fragte mißtrauisch: »Warum kämpfen?«

Sie füllte bedachtsam die beiden Gläser mit Wein: »Warum kämpfen? Ist die Frage nötig? Sprachst du nicht von den Gemeinsamkeiten und den Erlebnissen? Von der Liebe?« Sie nahm ihr Glas vom Tisch und ging zur Pferdeskulptur: »Ich habe es jedem Gegenstand in diesem Raum gesagt. Jedem! Auch dem Pferd ...« Sie betrachtete den Pferdekopf kurz und sah mich wieder an: »Und nun sage ich es dir. Ich fahre nicht zu deiner Gesellschaft, Jan. Ich komme weder jetzt noch später mit dir dorthin. Ich will mein Leben nicht verlängern! Und darum will ich kämpfen! Darum!«

Ihr entschlossener Ausdruck, die Endgültigkeit ihrer Worte zwangen mich jählings zum Aufstehen.

»Du weißt nicht, was du sagst!«

»Oh doch.«

»Dein Entschluß von damals war freiwillig! Ich habe dich informiert, und ich habe dich gefragt! Du sagtest ja! Und zwar zweimal hinereinander!«

»Ich gebar dir vier Kinder, Jan. Zweimal nanntest du

mich Mutter. Und die anderen zwei? Aber du hast recht, ich tat das, was du sagst.«

»Na also! Was soll jetzt der Entschluß, den du so pathetisch aussprichst?«

»Ich möchte die Fehler von damals wieder gut machen.«

»Was du nicht sagst!«

»Jeder Mensch kann einen Fehler machen. Ich will versuchen, ihn zu korrigieren.«

»Ist es jetzt nicht zu spät?«

»Ich finde nicht.«

»Und wie willst du das erreichen?«

»Ich fahre nicht hin und ich verlängere mein Leben nicht. Sagte ich es nicht?«

»Und ist das eine Wiedergutmachung? Denn ich fahre hin und ich verlängere mein Leben, wie du voll Ironie sagst! Und jetzt?«

»Dein Hohn ist unangebracht, Jan. Du machst damit meinen Entschluß leichter, obwohl ich aufschreien möchte.«

»Oh du und deine Sentimentalität!«

»Ich weiß, aber nur Offenheit schafft Klarheit. Wenn du damals zu mir offen gewesen wärst, wäre dieses Gespräch heute nicht nötig.«

»Nicht offen? Ich?«

»Vielleicht nicht bewußt, du hast meine Zustimmung erzwungen, das meine ich mit nicht offen.«

»Auch das noch? Du machst es dir aber wirklich sehr leicht, meine Liebe! Ich bin jetzt an allem schuld!«

»Nein, so meine ich das nicht. Ich kenne meine Schuld, und ich werfe dir nichts vor. Ich versuche einfach, dir zu helfen, daß auch du deine Fehler erkennst.«

»Ich bin mir keiner Fehler bewußt.«

158

»Eben.«

»Du kommst dir sehr klug vor, nicht wahr? Du irrst dich aber, liebe Rosalin! Mich kannst du nicht täuschen! Mich nicht!«

»Wozu sollte ich dich täuschen? Was kann ich vorhaben? Sag es mir!«

»Was weiß ich? Meine Schuld ist, daß ich dich tatsächlich zu lange mit diesem Zeug hier allein gelassen habe und wahrhaftig, ich glaube langsam ...«

»... daß ich verrückt bin? Nein, du kannst mich nicht mehr verletzen und nicht noch einmal zum Weinen bringen. Ich habe genug geweint, und wenn ich meinen ... Lassen wir ihn aber aus dem Spiel. Du kannst ...«

»Wen willst du aus dem Spiel lassen?«

»Alle! Nur du und ich können das, was zwischen uns nicht stimmt, bereinigen. Nur wir. Du kannst also hinfahren, um deinen Sohn zu töten. Ich kann dich nicht daran hindern.«

Ich überhörte ihre vage Ausrede und schrie sie an:

»Es ist nicht mein Sohn! Und ich werde ihn nicht töten! Das weißt du sehr genau! Außerdem ...« Ich beruhigte mich und sprach nach kurzer Pause weiter, während ich näher zu Rosalin ging. »Für welchen Zweck hast du ihn geboren?«

»Für den, den du meinst. Weiß ich es nicht?«

»Also?«

»Er ist trotzdem dein Sohn, ob du ihn ›Spender‹ nennst und dich nicht seinen Vater, sondern seinen ›Empfänger‹. Ist es nicht so, Jan, verdrängst du diesen Gedanken?«

»Nein! Nein! Du weißt nicht, was du sagst, das ist alles.«

»Und es ist trotzdem ein Mord, was du unternehmen willst.«

»Du bist verrückt!«

»Und es ist trotzdem eine Mordgesellschaft, die sich dort draußen absurderweise ›Lebensgarten‹ nennt.«

»Das ist nicht wahr! Du bist verrückt!«

»Und es ist trotzdem so, daß wir auf Kosten unschuldigen Lebens unseres verlängern wollen.«

»Halte deinen Mund!«

»Du tust mir leid, Jan ...«

Ich drehte mich um und warf das Weinglas, das ich noch in der Hand hielt, voller Wut auf die Tonfiguren in den Regalen über dem Arbeitstisch.

»Ich will kein Mitleid von dir!«

»Du warst immer sanft ... früher«, bemerkte sie leise.

»Und du? Eine andere als das, was du jetzt zu sein scheinst!«

»Das ist wahr, Jan.«

Wir standen beide in der Mitte des Ateliers und sahen uns an. Ich fühlte, wie in mir die Wut in großen Wogen anschwoll.

Rosalin war kreidebleich. Für kurze Zeit sagte keiner ein Wort. Dann fragte sie leise:

»Hat es einen Sinn, daß wir unter solchen Umständen miteinander zu sprechen versuchen?«

»Hat es einen Sinn, überhaupt miteinander zu sprechen?«

»Ich meine immer noch, ja.«

»Ich bezweifle es.«

»Ich kann dich nicht zwingen ...«

»Ich sehe trotzdem keinen Sinn.« Wir schwiegen wieder, dann aber sprach Rosalin weiter:

»Als ich hier allein war, habe ich mir ein Gespräch

mit dir ganz anders vorgestellt. Wie oft hatte ich meine Fragen formuliert, die ich dir stellen wollte. Wie oft versuchte ich, deine Antworten zu erraten, um dann meine nächsten Fragen zu formulieren. Ja, ich habe lange Zeit damit verbracht, über alles nachzudenken, im Gegensatz zu dir. Ich liebe dich, Jan, aber ich lasse mich zu sehr vom Gefühl leiten, da wo nur ein klarer Kopf gebraucht wird. Wie damals der Doktor es tat. Nein, laß mich bitte ausreden. Ich habe dein Tagebuch gelesen. Hast du das auch getan? Später, nach der Zeit, in der du es geschrieben hattest? Ich glaube nicht, daß du es je wieder geöffnet hast. Weißt du, daß du vielleicht unbewußt, zwischen den Zeilen eine Menge Zweifel mitgeschrieben hast? Ich habe mich so sehr gefreut, als ich es entdeckte... Ich sagte mir, Jan hat das auch gespürt! Jans Gefühl hat dort Fragen gestellt, wo Jans Verstand es nicht getan hat! Ich bekam Mut, und dann holte ich mir alle Berichte von damals: Zeitungsartikel, Reden, Fernsehkommentare. Ich studierte dein Werk und das Werk deiner Organisation von damals. Ich merkte bald, daß es sich um eine sehr gekonnte und ungeheure Manipulation handelte. Ihr habt an alles gedacht: kühl, bewußt, intelligent, mit List und Vorausschau. Ich erschrak! Ich sagte mir, hat denn niemand die Falle entdeckt? Hat niemand gemerkt, daß ihr eine Volksbeeinflussung ungeheuerlichen Ausmaßes vorhattet und konsequent dabei gewesen seid, sie bis zum absoluten Erfolg durchzuführen? Ich fand da und dort leise Stimmen, die dagegen sprachen, das ist wahr. Sie waren aber nicht mehr als eine einsame Stimme, die in der Wüste echolos verklang. Und erst hier verstand ich, warum du mir damals nach dem Tod des Verteidigungsministers keine konkrete Antwort geben wolltest. Ich dachte, wenn das so ist, dann ist

161

auch Jan verloren. Und ich, und alle! Die ersten, die manipuliert worden sind, sind diejenigen, die nun die große Manipulation versuchen. Ich dachte, ist der Doktor der Schuldige? Der Schlaue? Nein. Der Präsident? Die Minister? Die Finanzmächtigen? Wer? Nein, ein einziger ist es nicht gewesen, eine kleine Gruppe genauso wenig. Dann? Wir alle, Jan. Wir alle sind mitschuldig. Es ist schwer, sich schuldig zu sprechen, das gebe ich zu, und noch schwerer, darauf zu kommen und nochmals schwerer, es dann freiwillig zuzugeben.«

Sie hielt inne, und ich spürte, wie sie ihr Gespräch so ähnlich zu führen wußte wie Dr. Dimitri damals, und wie ähnlich ich reagierte: ich hörte zu. Sie fuhr fort:

»Ich bin dir dankbar, daß du zuhörst und bleibst, Jan. Ich hoffe, ich kann dich vielleicht noch überzeugen, weil ich dich liebe. Wie nie zuvor fühle ich mich zu dir hingezogen, jetzt, wo ich Angst habe, dich für immer zu verlieren. Es war nicht schwer, Jan, diese Überlegungen anzustellen, von denen ich gerade sprach. Verblüffend einfach, und das ist das Tragische dabei! Ich glaubte, ich wäre tatsächlich verrückt, ich wüßte nicht, was ich sagte oder tat. Es gab Stunden, in denen ich hier umherging und sagte: Nein, nein! Das ist nicht wahr! Meine Erkenntnis ist keine, und alles, was ich gerade zu wissen gemeint habe, ist ein Traum, ein Gespenst! Ich phantasiere! Ich las in deinem Tagebuch, wieder und wieder stöberte ich alle Berichte durch. Immer das gleiche Bild, immer wieder die gleiche Erkenntnis. Wir alle, die zustimmten, mitmachten und bejahten, machten den gleichen Fehler, wie es immer gemacht worden ist. Seit Jahrzehnten und Jahrhunderten: Unsere persönliche Zufriedenheit über alles zu stellen! Unser Leben als das höchste Gut

162

ansehen zu wollen. Unsere Zeit auf dieser Erde als unendlich lang und als die natürlich wichtigste zu betrachten. Mit Ausnahmen, ja. Wie selten müssen aber diese Ausnahmen gewesen sein und wie machtlos zugleich, wenn wir soweit den falschen Weg gegangen sind und weiter gehen wollen!«

»Ich begreife dich nicht ...« sprach ich, ohne sie anzusehen. Ich ging zum Hocker am Tisch zurück und setzte mich darauf. Ich versuchte sie zu verstehen, aber immer wieder kam mir die gleiche Frage, die ich nun Rosalin laut stellte: »Wie kommst du auf solche Ideen? Wo hast du sie gelesen? Mit wem hast du darüber gesprochen?«

»Ach, Jan, was interessiert denn das? Suche lieber nach der Wahrheit und sage mir ja oder nein. Überlege mit mir, ob das wahr ist, was ich sagte, oder nicht!«

»Wir leben seit Jahren zusammen, Rosalin, und ich habe mit dir niemals solche Gespräche geführt. Ich weiß, daß du Unrecht hast, aber ich zerbreche mir den Kopf nicht darüber. Ich versuche nur zu verstehen, warum du plötzlich so denkst!«

»Plötzlich? Nennst du die quälenden Tage von über drei Jahren plötzlich?«

»Du bist nicht mehr die Rosalin, die ich kenne.«

»Kannst du nicht von dem ausgehen, was ich behaupte, ob dir das nun richtig erscheint oder falsch? Nimm mich so, wie ich jetzt bin, und frage nicht, warum ich so denke. Was verlange ich denn anderes von dir, als nachzudenken? Du bist intelligent und das gibt mir die Hoffnung, daß du mich doch verstehen wirst. Wenn ich aber darüber nachdenke, wieviele Menschen ohne deine Intelligenz in wichtigen Positionen sind, in denen sie über Menschen entscheiden können, wenn ich mir weiter überlege, wie sehr sie das

Falsche und Unrichtige fördern können. ...Wenn ich dann weiß, daß eben diese Persönlichkeiten täglich ohnmächtige Opfer ihrer eigenen Macht werden, dann verzweifle ich. Ich sehe dann keinen Ausweg, ich fühle mich aller meiner Hoffnungen beraubt und möchte nur an dich und mich denken und uns beiden helfen, obwohl das egoistisch ist. Obwohl ich glaube, daß ich als Mensch für alle meine Mitmenschen verantwortlich bin. Aber ich bin zugleich machtlos gegenüber einer Allgemeinheit, die mit ... mit wehenden Fahnen und erhobenem Haupt stolz vorbeizieht! Wohin? Ihr Haupt ist zu sehr zum Himmel erhoben, wie kann sie dann den Weg sehen? Wohin führt dieser Weg uns in der Zukunft? Begreifst du nicht, daß ich dir und mir aus diesem Menschenkreis heraushelfen möchte?«

Sie wartete kurz auf meine Antwort. Ich schwieg, und doch war ich nicht über das, was sie sagte, verwundert, sondern nur darüber, daß sie es überhaupt sagte. Sie sprach weiter:

»Begreifst du nicht, daß jene ›Gesellschaft‹ nichts Besonderes, nichts Neues ist? Sondern nur eine Miniaturausgabe unserer Gesellschaft, für einen besonderen Zweck bestimmt? Denn was sie mit ihren Transplantationen will, tun wir doch schon! Oder unsere Väter und Großväter haben es schon getan!«

Plötzlich wurde ich mir des Sinnes ihrer Worte bewußt, und ich muß Rosalin fassungslos angesehen haben.

»Ja, ich weiß, du kannst damit noch nichts anfangen, aber ich frage dich: warum war es notwendig, die Zahl der Menschen auf dem Planeten zu verringern? Warum mußte die Technik immer mehr Methoden und Apparate erfinden, um das Überleben auf dieser Erde überhaupt möglich zu machen, mußten Wissen-

164

schaft und Forschung nach neuen Quellen für die Ernährung, die Produktion und den Verbrauch suchen, um überhaupt die Zukunft zu sichern?«

»Sind deine Fragen nicht lächerlich, Rosalin?« erwiderte ich, mich endlich aus meiner Passivität und inneren Unruhe befreiend. Lag das daran, daß die Antwort auf ihre Fragen so einfach war?

»Braucht man überhaupt zu fragen? Oder ist für dich der Fortschritt unseres Jahrhunderts kein Beweis? Wolltest du lieber, daß wir gedankenlos in der Gegenwart leben, unsere Zukunft nicht vorausplanen und sichern? Millionen Menschen einfach am Rande der Zivilisation leben lassen? Menschen, die keine Aussichten auf ein menschenwürdiges Leben haben? Willst du den Stillstand des Fortschritts in allen Lebensbereichen oder sogar den Rückschritt? Wenn du das willst, zeigst du zugleich, wie wenig du über die Zusammenhänge in der heutigen Zeit Bescheid weißt.«

»Du brauchst nicht weiter zu reden, Jan. Diese Gründe habe ich oft gehört und auch in deinem Tagebuch gelesen. Dein Doktor konnte sich bei dir sehr stark für sie machen.«

»Laß den Doktor beiseite!« fuhr ich sie schroff an. »Er hat in seinem Leben genug von deinen Ideologien zu hören bekommen, die allerdings nicht neu, sondern schon längst überholt sind.«

»Nein, Jan. Ich spreche nicht von Ideologien, sondern von Tatsachen, die auch du kennst. Ich finde nur eine Begründung für das, was du Fortschritt nennst: Immer haben manche Menschen mehr für die Gegenwart beansprucht als andere oder als sie zum Überleben nötig hatten. Und dadurch ist immer weniger für die anderen Menschen übriggeblieben oder für die Kinder, denen die Zukunft gehörte. Schon unsere

Väter nahmen uns wichtige ›Organe‹ weg, – wenn ich dieses Beispiel benützen darf – sie verbrauchten unmäßig Rohstoffe, zerstörten Landschaften, trieben Raubbau, verschmutzten Flüsse und Seen und rotteten Tiere und Pflanzen aus. Das alles geschah, damit sie besser und länger leben konnten. Dabei sagten sie, genau wie wir, sie wollten lediglich die Zukunft der Menschheit sichern. In Wirklichkeit lebten sie von der Substanz des Lebens schlechthin. Und genau das geschieht heute immer noch, nur mit noch schrecklicheren Konsequenzen. Stück für Stück wird der ›Organismus‹ Erde verbraucht, immer weniger bleibt für unsere Nachkommen.

Mit welchem Recht wählen wir aus, wer hier leben darf und wer nicht? Nach welchen Kriterien sind die Menschenklassen bestimmt, die im Überfluß leben und die, die fronen müssen?

Und der Preis für die moderne Welt von heute? Die früheren Generationen haben uns Gefahren hinterlassen, die aus der Gedankenlosigkeit und dem Egoismus von ähnlichen Persönlichkeiten herstammen wie die, deren Leben von deinem ›Lebensgarten‹ auch noch verlängert werden soll! Gefahren aus den verseuchten Atomkraftwerken, Gefährdungen durch die verschiedensten Berufskrankheiten nicht nur in den chemischen Fabriken, und nicht zuletzt die unmenschliche Gleichgültigkeit gegenüber anderen menschlichen Schicksalen. Sind wir, die soviel klügeren und zivilisierteren Nachkommen, nicht dabei, das gleiche wie die früheren Generationen zu tun? Steigern wir diesen Fortschrittswahn nicht noch, weil wir glauben, nur im Wachstum aller Lebensbereiche den Sinn unseres Daseins gefunden zu haben? Wir haben es nun glücklich bis hin zur ›Produktion‹ von Spenderorganen geschafft, und zwar im Körper des eigenen Kindes. Und das soll noch menschlich sein?

Was ist das überhaupt, das Menschliche oder das Unmenschliche, Jan? Ist das Unmenschliche die Liebe zu den anderen Menschen? Das Gefühl der Zusammengehörigkeit aller Menschen? Wenn das so ist, Jan, dann lebe ich jedenfalls im Unmenschlichen und genieße es auch noch. Und du?«

Ich schüttelte den Kopf:

»Rosalin, Rosalin, ich möchte wirklich wissen, wie du zu solchen Ideen kommst. Na gut, du willst es mir nicht verraten. Irgendwie bist du in diesen letzten Jahren auf alte philosophische Literatur gestoßen und du bist dabei, alles auswendig zu lernen. Daß du früher nicht so gedacht und gesprochen hast, wissen wir doch beide.«

Sie streifte mit einer verzweifelten Bewegung ihr Kopftuch ab. Dann sagte sie mit müder Stimme:

»Ich hätte es wissen müssen, daß du mir nicht helfen würdest. Vielleicht kannst du es auch gar nicht . . . Ich stelle Fragen, die mich bis in die Wurzeln meiner Person erschüttern, und du willst nur wissen, woher meine Fragen, meine Ideen stammen, statt mir Antworten zu geben, mir zu zeigen, wo ich recht oder unrecht habe.«

»So schwer ist das nicht, Rosalin, und aus diesem Grund scheint mir deine Belehrung zweitrangig. Wenn du es aber willst . . . Es hat doch immer einen Kampf im Leben gegeben, und das zu allen Zeiten und bei allen Menschen. Das weißt du, oder? Aus diesem Kampf also wurde auch die Notwendigkeit geboren, die Zukunft zu planen und zu sichern, das Überleben möglich zu machen. Das ist alles. Alle Generationen haben, mehr oder weniger, nur das getan!«

»Das ist nicht richtig. Es geht seit langem nicht mehr um das Überleben, sondern um das ›Immer-Besser-Leben‹ von Menschengruppen. Ob das ein Volk ist oder nur eine Gruppe innerhalb eines Volkes. Kämpfen wir, du und ich, um das Überleben, Jan?«

»Du kannst es nennen wie du willst. Es ist das Prinzip unserer Zeit, und du mußt es annehmen, wenn du für unsere Zeit Verständnis haben willst.«

»Ich will aber kein Verständnis für unsere Zeit haben, sondern wissen, worauf mein Recht begründet ist, in dieser meiner Zeit zu leben, wie ich es tue oder tun will!«

»Jeder Mensch kann die angebotenen Möglichkeiten nutzen und aus seinem Leben das Beste machen. Damit hat er auch das Recht auf seinen verdienten Lohn.«

»Glaubst du, was du gerade sagst? Ist das die Grundlage unseres Lebens? Hier?«

»Das ist sie, im Rahmen der notwendigen Gegebenheiten.«

»Meinst du damit die Menschenklassen bei uns?«

»Unter anderem ja. Die hat es sowieso immer gegeben. In irgendeiner Form.«

»Und heißt das nicht, daß von Anfang an ein Fehler vorliegt?«

»Ein Fehler? Nicht daß ich wüßte. Du mußt von dem ausgehen, was ist, und nicht, was hätte sein können! Einen Weg zurück zu suchen ist zumindest lächerlich.«

»Das ist zu billig! Damit haben wir unsere Art zu leben immer gerechtfertigt. Wie oft haben Menschen Tatsachen geschaffen, um sie dann als Ewigkeitswerte gelten zu lassen? So wie jetzt. Nach zwei oder drei Jahrzehnten werden wir auch für die Nachkommen drei Kategorien haben: Es gibt Kinder, die leben dürfen, Kinder, die abgetrieben werden müssen; und zuletzt Kinder, die etwas Leben genießen und dann Organe spenden ›dürfen‹. Niemand wird etwas dabei denken, genauso wie jetzt niemand sich etwas dabei denkt, wenn es drei Menschenkategorien gibt.«

»Wir sorgen, wir denken und wir tragen auch die Verantwortung für die übrigen Kategorien.«

»Wie nobel! Wir sorgen zugleich auch dafür, daß keiner von diesen Menschen irgendwann in die unsere aufsteigt. Ist das auch wahr?«

»Entschuldige, aber du bist ungerecht. Es ist schon vorgekommen, daß Menschen aufgestiegen sind.«

»Auserwählte, vielleicht.«

»Wenn schon.«

»Eigentlich ... Ich denke, es ist eigentlich ein Verrat, so über Millionen von Menschen zu denken, die bewußt oder nicht, gewollt oder nicht, direkt oder indirekt für uns sorgen, für deine Persönlichkeiten sorgen, und dafür, daß wir in Ruhe für sie denken können. Wären wir auch Persönlichkeiten, wenn alle mit uns gleich wären? Nein, und aus diesem Grund sorgst du dafür, daß wenige Menschen, die aus welchen Situationen heraus oder durch welche Zufälle oder Intrigen auch immer, die Macht haben, Persönlichkeiten zu sein, diese Macht immer innehaben und sie ausüben können. Wir sorgen, daß dies auf Kosten von Millionen Menschen erreicht werden kann. Auf Kosten von Erwachsenen allemal und, jetzt noch gesteigert, auch auf Kosten der eigenen Kinder.«

»Wir gehen zu weit mit unserem Gespräch«, wehrte ich ab, »außerdem hast du eine vorgefaßte Meinung, von der du dich nicht abbringen läßt. Ich frage mich, hast du tatsächlich ein Gespräch mit mir gewollt? Du

169

führst fast einen Monolog, ohne meine Argumente anzuhören.«

»Du hast keine vorgebracht, Jan. Was du sagtest, sind vielmehr Ideen von deinem Doktor.«

»Muß der Doktor schon wieder herhalten? Und wo hast du deine Ideen her?«

»Jan, ich will, daß wir uns einigen. Ich kann mich aber ...«

»Einigen?« unterbrach ich sie wieder, ironisch lächelnd. »Auf deinen Nenner?«

»Ich kann mich nicht mehr selbst täuschen«, fuhr sie in ihrem Satz fort. »Auch dir zuliebe nicht.«

»Ach was! Hör endlich damit auf! Ich glaube fast, deine Kunst hat dich aus dem heutigen Leben herausgerissen, und du weißt nicht, was du sagst. Vielleicht haben die Verächter dieser Kunst doch recht?«

»Wunderst du dich darüber? Weil sie mich auch auf andere Werte aufmerksam macht, als nur auf die materiellen? Weil ich durch sie meiner Gefühle besser inne werden kann?«

»Durch den Pferdekopf da?« höhnte ich. »Oder diese Gespenster dort?« Ich zeigte auf die kleinen Kinderfiguren in den Regalen.

»Jan, Jan ...«, sie war wieder dem Weinen nahe.

»Es hat keinen Sinn, weiter darüber zu diskutieren«, sagte ich ernst.

»Es tut mir leid, aber es hat wirklich keinen Sinn.« Rosalin sah mich nachdenklich an.

»Ich habe geglaubt, du würdest mir zugestehen, daß auch ich mich weiterentwickle, daß ich neue Einsichten gewinne. Weigerst du dich vielleicht deshalb, mit mir weiter zu diskutieren, weil ich ›nur‹ eine Frau bin?«

»Das ist lächerlich, Rosalin!«

»Gut! Dann behandle mich aber, wenn du mit mir

diskutierst, nicht so, als lebten wir vor hundert Jahren, und mach mich nicht lächerlich, wenn ich mir Gedanken über die heutige Zeit mache. Meine ›Zukunftsvisionen‹, wie du sie vielleicht gerne nennen würdest, sind mindestens so ernst zu nehmen wie dein absoluter Fortschrittsglaube. Es mag sein, daß ich dich nicht überzeugen kann, so wie Dr. Dimitri mich letztlich nicht überzeugt hat. Aber suche wenigstens mit mir nach der Wahrheit. Bitte, Jan!«

Was gab es von meiner Seite dazu zu sagen?

»Rosalin, ich kann es einfach nicht glauben, daß alle, die nach meiner Meinung die Wahrheit kennen, Unrecht haben und du die einzige sein solltest, die die neue, die wirkliche Wahrheit entdeckt hat. Das ist nicht nur absurd, das ist gleichzeitig eine unverständliche Anmaßung.«

Die ganze Zeit während des Gespräches stand sie neben der Pferdestatue; sie wirkte alt und müde, wie ausgelaugt. Nun ging sie zu ihrem Hocker am Arbeitstisch. Ohne mich anzusehen setzte sie sich und stützte sich mit dem rechten Arm auf die Arbeitsplatte. Sie blickte die Tonfiguren an. Dann sagte sie sehr leise:

»Dann habe ich den Kampf verloren. Dein Doktor hat doch gewonnen. Es tut mir unendlich weh, das zu wissen, aber ich sehe, daß ich nichts daran ändern kann. Ich werde versuchen, vieles zu vergessen. Dich kann ich nicht vergessen, du bist ein Stück von mir geworden in all den guten und den schlechten Jahren bis jetzt. Ich werde versuchen, dich so in Erinnerung zu behalten, wie du einmal vor langer Zeit gewesen bist.«

»Werde jetzt nicht sentimental.«

»Verspotte mich nicht, bitte. Ich werde dich verlassen, Jan. Ich ...«

»Was willst du tun?« fragte ich.

»Ich gehe auf die Berghütte, und ich nehme alles, was du hier siehst, mit. Ich bleibe dort, solange es mir möglich sein wird, und ich werde versuchen, nichts mehr von dem in Anspruch zu nehmen, was ich als unnötig und als unrecht erachte. Dich nicht, die Kinder nicht, die ... anderen Kinder nicht, deine Gesellschaft nicht. Ich tue das bewußt, ich will kein Mitleid und ich habe auch nicht vor, falls du das denkst, freiwillig aus dem Leben zu scheiden. Ich will es mir nicht leicht machen. Jetzt nicht mehr.«

»Du bist verrückt!«

»Ich weiß. Ich tue es trotzdem. Du kannst gehen, wohin du willst, und dein Leben verlängern, solange du willst. Ich werde mit allem brechen! Meinen Beitrag zur Sinnlosigkeit des Ganzen habe ich freiwillig, aber unüberlegt geleistet. Das ist meine einzige Entschuldigung für das Vergangene. Jetzt, wo ich weiß, muß ich genauso freiwillig und allerdings bewußt die Konsequenzen ziehen. Vielleicht ist damit ein Teil meiner Schuld abgegolten. Vielleicht ...«

Zwei oder drei Tage nach diesem Gespräch konnte ich immer noch nicht glauben, daß Rosalin mich wirklich verlassen wollte. Ich versuchte noch ein paarmal, sie von ihren, wie ich damals meinte, überspannten Ideen abzubringen, vergebens. Sie wurde immer schweigsamer, gab kaum mehr Antworten. Oft weinte sie still vor sich hin. Als sie eines Morgens anfing, ihre persönliche Habe, ihr Handwerkszeug und ihre Plastiken einzupacken, hielt ich es nicht mehr aus. Bis ins Innerste gekränkt verließ ich ohne Abschied unser Haus. Irgendwie glaubte ich immer noch, ihr Entschluß sei eine Art Kurzschluß, eine kurzlebige Frauenlaune. Je unnachgiebiger ich mich jetzt verhielte, desto schneller käme sie wieder zurück.

Was die anstehenden Untersuchungen im Lebensgarten betraf, so besorgte ich von unserem zuständigen
Gesundheitsamt die notwendigen Unterlagen und
schickte sie Dr. Dimitri zu mit einer einigermaßen
glaubwürdigen Erklärung für unser vorläufiges Fern-
bleiben. Ich schämte mich, Dr. Dimitri mit unserm
›infantilen‹ Streit zu belasten.

Eine seltsame Zeit begann, und ich ahnte nicht im
entferntesten, daß sie ein ganzes Jahr dauern sollte. Die
ersten Wochen war ich fest überzeugt, daß Rosalin
sehr bald zu mir zurückkehren würde. Gegen alle
Vernunft glaubte ich es, und das zeigt mir heute, wie
wenig ich alle ihre Argumente, ihre Ängste und ihren
Schmerz ernst genommen hatte. So holte ich mir die
Sondererlaubnis für gemeinsame Ferien im Erholungsheim der Jugend, wo Rosalin und ich uns einstmals
kennengelernt hatten. Gleichzeitig ließ ich unser Haus
von einem sehr tüchtigen Architekten modernisieren,
ja, sogar ihren Atelieranbau vergrößern. Doch Tage
und Wochen vergingen, von Rosalin kam kein Lebens-
zeichen

Hatte ich mir anfangs ausgemalt, wie großmütig ich
sie bei ihrer Heimkehr empfangen würde, wie großzügig ich ihre Torheiten vergessen würde, wenn sie nur
wieder unser gemeinsames Leben aufnehmen wollte,
nach einem Monat Trennung konnte ich meine Illusio-
nen nicht mehr aufrechterhalten. Wenn Rosalin aus
der Welt hinausflüchten, sich in der Berghütte vergraben wollte, ich konnte das Gegenteil tun: Die Welt
weiter mit meiner Aufgabe bewegen. Man würde
sehen, wer den längeren Atem hatte. Wenn Rosalin
einen schweigsamen Kampf dieser Art wollte, ich war
bereit ihn aufzunehmen.

Mit einer Art Besessenheit stürzte ich mich wieder in

meine Arbeit. Doch der Glanz, die Faszination der ersten Jahre war vorbei. Ich begann eine neue Vortragsreihe, hielt Konferenzen mit wichtigen Persönlichkeiten ab, aktivierte Verbände und Organisationen für die Ideen Dr. Dimitris. Ich war sozusagen in meiner eifrigsten Periode.

Aber was Rosalin von der Gewöhnung der Menschen gesagt hatte, war längst eingetreten. Ich rannte offene Türen ein. Die eigentliche Schlacht war längst geschlagen, jetzt waren die Planer, die Organisatoren, die Macher und die Juristen am Zug. Gewiß, ich wurde immer noch auch in den Ministerien freundlich empfangen, ich war so etwas wie ein alter Kämpfer der ersten Stunde. Doch die eigentliche Arbeit lief ohne mich und in Bahnen, die ich nicht kannte. Ich fühlte keine Befriedigung mehr. Ich war wie ein alternder Jäger, der gesättigt die lange Strecke des erlegten Wildes betrachtet. Was vor mir lag, war Routine, keine neue Aufgabe, die mich vor meinen Grübeleien hätte retten können.

Und die Zeit lief gegen mich. Da mir Rosalin so sehr fehlte, flüchtete ich in die Vergnügungen und Zerstreuungen der Gesellschaft. Ich versuchte, aus Bekanntschaften Freundschaften werden zu lassen, ich suchte Liebesabenteuer, um Rosalins Schatten zu verdrängen. Es war vergebens.

Aber auch die äußeren Umstände drängten zu einer endgültigen Entscheidung. Die Transplantationen standen in nicht zu ferner Zeit bevor. Dr. Dimitri hatte für Rosalin und mich die Medikamente geschickt, die regelmäßig vor den Operationen eingenommen werden mußten. Ich konnte es mir in meiner Position einfach nicht leisten, der Gesellschaft und Dr. Dimitri Rosalins Gesinnungswandel mitzuteilen. Ein Jahr war seit unserer Trennung vergangen, und ich war gezwungen zu kapitulieren. Und ich konnte nicht einmal sagen, ob der äußere oder innere Zwang größer war.

Mit Rosalin Verbindung aufzunehmen, war schwieriger als ich gedacht hatte. Sie hatte nicht nur mich verlassen, sie hatte jeden Kontakt mit der Hauptstadt, ja praktisch mit der Gesellschaft aufgegeben. Als ich versuchte, sie über das Fernsehtelefon anzurufen, sagte mir die Auskunft, der Anschluß sei seit einem Jahr abgemeldet. Gleichzeitig wurde jedoch vom Bevölkerungsamt des Bezirkes bestätigt, daß die Berghütte bewohnt sei. Was sollte ich tun? Hinzufahren verbot mir meine Eitelkeit, vielleicht aber noch mehr die Angst, ich fände eine gänzlich Fremde vor, würde Rosalin endgültig verlieren. So griff ich auf die fast vergessene, alte Mitteilungsmethode zurück: Ich schrieb einen Brief. Ich brauchte Tage zu seiner Formulierung, und er schien mir ein Meisterwerk an diplomatischer Freundlichkeit. Kein Wort über unseren Streit, nur die Bitte um ein Gespräch, damit die nun fälligen gemeinsamen Entscheidungen getroffen werden könnten.

Der Brief blieb ohne Antwort. In wachsender Ungeduld wartete ich Tag um Tag. Ich schrieb einen zweiten Brief. Er war nicht mehr so kunstvoll gedrechselt, er verriet sicher sehr viel mehr über meinen inneren Zustand als der erste. Aber ich schrieb keine der Klagen und Vorwürfe, die mir auf der Zunge brannten, nieder. Dafür legte ich Dr. Dimitris Brief mit den Medikamenten bei. Am nächsten Tag lag alles wieder bei meiner Post, ohne eine einzige Zeile der Erwiderung.

In jener Nacht lag ich lange wach. Widerstandslos

ließ ich erstmals die Erinnerung an die große Auseinandersetzung in ihrem Atelier lebendig werden. Ich sah wieder ihre Verzweiflung, ihre Entschlossenheit, ich sah sie auf ihrem Hocker sitzen und weinen. Und zum erstenmal ergriff mich eine noch sehr unterschwellige Angst: Könnte Rosalin vielleicht doch recht haben mit ihren Ideen? Als der Morgen heraufgraute, hatte ich einen Entschluß gefaßt. Mein Problem waren nicht irgendwelche moralische Spitzfindigkeiten, sondern meine Abhängigkeit, meine Liebe zu Rosalin. Das allein war schuld an meinem inneren Elend. Da ich also nicht auf Rosalin verzichten konnte und wollte, mußte ich eben um sie kämpfen, und zwar mit derselben Entschlossenheit, wie sie, allerdings aus falschen Beweggründen, um mich kämpfte. Ich kündigte in einem dritten Brief meinen Besuch in der Berghütte für den folgenden Tag an. Ich bat sie herzlich um Versöhnung und zugleich um ihre Bereitschaft, unser Problem noch einmal durchzusprechen.

Am nächsten Morgen fuhr ich mit dem Wagen zur Berghütte. Neben mir lag mein Versöhnungsgeschenk für Rosalin: Margeriten, ihre Lieblingsblumen. Ich hatte seit Jahren – seit einer Ewigkeit? – die Gegend nicht mehr besucht, und so bestürmten mich die Erinnerungen sorgloser und glücklicher Tage. Ich fuhr den schmalen Weg zu den Bergen hinauf, und während die Bäume der Wälder in langen Reihen hinter mir zurückblieben, traf mich der Schmerz über meine Probleme mit Rosalin, als wären sie eben entstanden. Ich wiederholte beschwörend immer wieder die gleichen Gedanken: auch sie mußte hier die gleichen Erinnerungen haben, dieselben Empfindungen. Lebte sie doch hier schon ein ganzes Jahr, wo jeder Gegenstand in der Hütte, der Kamin und der Tisch, die Sessel aus rohem Holz und die Sitzbänke, ja auch die Gardinen und die Vorhänge täglich, ja stündlich von vergangenen schönen Tagen erzählten. Waren wir nicht ein besonderes Paar und hatten wir das nicht immer gewußt, verbunden auf eine Art, die nicht einfach ausgelöscht werden konnte?

Ich hielt vor dem kleinen Holztor und ging die steinernen Stufen zur Hütte hinauf; die Margeriten in der Hand.

Rosalin hatte meine Ankunft gehört, sie öffnete die Tür und ihre mir so vertraute Gestalt füllte die schmale Öffnung. Wortlos gab ich ihr die Margeriten. Sie nahm sie in die Hand und bemerkte:

»Blühen sie schon in der Ebene?«

»Ja«, antwortete ich mit ruhiger Stimme.

»Ich habe welche im Garten«, sagte sie weiter, »aber es dauert noch eine Weile.« Sie sah mich jetzt kurz an und fragte: »Wie geht es dir, Jan?«

Ich bewegte nur den Kopf, als ob ich ›gut, gut‹ sagen wollte, und ich sagte es auch: »Gut . . . gut.«

Sie machte die gleiche Geste, dann drehte sie sich um und ging hinein. Ich folgte mit einem Seufzer.

Die Hütte bestand aus einem einzigen großen quadratischen Raum: gegen Süden stand vor dem Fenster das hölzerne Bett, immer noch mit den gleichen Schaffellen bedeckt. Gegen Norden der Kamin, groß aus Granitplatten gebaut. Davor die niedrigen und bequemen Sessel, die Felle . . . Wie oft lagen wir darauf im Winter vor dem Feuer?

Gegen Osten die kleine Küche mit dem altmodischen, aus Stein und Gußeisen gebauten Herd. Die Regale für das Geschirr. Gegen Westen stand nun der Arbeitstisch Rosalins, die ganze Breite der Holzwand einnehmend, dort, wo früher Schränke waren. Der

Arbeitstisch, die vielen Statuen und ein zweites Bett zwischen Tisch und Kamin waren die Änderungen, die ich mit dem ersten Blick erfaßte.

»Hast du Hunger?« unterbrach Rosalin die Stille. Sie hatte die Blumen in einer Vase geordnet und stand jetzt neben dem Kamin, in dem nur ein kleines Feuer brannte.

»Oh ja!« erwiderte ich. »Soll ich ein richtiges Feuer machen?«

»Ist es kalt?«

»Hier oben immer, weißt du das nicht?« fragte ich mit einem Lächeln.

»Ich weiß, ich weiß«, sagte sie ebenso lächelnd.

Ich ging schweigend zum Kamin.

»Eier mit Zwiebeln und Speck«, sagte Rosalin vom Herd her, während ich das Feuer mit Birkenholz belebte. »Ist das recht?«

»Gern!« Ich setzte mich auf einen Sessel vor dem Kamin und betrachtete sie, wie sie, mit dem Rücken zu mir, in der Kochecke hantierte.

»Wie versorgst du dich hier? Ich meine Lebensmittel, Holz und dergleichen?«

»Es ist nicht schwer«, antwortete sie, »zwei Kilometer von hier ist doch das kleine Waldarbeiterdorf.«

»Ja, richtig. Da haben wir vor Jahren nach Bauernart gegessen!«

»Als das Gewitter kam ...«

»Wir waren durch und durch naß geworden ...«

»... und die Bäuerin steckte uns in Ziegenhaardecken! Ich schaudere noch heute, wenn ich an den Geruch denke!« Rosalin lachte aus ihrer Ecke und dann wandte sie sich mir zu, mit einer Gabel in der Hand. »Du hast dir trotzdem deine Erkältung geholt, weißt du das noch?«

»Oh ja!« erwiderte ich, nicht nur vom Feuer, sondern auch von den Erinnerungen erwärmt. »Ich habe Wasser so gern.«

»So gern, daß du wie ein Verrückter im Gewitter herumgerannt bist.«

»Nun ja ... Die Erkältung ist auch vorübergegangen«, lächelte ich.

Sie sah mich kurz nachdenklich an, dann kehrte sie mir wieder den Rücken zu. Ich spürte, daß auch sie an die vielen Erlebnisse jener Zeit dachte, wir hatten also etwas Gemeinsames, und dieses Gefühl weckte in mir plötzlich den brennenden Wunsch, aufzustehen, zu ihr zu gehen, sie anzufassen, sie zu streicheln, den Duft ihrer Haare tief einzuatmen. Doch das vergangene Jahr bildete eine unüberwindbare Barriere. Ich sah mich in der Hütte um:

»Du hast hier nicht viel verändert.«

»Das war kaum nötig«, erwiderte sie.

»Was hast du mit den Schränken gemacht?«

»Wir haben hinter der Hütte noch einen Holzschuppen gebaut. Darin sind nun die Schränke.«

Ich hörte sie in der Mehrzahl sprechen und dachte an die Waldarbeiter im Dorf: »Die Leute im Dorf waren immer hilfsbereit.«

»Das ist wahr. Ich bekomme alles hierher geliefert.«

»Hast du irgendwelche Sorgen?« wollte ich wissen und meinte damit finanzielle Sorgen.

Ich machte mir keine Gedanken über Geld, davon war bei uns immer genug vorhanden. Ich hatte aber kaum eine Ahnung, welche Mittel Rosalin besaß.

»Sorgen?« fragte sie, während sie den Tisch deckte.

»Ich meine finanzielle Sorgen. Du hast niemals nach Geld gefragt.«

»Oh nein. Ich brauche kaum Geld hier.«

»Und die Lebensmittel?«

»Ich bekomme sie nicht gratis, ich hatte aber genug Geld. Das heißt, ich habe genug. Außerdem habe ich den Dörflern manche Holzfiguren geschnitzt; für die Schule, das Gemeindehaus. Ich bekomme Lebensmittel dafür.«

»Tauschhandel?«

»Ungefähr.«

»Wie vor Jahrhunderten? Köstlich.«

»Ja. Jeder ist zufrieden.«

Ich betrachtete sie, wie sie den Tisch deckte, und genoß den Geruch der gebratenen Eier, des gebratenen Specks. Rosalin gab alles auf meinen Teller:

»Du mußt allein essen, da ich das gleiche zum Frühstück bekam.«

Auch jetzt begriff ich ihre Bemerkung nicht, ich konzentrierte mich ganz auf das Essen. Ich war so vergnügt über die Begegnung mit Rosalin, das lockere Gespräch mit dem wechselseitigen Spiel der Erinnerungen, den Holzgeruch des Kamins, das Bauernfrühstück und das Einverständnis zwischen uns beiden. Ich genoß dies so sehr, daß ich alles andere Unangenehme, das ich aus der Stadt mitgebracht hatte, im Augenblick vergaß. Rosalin stellte einen Krug auf den Tisch, goß eine goldene Flüssigkeit in mein Glas, setzte sich danach mir gegenüber in den anderen Sessel und sagte:

»Es ist Apfelwein vom Dorf. Vom gleichen wie früher.«

»Von der Bäuerin?« fragte ich mit vollem Mund.

»Sie lebt nicht mehr«, antwortete sie, »nur noch ihr Mann. Er ist fast achtzig.«

»Und fällt noch Bäume?«

»Er bringt mir das Birkenholz mit seinem Fuhrwerk.«

»Mit Pferden?«

»Immer noch.«

»Aber nicht den gleichen!« lachte ich und trank aus dem Glas. »Es schmeckt herrlich!«

»Das eine Pferd ist immer noch das alte«, meinte sie lächelnd, »der Schimmel.«

»Ich kann mich nicht mehr an ihn erinnern.«

Sie blieb still, sie beobachtete mich beim Essen. Es war gemütlich, so gemütlich, daß ich es fast nicht glauben konnte.

Ich brauchte wenig Zeit, um die Eier zu verschlingen. Ich trank mein Glas leer und hielt es Rosalin hin. Sie nahm den Krug und füllte das Glas wieder. Ich bemerkte:

»Du verwöhnst mich, Rosalin.«

»Ich liebe dich, Jan«, antwortete sie ruhig und sah mir direkt in die Augen.

Der Apfelwein, den ich gerade trank, geriet mir vor Überraschung in die falsche Kehle und ich mußte husten. Ich wußte nicht, was ich sagen sollte, sie sprach auch nicht weiter, und so herrschte für eine Weile Schweigen zwischen uns. Dann sagte ich, ohne sie anzuschauen:

»Es war ein schwieriges Jahr, Rosalin.«

»Ja«, nickte sie nur.

»Als ob es eine Ewigkeit gewesen wäre ...« fuhr ich fort und beobachtete das Flammenspiel im Kamin.

»Ja«, wiederholte Rosalin leise.

Ich bemühte mich, die richtigen Worte zu finden, aber welche waren richtig und welche falsch?

»Rosalin ...« ich hielt inne und suchte erneut nach Worten. Die ganze Zeit von meiner Ankunft bis jetzt erwies sich nun als ein wenig hilfreicher Anfang für ein klärendes Gespräch. Ich versuchte es trotzdem weiter:

»Ich habe das ganze Jahr nur an dich gedacht und . . .«
Es war eine Lüge, ich korrigierte mich sofort. »Nein,
nicht bewußt, im Gegenteil. Ich war böse auf dich.
Aber ich möchte, daß alles wieder gut wird, Rosalin.
Und du doch auch?«

»Ja, ich auch!«

Erleichtert sprach ich freier: »Es darf nichts mehr
zwischen uns sein, Rosalin, wir sind beide vernünftig
genug, um ein glückliches Leben zu führen, wir lieben
uns, das ist das Wichtigste. Wir vergessen alles Böse,
was in der Vergangenheit gesagt wurde, und wir
nehmen einen neuen Anlauf. Wir können irgendwohin
fahren, wohin du willst und solange du willst. Wir
können hier bleiben oder an die Küste gehen oder ins
Ausland. Wohin du willst. Wir beginnen ein neues
Leben, ohne Probleme und ohne . . .« ich hielt kurz inne
und sagte dann, »ich kann ohne dich nicht leben,
Rosalin.«

Jetzt betrachtete sie das Feuer, als sie mir anwortete:
»Du hast mir einen zweiten Brief geschickt, Jan.«

Ich zuckte wie bei einem Schlag zusammen, aber es
war ein Schlag, auf den ich gewartet hatte. Ich nickte.

»Mit den Anweisungen des Doktors, mit den Medikamenten.«

»Ja«, wiederholte ich leise.

»Wie stellst du dir die Beseitigung dieses Problems
vor?« fragte sie bestimmt.

»Nun . . .« versuchte ich zu sagen, aber sie fragte
weiter.

»Allein mit Ferien irgendwo? Dein alter Vorschlag
reicht nicht, Jan. Der Doktor wartet.«

»Du bleibst bei deiner Meinung?«

»Ich habe noch weiter gedacht.«

»Du bleibst also dabei?« wollte ich wissen.

»Ja.«

Ich stand auf und ging ans Fenster. Im Westen stand die Sonne noch knapp über dem Berg. War es schon so spät? überlegte ich. Ich sah wieder Rosalin an, das Kaminfeuer erhellte in der einbrechenden Dämmerung den Raum. Ich sagte unsicher:

»Warum sträubst du dich immer noch dagegen, mit der Entwicklung unseres Lebens mitzugehen? Ich verstehe es nicht, immer noch nicht.«

»Machen wir Menschen keine Fehler?« fragte sie, und ich wußte sofort, daß sie das Gespräch dorthin führen würde, wohin ich es keineswegs haben wollte.

»Weil diese Entwicklung falsch ist«, entgegenete sie.

»Und du als Einzige weißt es!« Ich wollte es nicht, ich wollte es wirklich nicht, aber meine Stimme klang schrill in meinen Ohren. Mit wieviel gutem Willen war ich hier heraufgekommen, und nun begann die ganze Debatte von vorne.

Rosalin mußte meine Gedanken gefühlt haben. Sie trat auf mich zu. Zum erstenmal seit einem Jahr berührte sie mich. Zärtlich ergriff sie meine Hand.

»Jan, bitte hör mir noch einmal zu. Um unserer Liebe willen. Ich habe hier viel Zeit gehabt, nachzudenken, meine Gedanken zu ordnen, Gefühle zu analysieren und meine Fehler zu erkennen. Laß uns noch einmal einen Versuch machen, uns auszusprechen, uns zu verständigen. Versuche die Zeit um neun Jahre zurückzudrehen, die Gesellschaft zu vergessen, deine Stellung in der Welt, den Doktor und, was sicher das Schwerste ist: deinen gewichtigen Einsatz und die jahrelange Arbeit für den Lebensgarten. Und dann wirst du dich der Stunden erinnern, da wir nach der Arbeit des Tages zusammen saßen ...«

Immer noch stand ich am Fenster; der glühende

Sonnenball war längst hinter den Bergen versunken, aber ich sah nicht mehr das Schauspiel des ins Violett verschwimmenden Abendhimmels. Ich sah uns daheim, in der alten Wohnung zusammensitzen. Die Kinder waren zu Bett, ich hatte eine gute Flasche Wein aufgemacht und wir redeten oder schwiegen uns den Tag vom Leibe. Wir hatten unseren Ärger, unsere Sorgen, wie alle Eltern, wie alle Menschen dieser Welt, aber wir hatten uns und wir kannten wenige, die sich so aufeinander verlassen konnten, einander so lieb hatten wie wir.

Ich drehte mich vom Fenster weg. Rosalin stand immer noch neben mir.

»Du bist der Diskussionen müde, Jan. Ich weiß es. Und du warst immer mehr ein Mann des Schreibens als des Redens. Ich war so sicher, daß du wieder hier herauf kommst, daß ich mir in den langen Monaten hier in wenigen Sätzen zusammengeschrieben habe, was mich bewegt, was ich dir sagen will und worauf ich um deine Antwort bitte.«

Sie reichte mir einen Bogen Papier. Nur noch am Feuer war es hell genug, um lesen zu können. Sogar eine Überschrift gab es. ›Fünf Fragen an Jan‹! Trotz der flackernden Helligkeit des Feuers konnte ich den Text gut entziffern, Rosalins Handschrift war groß und deutlich. Ohne viel nachzudenken las ich laut vor:

Ist das Leben eines jeden Menschen unverletzlich?

Wer gibt wem das Recht, über Leben und Tod eines unschuldigen Menschen zu entscheiden?

Wie lauten die Gründe für diese Entscheidung?

Nützen sie dem, der getötet wird, oder dem, der tötet? Wem nützen sie?

Was unterscheidet den einen vom anderen, den Spender vom Empfänger?

Ich blickte zu Rosalin hinüber, die auf der anderen Seite des Kamins Platz genommen hatte.

»Du hast recht, die Fragen sind klar und einfach formuliert und vor neun Jahren hätte ich, so glaube ich wenigstens, sie auch ebenso klar beantworten können. Aber heute? Das sind keine moralischen Fragen mehr, oder wenigstens nicht nur. Es sind eminent politische Fragen, und die Antworten können, je nachdem sie ausfallen, unser ganzes politisches System in Frage stellen.«

»Jan, ich habe dich nicht als politischen Repräsentanten dieses Staates gefragt, ich habe keine politischen Probleme erörtert, obwohl diese Fragen selbstverständlich politische Konsequenzen zur Folge haben. Ich frage meinen Mann Jan: Darf man zum eigenen Vorteil töten? Wie bezeichnet man eine Mutter, die ihr Kind um der Verlängerung ihres Lebens willen töten läßt?«

Rosalin hatte bei diesen Sätzen ihre Stimme um keinen Deut erhöht, trotzdem schien es mir, als hallte der ganze Raum von diesen Fragen wider. Jahrelang hatten Politiker, Juristen und Mediziner unseres Landes und nicht zuletzt wir, die Journalisten und Meinungsmacher, die Menschen von der Notwendigkeit dieser neuen Gesetze überzeugt, und nun stellte ausgerechnet meine Frau deren Grundlagen in Frage. Es war irrsinnig, und das Irrsinnigste: Ihre Argumente waren viel einleuchtender und weniger kompliziert als die etwa des Doktors – und bestimmt weniger eigennützig.

Ich wußte buchstäblich nicht, was ich sagen sollte.

»Rosalin«, begann ich zögernd und, als wäre mit diesem Namen ein Stichwort gefallen, öffnete sich plötzlich die Tür, und ich sah die Gestalt eines Mannes. Er blieb einige Sekunden unter der offenen

Tür stehen, dann trat er ein und knipste das Licht an. Er tat das wie einer, der sich auskennt. Es war ein älterer Mann, groß und kräftig gebaut, mit einem grauen Vollbart. Seine Augen waren von einem intensiven Blau. Er trug eine dicke, lange Jacke und Cordhosen, so wie man sich hier im Gebirge kleidet. Er nickte erst Rosalin, dann mir freundlich zu und ging zum offenen Feuer.

»Ich wollte eigentlich noch nicht kommen«, sagte er, und es war mir unklar, an wen er sich wandte, anscheinend an uns beide. »Aber es ist sehr kalt geworden, und ich habe Hunger.« Er benahm sich so ungezwungen, als wäre er hier daheim, gleichzeitig voller Gelassenheit und Autorität. »Ich hoffe, ich störe nicht?«

Ich sah verwirrt Rosalin an.

»Nein, Vater«, antwortete sie, und, zu mir gewandt: »Du hast ihn noch nicht kennengelernt.«

Ich muß entsetzlich dumm ausgesehen haben, als ich das Wort wie ein mir unbekanntes Fremdwort wiederholte:

»Dein Vater?«

»Ja.«

»Und wie kommt er hierher?«

»Er wohnt bei mir.«

»Hier?« fragte ich ungläubig.

»Ja.«

»Ich freue mich, dich zu sehen, Jan ...« sagte er.

Ich hielt eine Antwort nicht für nötig, im Gegenteil, ich fragte mich, wie er darauf käme, sich über mich zu freuen.

Ich wandte mich wieder Rosalin zu.

»Du hast von ihm seit Jahrzehnten nicht mehr gesprochen. Ich glaubte, er wäre tot!« Weder Rosalin

186

noch er sagten etwas, ich fuhr fort, Rosalin zu fragen.

»Woher wußtest du, wo er war?«

»Er hat mich gefunden, nicht ich ihn«, erwiderte sie.

»Ich bin alt geworden«, sprach er, nun immer noch mit seinem Lächeln unter dem dichten Schnurrbart, einem Lächeln, das mich nervös machte.

»Und Sie dachten gleich an Ihre Tochter?« siezte ich ihn, gedankenlos zuerst.

»Oh ...« er machte eine unbestimmte Geste, während er seine Jacke auf die Lehne des freien Sessels warf. »Ich habe mich doch lange an die Norm gehalten.«

Mir schien, hinter seinem unverständlichen Satz steckte ein wenig Ironie, ich fragte ihn trotzdem, was er damit meinte. Jetzt aber siezte ich ihn bewußt.

»Wie meinen Sie das?«

Er machte wieder die gleiche unbestimmte Geste. Was wollte er damit andeuten? Er antwortete:

»Ich habe mich so verhalten, wie es sich heute gehört. Ich ließ Rosalin in Ruhe.«

Ich hatte dazu nichts zu sagen. Wir schwiegen. Er bewegte sich als erster wieder und nahm auf dem zweiten Sessel vor dem Kamin Platz. Ich kam auch näher auf die Seite Rosalins und stand so zwischen ihr und dem Kamin, daß ich ihr Profil beobachten konnte. Ich sagte:

»Ich verstehe jetzt, warum das Bett da ist ...« Beide blieben still. Ich bemerkte erst jetzt die Pfeifen auf dem Kaminsims. »Und die Pfeifen hier! Warum sah ich sie nicht früher?« Keiner gab mir eine Antwort und ich fuhr fort: »Auch der Schuppen! Du sagtest, ihr habt ihn gebaut! Und ich meinte, es wären die Waldarbeiter vom Dorf, die dir halfen! War er das?«

»Ja«, erwiderte sie, und ich versuchte verzweifelt,

eine Änderung bei ihr festzustellen. Sie blieb die gleiche Rosalin, wie sie es war, als ich sie dort an der Tür am Nachmittag gesehen hatte.

»Du hast mich angelogen!« sagte ich energisch.

Jetzt hob sie ihren Kopf und fragte mich in ihrem ruhigen Ton:

»Habe ich das?«

»Warum hast du nicht erwähnt, daß er bei dir ist?«

»Es lag noch kein Grund vor. Du hättest es sowieso erfahren.«

»So? Seit wann wohnt er hier?«

»Seit einem Jahr.«

»Seitdem du hier bist?«

»Ja.«

»Und wie fand er dich hier?«

»Ich habe Rosalin in der Stadt aufgesucht«, sagte er dazwischen.

Ich sah ihn überrascht an. Ich wollte immer noch nicht glauben, daß er hier in der Hütte tatsächlich existierte.

»Ach so! Jetzt verstehe ich. Die Verbindung ist älter als ich glaubte. Seit wann?«

»Etwas über drei Jahre«, antwortete Rosalin.

»Drei Jahre?« Ich ging weg von ihr und an ihm vorbei bis auf die andere Seite des Raumes zum Arbeitstisch. »Und ich hatte keine Ahnung davon!«

Beide schwiegen erneut. Ich hatte sie auch nicht gefragt, sondern ich sprach nur meine Gedanken laut aus und das tat ich weiter.

»Jetzt verstehe ich ...«

Ich drehte mich um und fing Rosalins Blick auf, der auf mich gerichtet war. Ich wiederholte den gleichen Satz: »Jetzt verstehe ich! Jetzt verstehe ich eine ganze Menge, Rosalin!«

»Ich weiß«, entgegnete sie nur, und ihre Ruhe, ihre Art, alles wissen zu wollen, verstärkte mein Gefühl, einem Komplott verfallen zu sein.

Mit der Gewalt einer Explosion brach es aus mir heraus:

»Aha! Jetzt verstehe ich eine ganze Menge, Rosalin! Jetzt weiß ich, woher du deine Weisheit hast! Und ich rätselte über deinen Höhenflug in die geistigen Sphären, Rosalin! Ich fragte mich, wie du auf deine Ideen gekommen bist! Ich fragte auch dich, du gabst mir aber keine Antwort! Es war ein ganzer Haufen unerklärlicher Fragen! Wie einfach ist doch die Antwort!«

»Ist sie das, Jan?«

»Hör auf mit deinem Getue!« fauchte ich sie an, fast böse. »Hör auf, denn ich weiß jetzt, wer hinter deinen Gedanken steht! Deine Gedanken?« korrigierte ich mich sofort. »Wie lächerlich ist das!«

»Nicht meine Gedanken, Jan?« fragte sie mich mit ihrer unerträglichen Ruhe.

»Der Alte steckt doch dahinter! Gibst du das nicht zu?« Ich zeigte mit ausgestrecktem Zeigefinger auf ihren Vater.

»Du bist ungerecht, und du könntest wenigstens höflich sein«, erwiderte sie.

»Du und deine Wortspielereien! Du machst mich rasend!«

»Es ist wahr, ich sprach oft und lange mit meinem Vater. Er war der einzige, mit dem ich damals sprechen konnte.«

»Und er hetzte dich gegen mich auf!«

»Wie kommst du darauf?« fragte sie. »Er hatte keinen Grund dazu.«

»Willst du alles ins Lächerliche ziehen, Rosalin?

Weißt du nicht mehr, was uns trennt, was uns für immer trennen wird?«

»Ich setze auf dich, Jan«, meinte sie, und ich war nun endgültig überzeugt, daß alles eine Farce war. Nach ihrem Sinn fragte ich allerdings nicht. Vielleicht, weil ich dazu nicht mehr fähig war. Ich erwiderte:

»Du spielst aber sehr hoch.«

»Bist du das nicht wert, Jan?«

Ich fragte mich verwirrt, was wohl an dieser Rosalin echt war und was nicht. Ihre Offenheit entwaffnete mich immer wieder, riß mich aber gleichzeitig zwischen Unruhe, Verständnislosigkeit, Wut, Ironie, Angst, Unsicherheit und Liebe hin und her. Ich hörte ihren Vater sprechen, und ich hatte Mühe, seine Worte zu verstehen:

»Rosalin, du mußt Jan Zeit lassen. Du hast dich verändert, er muß dich sozusagen erst wieder kennen lernen.«

»Ich gab ihm genug Zeit, Vater. Warum sonst habe ich mich hier in den Bergen verkrochen?« fragte sie, und ich fühlte mich wie ein Patient auf dem Operationstisch, der, kurz vor der Narkose, dem Gespräch der Ärzte über sich zuhört. Rosalins Vater:

»Das ist richtig, denk aber an die Zeit und die Kraft, die Jan in die ganze Sache investiert hat.«

»Das sagte ich ihm schon selbst«, meinte Rosalin, und ihre Stimme war kaum hörbar. »Ich habe ihm offen und rückhaltlos alles gesagt, was von mir aus zu sagen war, an ihm ist es jetzt, sich zu entscheiden.«

»Seid ihr verrückt geworden?« fuhr ich dazwischen, »bin ich ein Kranker, über dessen Symptome ihr hier sprecht?«

»Niemand hält dich für krank, Jan«, erwiderte der Vater.

190

»Halten Sie sich da raus!« fuhr ich ihn böse an. »Sie haben das Ganze verschuldet!«

»Du bist ungerecht, Jan«, sprach Rosalin, und zum erstenmal wurde ihre Stimme lauter. »Mein Vater hat mir geholfen, als ich verzweifelt nach Rat suchte.«

Ich ging zu ihr, obgleich ich nurmehr den Wunsch hatte, alles liegen zu lassen und aus dem Raum hinauszurennen. Ich wollte einen letzten Versuch unternehmen, eine Wende herbeizuführen. Ich kniete neben Rosalin und faßte ihre Hand.

»Rosalin, ich kann nicht anders als nur das wiederholen, was ich dir schon oft gesagt habe. Laß alles hier liegen und komm mit mir. Du sagst, du liebst mich. Zeige mir also ...« ich hielt inne, ich merkte plötzlich, daß ein solcher Beweis ihrer Liebe unmöglich wäre; ich fuhr aber fort: »Komm mit mir, Rosalin, wir werden alles gemeinsam und allein klären.«

»Ich will euch nicht trennen, Jan«, sagte der Alte aus seinem Sessel, und seine Stimme klang müde.

Ich sah ihn an und erwiderte verzweifelt: »Sehen Sie nicht, daß Sie es schon getan haben?«

»Nein«, antwortete er leise und versuchte, uns beide mit einem Blick zu erfassen, »ich sehe zwei Menschen, die sich lieben und in der jetzigen Situation verschiedene Sprachen sprechen.«

»Und die von Rosalin ist die richtige?« wollte ich wissen.

»Das ist nicht der springende Punkt, Jan«, fuhr er fort.

»Warum kamen Sie dazwischen?« fragte ich bitter.

»Warum?« sagte er und sah in die Flammen im Kamin. »Weil ich einsam war. Rosalin ist der einzige Mensch, mit dem mich etwas verbindet. Rosalins Mutter starb sehr früh.«

»Sie könnten doch in einem Erholungsheim für Senioren leben«, antwortete ich und wollte nun doch von diesem Mann etwas mehr erfahren.

Er lächelte:

»Das tat ich. Ich wünsche dir aber nicht, dort zu leben, wenn du einmal so alt bist wie ich. Denn erst dort wirst du sehen, was die kleine menschliche Einheit bedeutet, die wir nun endgültig zerstört haben: die Familie und das Dorf. Spätestens im Alter wirst du merken, was die endgültige Einsamkeit bedeutet. Spätestens dann wirst du wissen, warum der Doktor das Leben verlängern will. Weil er Angst vor einem Alter hat, das am Ende eines Lebens nur mehr Leere kennt. Das weiß er, und glaube mir, er ist einer der wenigen, die es wissen. Nur schade, daß er die falsche Lösung für richtig hält. Obwohl er ein sehr intelligenter Mann ist; man muß ihn bedauern. Er ist nicht fähig zu der Einsicht, daß ein Mensch, der in seinem Leben das Gute und Richtige getan hat und das Böse und Falsche möglichst abwehren konnte, vor dem Tod keine Angst haben muß. Wer aber in seinem Leben keine Erfüllung gespürt hat, weil er vielleicht seinem Leben einen falschen Sinn gegeben hat, der hofft auf eine Verlängerung seines Lebens, um durch die Verschiebung seines Todes doch noch Zufriedenheit zu spüren. Muß man über die Sinnlosigkeit dieser Hoffnung auch nur ein Wort sagen, wenn wir unsere Lebenszeit mit der Vergänglichkeit unseres Daseins und der Ewigkeit vergleichen?«

»Hat auch dein Vater mein Tagebuch gelesen?« fragte ich Rosalin.

Sie verneinte mit einer Kopfbewegung und sagte:

»Ich habe ihm alles erzählt.«

Ihr Vater fuhr, ohne auf meine Frage oder auf die

Antwort Rosalins einzugehen, fort. Als ob er einen Monolog hielte.

»Er kann seinen größten Fehler nicht einmal einsehen, der Doktor. Und wer soll ihn auf diesen Fehler aufmerksam machen? Und kann er ihn danach einsehen? Gewiß nicht. Er kann niemals zugeben, daß er sich falsch verhält und damit zugleich einen Erziehungsprozeß in Gang gesetzt hat, mit dem er der schreckliche Erzieher einer langen Reihe von wissenschaftlichen Nachkommen sein wird. Dadurch wird er auch sein Leben auf eine noch schlimmere Art als die in seinem ›Lebensgarten‹ verlängern. Er wird nach seinem irgendwann doch eintretenden körperlichen Tod wie ein Vampir umhergeistern und über seine grausame Hinterlassenschaft wachen. Er wird sich amöbenhaft in seinen wissenschaftlichen Kindern vermehrt und dadurch vor dem geistigen Tod gerettet haben, weil er sie jetzt im Sinne seines Geistes erzieht; nach seinem Geschmack, mit seinen Möglichkeiten, mit seinem Denken, mit seinen Gesetzen, mit seinen Gewohnheiten. Und auch mit dem, was er dort aufbaut, mit dem, was er dadurch zerstört. So wird er in irgendeiner Form weiterleben, er wird seine dominierenden Eigenschaften, die er heute hat, zu Erbeigenschaften gemacht haben, bevor er auf der Erde nicht mehr als Lebender weilt. Er wird die Unsterblichkeit erreicht haben, der Doktor, auch wenn die nachkommenden Generationen nichts mehr von ihm wissen werden. Wie grauenhaft ist diese Vision ... Weiß er das? Vielleicht hast du, Jan, spätestens dann, wenn du alt bist, die Möglichkeit, zu erkennen, wo und wie der Doktor sich selbst und seine Öffentlichkeit getäuscht hat. Vielleicht wirst du spätestens dann erkennen, daß der Doktor nicht einmal Retter oder Verlängerer des

Lebens von Persönlichkeiten ist, sondern höchstens ein Ausleser mit merkwürdigen Auslesekriterien. Er wählt nur aus und sagt: ›Nun ... er ist brauchbar, der darf! Er? Na ja, davon gibt es viele, der darf nicht!‹ Hast du mal eine Kükenfabrik von innen kennengelernt?«

»Eine Kükenfabrik?« fragte ich überrascht. »Was ist denn das?«

»Ich arbeitete jahrelang in einer, im Süden. Dort wurden Küken produziert, weißt du das nicht?«

»Sind Sie ein III. Kategorie-Mensch?«

»Jawohl! Aber ein ehemaliger Erster!« Er lachte kurz auf, dann fuhr er fort: »Ja, dort werden Küken ›produziert‹, die Fabrik existiert noch. Ich sehe sie auch heute vor mir, die kleinen lebenden Gelbknäuelchen, wie sie piepsend auf dem Transportband durch den Computerblock wandern: Eins nach dem anderen verschwinden sie durch das gepolsterte Loch des Auslesecomputers, und vielleicht gerade da werden sie instinktiv glauben, daß sie sich unter den Federn der Glucke befinden. Denn aus dem Computer hört man kein Piepsen mehr; sie sind beruhigt, so wie die Tierschutzvereine es verlangen. Die Kleinen wissen natürlich nicht, daß die Maschine über Leben oder Tod entscheidet. Wenn sie im mollig warmen Innern sind, faßt ein weicher Impulsarm sie am After, und jetzt kann die Maschine, der Herr über Leben und Tod, erkennen, ob da ein weibliches Knäuelchen vorbeizieht oder ein männliches. Sie entscheidet: das Weibchen darf nach dem Ausgang aus der Maschine nach rechts rutschen, und es wird noch ein Jahr leben und vielleicht zweihundert Eier legen dürfen. Das männliche Gelbknäuelchen aber wird sachte mit einem gepolsterten Greifarm, wie die Tierschutzvereine es verlangen, nach links in die Todesbahn geschoben, die durch eine

194

dunkle und jetzt nun nicht mehr gepolsterte Öffnung führt – hier haben die Tierschutzvereine nichts dagegen einzuwenden –, eine Öffnung, die in das mahlende Maul des Kompostsilos führt. Spielt der Doktor, oder wer auch immer die Macht darüber hat, nicht die Rolle jener Maschine?«

»Haben Sie mit solchen witzigen Beispielen Rosalin überzeugen können?« fragte ich ihn ironisch.

Ich kniete immer noch neben Rosalin und wußte zu diesem Zeitpunkt nicht, daß das Gespräch sehr bald zu Ende gehen würde.

»Mein Vater tat nichts anderes, Jan«, sagte Rosalin, als ob sie meine Bemerkung nicht gehört hätte, »als mir die fehlenden Informationen aus der Vergangenheit zu geben.«

»War er Geschichtsprofessor?« fragte ich im gleichen Ton; merkwürdig aber, meine Stimme klang fremdartig und erzeugte in mir ein schmerzendes Gefühl.

Rosalin sah mich an, zog ihre Hand aus der meinen und sagte, meine Frage ignorierend:

»Er erzählte mir, wie es früher war, und ich konnte vergleichen mit dem, was daraus geworden ist. Er konnte mir den Weg unserer vorausgegangenen Gesellschaft im letzten Jahrhundert zu einer damals so gepriesenen besseren Welt beschreiben. Einen Weg, der in seiner Vergangenheit Zukunft war und für uns jetzt Gegenwart ist. Er zeigte mir die Fehler, von denen ich sagte, daß sie jetzt die Tatsachen sind, von denen du ausgehen willst, um überhaupt mit mir zu diskutieren.«

»Erzählte er auch von seinen Fehlern, die ihn aus seiner I. Kategorie in die III. hinunterwarfen?« fragte ich zum dritten Mal, ohne das frühere und sichere

Gefühl dabei zu haben, daß ich, Jan, es wäre, der die Fragen stellte.

»Auch davon sprach er und zeigte mir zugleich, daß er bereit gewesen ist, für seine Wahrheit auch die Konsequenzen zu ziehen. Dafür bin ich ihm besonders dankbar«, antwortete sie, und ich konnte deutlich sehen, wie sie ihren Vater mit feuchten Augen anblickte.

Ich wollte weiterhin kniend neben Rosalin bleiben, aber jemand sagte mir, ich sollte gefälligst aufstehen und meine lächerliche Haltung ändern! Er sagte mir, daß ich mit diesem verrückten Duett nichts mehr zu schaffen hätte, und weiter sagte er, daß ich schleunigst zu verschwinden hätte. Ich stand also auf und machte ein finsteres Gesicht, so wie der andere es haben wollte. Ich hörte aufmerksam, was er noch in mir brüllte, ich nickte mit dem Kopf, um ihm zu zeigen, daß ich verstanden hätte und wiederholte laut seine Worte:

»Na gut, ihr Verrückten! Bleibt hier als Mumien einer toten Vergangenheit! Murmelt gemeinsam eure Gebete zur jungfräulichen Mutter Natur und versucht aus den Flammen im Kamin herauszulesen, welche Zukunft ihr in dieser, ach so unmenschlichen Zeit haben werdet. Bleib du bei ihm, diesem uralten Waldmenschen, Rosalin, bis aus dir und aus ihm Wurzeln wachsen, daß euch ja niemand von hier wegtragen kann, auch dann nicht, wenn ihr tot seid! Sorge dich nicht mehr um mich! Ich wähle das Licht, auch wenn du es finstere Nacht nennen würdest! Laß mich machen, Rosalin. Laß mich zum ›Lebensgarten‹ fahren, um dort meine Kinder zu verspeisen! Was sagst du zu dieser Vorstellung? Ich werde sie verschlingen, Rosalin, um damit den Thron meines Lebens zu sichern! Ha, ha! Das werde ich tun, Rosalin, aber daß du es auf jeden Fall weißt: ich werde hinfahren, um mein Leben zu verlängern! Ich werde hinfahren, und meine geschrumpfte Leber auswechseln! Meine verbrauchten Nieren werde ich austauschen! Klingt das besser, Rosalin? Bleib ruhig, ich bin gleich fertig und dann verschwinde ich, das schwöre ich dir. Ich fahre hin zum ›Lebensgarten‹, und ich grüße deinen persönlichen ›Spender‹ von dir! Lang soll er leben, du hast ihm das Leben geschenkt! Ist er nicht ein weibliches Gelbknäuelchen, Herr Vater?«

Ich hörte auf zu reden, denn in mir herrschte jetzt absolutes Schweigen. Hatte ich alles richtig wiederholt, was der andere in mir diktiert hatte? Stille. Dann sagte eine Rosalin, die bleich war und Tränen in den Augen hatte:

»Geh! Geh dorthin, Jan! Aber nimm nur dies auf den Weg mit und frage auch deinen Doktor, falls du selbst keine Antwort findest. Er wird es bestimmt wissen: woran hast du gedacht, während du in mir und mit mir deine ›Spender‹ zeugtest? Was hast du gesehen mit geschlossenen Augen, während du mich küßtest? Mit wem hast du gesprochen, ohne ein lautes Wort zu sagen, während du mich streicheltest? Hast du dabei nur Leber und Herz gezeugt? Nieren und Sehnen und Knochen? Sprachst du nur mit Nerven und Haut? Sprich doch, sprich!«

– Oh, Rosalin, Rosalin … Welche schrecklichen Bilder maltest du mir! Welche Sprache sprachst du damals zu mir? Wer hat sie dich gelehrt? –

Ich stand wie erstarrt da und verstand nicht, was sie gesagt hatte.

»Was sagst du da?« fragte ich sie.

»Jan, ich frage dich, den Klügeren von uns beiden. Ich frage deinen weisen Doktor und ich frage alle die

197

großmächtigen Persönlichkeiten, die alles soviel besser wissen: Habe ich wirklich nur Leber und Herzen, Lungen und Knochen, Zähne, Zungen und Augen geboren? Wann bin ich zu einer Maschine geworden, die nur Ersatzteile produziert? Bis jetzt glaubte ich ein Mensch zu sein, aus Fleisch und Blut ja, aber auch mit Gestalt, mit Geist und Gefühl. Warum sollte nun das, was ich geboren habe, was du mit mir gezeugt hast, nur Ding sein und keine Menschen, nur Spender und keine Kinder? Aber vielleicht bist du es, der sich in eine Maschine verwandelt hat, wenn ich wirklich keine Kinder geboren habe? Welche entsetzliche Vorstellung, die groteske Paarung mit einer Maschine.«

EPILOG

Ich fuhr in die Stadt zurück. Es war längst Nacht geworden. Mehr als einmal mußte ich am Straßenrand halten, ich konnte nicht mehr weiterfahren, geschüttelt vor Wut, aber auch vor Enttäuschung und Schmerz. Ich hatte Rosalin verloren, ich war endgültig allein. Irgendwann brach ich in ein fast hysterisches Gelächter aus, als ich an meine Lebensverlängerung dachte. Warum? Wozu?

Und dann begann in mir ein seltsamer, ein unheimlicher Vorgang, den ich trotz aller Anstrengung nicht stoppen konnte. Wohin ich auch ging, welche Zerstreuung ich auch suchte, die vielen Fragen und Zweifel Rosalins begannen wie kleine, scharfe Hämmer in mir zu klopfen und zu pochen. Und zu den Fragen gesellten sich die Bilder der vergangenen Jahre. Da stand Dr. Dimitri strahlend und siegesgewiß im Vordergrund, aber zu allem, was er sagte, hörte ich leise und eindringlich die bohrenden Fragen Rosalins. Stück um Stück zertrümmerten sie meinen Glauben an den Fortschritt, für den ich so viele Jahre mit soviel Energie gearbeitet hatte. Welches Wunder ist doch das menschliche Gehirn mit seinen Gedächtnisspeichern, sagte ich mir oft, zwischen Verzweiflung und Bewunderung schwankend, denn immer wieder wurden die Positionen ›meiner Gesellschaft‹ von den Argumenten Rosalins, die ich längst abgetan und vergessen glaubte, aus dem Sattel gehoben und zerpflückt.

Nach Tagen der Niedergeschlagenheit, ja, der Verzweiflung, tat ich endlich, worum Rosalin mich so dringend gebeten hatte: Ich las mein Tagebuch aus jenen vergangenen, ›glücklichen‹ Tagen, ich las die Berichte meines Handelns in den letzten neun Jahren. Ich kann nicht sagen, daß es mir wie Schuppen von den Augen gefallen wäre. Nein, es war eher eine langsam zunehmende Helligkeit, unangenehm zuerst, schmerzhaft, blendend und grell. Aber sobald man sich daran gewöhnt hat, sieht alles plötzlich ganz anders aus.

Nicht die Bilder änderten sich, aber die Inszenierung. Immer noch war Dr. Dimitri ein bedeutender Mann. Aber ich war kein gleichwertiger Gegenspieler. Eine bittere Wahrheit. Ich begriff, daß er mich ›computergerecht‹ benützt hatte, ausgenützt, und diese Brauchbarkeit an mir hatte er geschätzt, sonst nichts. Er war kein weiser Magier, sondern zu allererst ein sehr guter Menschenkenner. Er war kein großer Liebender der Natur oder gar der Menschheit, er war ein gewiegter Menschenfänger, wie sie die Welt schon oft erlebt hat, der immer, wenn er ›wir‹ sagte, ›ich‹ meinte. Letztlich ein genialer, korrupter Egoist.

Drei quälende, von selbstkritischem Mühen gefüllte Monate waren vergangen, bevor ich Rosalin wiedersah. Ich widerstand meinem Drang, alles liegen und stehen zu lassen und hinaus in die Berge zu fahren. Ich hatte begriffen, daß ich endlich mit meinen achtundvierzig Jahren erwachsen werden mußte, um auch aus dem Verstand, nicht nur aus dem Gefühl heraus Entscheidungen von solcher Tragweite zu treffen. Systematisch, wie ich noch nie im Leben etwas getan hatte, arbeitete ich das Tagebuch und die Protokolle der letzten neun Jahre durch. Dann fuhr ich hoch zur Berghütte.

Vergeblich versuchte ich mein Herz zu beruhigen, als ich die Türe öffnete. Stumm betrat ich den Raum. Es schien mir zu billig, ihren Namen zu rufen, wie ein müder Krieger, der nach jahrelanger Abwesenheit endlich das vertraute Heim wieder betritt und nach dem treuen Weibe ruft: »Rosalin!«

Schweigend trat ich ein. Sie war nicht da, aber alles im Raum sprach von ihr. Die kleinen Gebrauchsgegenstände, der Kamm mit den daran hängengebliebenen blonden Haaren, ihr Parfum, ein Pullover auf der Armlehne des Sessels, ein offenes Buch auf dem Tisch, sogar die kleine Flamme im Kamin sprach von ihr.

Ich sah die Plastiken und die Statuen, und ich entdeckte überall die Zeichen ihres Tuns und Daseins. Ich spürte, wie mich die Gefühle übermannten und meinen Körper zum Zittern brachten. Zuneigung, Sehnsucht ... Sehnsucht und Liebe zum ersten Mal so genossen, in meinen Sinnen und mit meinem Verstand, lebendig wie noch nie ...

Ich fühlte eine Bitterkeit und eine Freude zugleich mein Ich überwältigen, bis dahin hatte ich nicht gewußt, was das sein sollte, einen anderen als den ›eigenen‹ Menschen zu lieben. Ein anderes Individuum, eine Frau. Nicht nur als Mann, sondern sie auch als Freund zu lieben, als Vater und Mutter, Sohn und Tochter, Mensch und Tier, als einen ›Anderen‹, gleichgültig ›Welchen‹, aber als einen außerhalb des eigenen Ichs: Als den ›ergänzenden Unbekannten‹, den man lange sehnsüchtig suchte und endlich fand.

Ich ging hin zum Arbeitstisch mit den Tonplastiken und sah ... Oh du unerklärliche Rosalin! Die Kinder hatten nun Gesichter! Die vielen Kleinplastiken hatten sich dadurch völlig verändert. Sie hatten nicht nur in Ausdruck und Stellung gewonnen, Leben durchpulste sie. Warum hatte Rosalin das gemacht? Woher wußte sie, wie diese Kinder aussahen? Diese Nase, diesen Mund, diese Ohren hatten und nicht andere? Dieses Lächeln und dieses Weinen? Ich setzte mich auf den Sessel vor dem Kamin, sah in die Flamme und hörte ratlos das leise Knistern des brennenden Holzes.

Bis die Tür geöffnet wurde und Rosalin hereinkam. Ich stand auf und sah ihr in die Augen. Sie war ruhig, keineswegs überrascht durch meine Anwesenheit. Sie trug Hosen und einen Schafspelzmantel; sie hatte grobe Stiefel an den Füßen und eine kleine rotkarierte Mütze auf dem Kopf. Sie sagte nur:

»Jan?«

Ich konnte kein Wort sprechen, alles, was ich mir vorgenommen hatte, ihr im ersten Augenblick zu sagen, war nirgendwo zu finden, obwohl ich fieberhaft danach suchte. Ich verbarg meine nervösen Hände in den Hosentaschen, ich stand da im hellen Raum mit dem Rücken zum Kamin, hilflos und stumm. Sie lächelte und half mir:

»Schön, daß du da bist, Jan.«

Endlich sprach ich, um überhaupt etwas zu sagen, und ich wußte wirklich nicht, wo alle Gefühle geblieben waren, ja, ich bewies meine Ratlosigkeit mit dem banalen:

»Wie geht es dir?«

Nein, meine Vorstellung vom Wiedersehen war dahin, aber sie konnte nichts dafür.

»Rosalin ...«, sagte ich zögernd, »du hast mir sehr gefehlt.«

Sie antwortete nicht sofort, sah mich kurz an und setzte sich dann in den Sessel, von dem ich gerade aufgestanden war, streckte die Handflächen zum Feuer und sagte leise:

»Du mir auch, Jan.«

Genau in dieser Sekunde verstand ich diejenigen, die meinten, es gäbe zu wenig Romantik in unserer Zeit. Jener Gemütszustand, in dem man sich so selten befinden kann, in dem man meint, die Arme seien nicht groß genug, um die ganze Welt darin einzuschließen, sie festzuhalten, sich in ihr aufzulösen oder sie sich einzuverleiben, ihr zu sagen, wie schön sie ist, wenn die Sonne mit aller Farbenpracht untergeht . . . Oder auch die gleichen Gefühle der Sehnsucht nach Liebe, Zuneigung und Geborgenheit zu spüren, auch wenn es nicht um die ganze Welt geht, sondern nur um ein kleines Kaminfeuer in einer Berghütte, nur um einen weichen Sessel davor, in dem eine kleine wunderbare und zärtliche Frau sitzt, die einem vor ihr knieenden und nach Geborgenheit und Trost suchenden Mann das Haar mit weichen Fingern streichelt und seinen Namen flüstert: »Jan, mein Jan . . .«

Schöne Tage jener kurzen Vergangenheit auf den Bergen, wie weit seid ihr zurück und wie lebendig doch! Euch danke ich, daß mein Leben noch heute einen Sinn hat . . .

Wie fest hast du mich an dich gebunden, Rosalin, gewiß ohne es bewußt zu wollen, und doch mit wieviel Geduld und Liebe tatest du das, als ob du wüßtest, wie sehr schutzbedürftig dein Jan immer war und für immer bleiben würde. Du sprachst mit mir als eine andere Mutter, als eine neue Geliebte, als der beste Freund und Vater.

Du zeigtest mir dein ›Reich‹ und deine ›Welt‹, die so fremdartig waren und doch so sehr ursprünglich. Du träumtest mit mir von deinen ›Menschen‹, die gütig, glücklich und genügsam Teile jener natürlichen Welt sein sollten, bereit zu leben und bereit zu sterben, wenn die Lebenspflicht erfüllt war. Du bewiesest mir, wie wenig Materie nötig ist zum menschlichen Glück, und wieviel Platz übrig bleibt für die Gefühle und den Geist, wenn die Materie von den Menschen zweckfrei verstanden wird.

Du brachtest mich an den Rand des Waldes, dorthin, wo der Blick über die Ebene bis an den Saum des Himmels schweifen konnte, du zeigtest mir das Land dort unten und sagtest, den Kopf an meine Schulter gelehnt:

»Schau mal die Ebene, Jan. Wie oft waren wir hier oben und wie selten haben wir dieses Schauspiel der Farben und Formen betrachtet? Ich kam oft hierher, am Tage und in der Nacht. Jedes Mal spürte ich deutlich, wie klein ich vor der Natur war, bis ich verstand, daß sie mit uns keinen Konkurrenzkampf will, als ob sie eine Seele, einen Körper und einen Verstand hätte, sondern daß sie mit uns und für uns leben möchte. Das haben wir vergessen, ebenso haben wir vergessen, wozu wir auf dieser Erde sind. Wir haben diese Frage verdrängt, warum? Ist es die Todesangst, die uns davon abhält, die Frage zu stellen, oder die unbewußte Furcht, wir könnten den falschen Weg gegangen sein? Oder die Tatsache, daß wir Fortschritt und Entwicklung bis zur Ungesetzmäßigkeit treiben wollen, weil wir meinen, der menschliche Geist sei an keine Gesetze gebunden? Ich weiß es wirklich nicht. Ich fühle erst jetzt, daß mir als Frau viele Möglichkeiten vorenthalten wurden. Ich weiß nicht, wie die männliche Welt aussieht, ich kenne viele Zusammenhänge nicht, und ich merke sogar, daß meine Art des Denkens nur einen bestimmten Bereich erfaßt. Es gibt so vieles, was ich nicht verstehe, so vieles, was ich wissen möchte, und doch werde ich vieles nie erfahren, weil es für vieles schon zu spät ist. Jan, ich glaube, wir haben ein Ungeheuer ins Leben gerufen: Uns, unsere Gesellschaft, unser Tun, unser Denken, unsere Gesetzmäßigkeit. All das ist das Monstrum, über das wir keine Gewalt mehr besitzen. Es gehorcht uns nicht mehr, es lebt, ohne uns als Herren anzuerkennen. Niemand kann es wieder einfangen und bändigen. Es wird fortexistieren, bis es alles beherrscht und am Ende alles zerstört hat, da das Zerstören in ihm vorprogrammiert zu sein scheint. Unbewußt haben wir sogar erkannt, daß es so ist. Wir sagen: Es gibt kein Zurück mehr ... Wir sind als Gesellschaft verloren, Jan. Manche wissen es, manche ahnen es, die meisten werden es nie erfahren. Und weißt du noch etwas, Jan? Ich habe mich nach dem ›Unbekannten‹ gefragt, früher sagte man ›Gott‹ ... Es ist das erste Mal in meinem Leben, daß ich das Wort überhaupt ausspreche. Ich tat es hier in der Berghütte. Ich weiß nicht, was das bedeutet, ich habe das Gefühl, ich werde es nie erfahren. Ich sah eine Blume und fragte mich, ist ›Er‹ darin zu verstehen? Im Baum vielleicht? im Himmel, in den Sternen? Im See oder im Bach? Da unten in den Menschen habe ich ›Ihn‹ nicht gesehen oder nicht verstanden. In dir oder in mir genauso wenig. Gibt es ›Ihn‹ überhaupt? Oder ist ›Er‹ tot? Hatte ›Er‹ nur in uns gelebt in früheren Zeiten und haben wir ›Ihn‹ getötet, als wir klüger, mächtiger, herrschaftlicher geworden sind und ›Ihn‹ nicht mehr benötigten? Woher soll ich das wissen? Woher? Die Blume ist stumm, der Baum, der Himmel, die Sterne, der See, der Bach, die Menschen, du und ich ebenso ...«

Ich blieb stumm, Rosalin, damals. Und ich bleibe heute stumm, denn ich werde es genauso wenig erfahren in meinem Leben. Wenn ›Er‹ lebt, ist ›Er‹ ursprünglich, bescheiden und klein. Wir dagegen sind zukunftsbesessen, unersättlich und gerne groß. Wird dadurch die Kluft zwischen uns und ›Ihm‹ nicht immer größer?

Und hattest du damit nicht recht, als du sagtest, es gäbe keinen Weg zurück? Wie sehr doch ...

Ich weiß nicht mehr, wie lange wir in der Berghütte geblieben sind. Es waren die glücklichsten Tage meines Lebens, sie werden die glücklichsten bleiben, aber darüber bin ich nicht traurig, ich kann, ich darf nicht traurig sein. Es gibt soviele Menschen, die dieses Glück nie erfahren ...

In jenen Tagen sprachen wir oft von Rosalins Vater. Er war wieder in den Süden gefahren, bald nach diesem schrecklichen, aber auch schicksalhaften Tag in der Berghütte. Er wohnte seitdem in einem Erholungsheim für Senioren, so wie ich es ihm vorgeschlagen hatte. Rosalin erzählte mir, daß er schon an jenem Abend fest davon überzeugt war, ich würde zu ihr zurückkommen, um mich mit ihr zu versöhnen. Wie recht hatte er gehabt, und wie rätselhaft war seine Überzeugung von meinem Wandel! Ich schmiedete schon Pläne für ihn, die ich Rosalin vorschlagen wollte, wenn die Zeit dazu gekommen wäre.

Vorerst sprachen wir über unsere Kinder, die für mich aus dem ›Spenderdasein‹ neu geboren waren Rosalin und ich einigten uns darauf, die Kinder aus dem Bereich der Gesellschaft für Forschung, Technik und Genetik SB zu entführen und mit ihnen irgendwo ein anderes Leben zu beginnen, ein Leben, von dem wir keine Vorstellung hatten, noch keine.

Wir beschlossen, behutsam vorzugehen, denn daß Dr. Dimitri seine ›Pflänzchen‹ nicht für einen anderen

Zweck als nur für die Verlängerung unseres Lebens
hergeben würde, war uns klar. Wir mußten also in den
Bereich der Gesellschaft fahren und alle Vorbereitungen für die Transplantationen mitmachen, bis wir die
Möglichkeit einer Entführung sahen. Ich war ein
willkommener Mann dort, und es gab keinen Grund,
mißtrauisch gegen mich zu sein. Gewiß, es gab Kon-
trollen innerhalb des Bereiches, und sie machten nicht
einmal vor Dr. Dimitri halt. Ich hatte aber oft
Gelegenheit gehabt zu beobachten, wie oberflächlich
sie bei ihm und bei mir durchgeführt wurden: bei
Personen, über die die Wächter Bescheid wußten.

Die Schwierigkeit also lag nicht so sehr in der
Kontrolle oder in der Flucht, sondern im Erkennen der
Kinder. Wie sollten wir erkennen, welches die unseren
wären? Ich konnte mir die Jahre ausrechnen, und ich
wußte bald, anhand meines Tagebuches, daß unser
Sohn in der ›Flamingokolonie‹ sein mußte und unsere
Tochter bei den ›Nachtigallen‹.

Die Entführung des Sohnes würde uns keine großen
Schwierigkeiten bereiten, er würde in den Aufenthalts-
räumen des Hospitals sein, wo man ihn für die
Operation vorbereiten sollte, die Tochter aber? Würde
auch sie dort sein, oder war für sie, da ein ganzes Jahr
jünger, die Zeit noch nicht gekommen? Dr. Dimitri
hatte uns zwar mitgeteilt, daß die Zeit für beide
gekommen sei, aber ich wußte schon aus meinen
Erfahrungen, daß bei den Neunjährigen noch keine
Gewißheit vorliegen konnte. Vielleicht wollte der
Doktor Rosalin beobachten und untersuchen, während bei mir die Transplantationen durchgeführt
würden. Diese Ungewißheit beschäftigte uns noch
sehr, als wir schon im Bereich der Gesellschaft angekommen waren.

Ich hatte das Automobil so hergerichtet, daß unter den hinteren Sitzen und in einem Teil des kleinen Kofferraums Platz genug vorhanden war, die beiden Kinder zu verstecken. Wir hatten uns überlegt, ob die beiden Kleinen bereit sein würden, mit uns zu kommen. Es war tatsächlich ein fast absurder und unerträglicher Gedanke – besonders für Rosalin – ungewiß dem künftigen und möglichen Verhalten der eigenen Kinder gegenüber zu stehen und nicht zu wissen, wie sie auf die ›Einladung‹ zu einer nächtlichen Autofahrt reagieren würden.

Aber wir hatten keine andere Wahl.

Dabei ertappte ich mich, nicht ohne Staunen, dabei, wie ich fieberhaft an dem Plan arbeitete, selbst das Auto präparierte, alle Möglichkeiten überprüfte, Rosalin die Details erklärte und – wie sehr ich mich freute, mit jener eigenartigen Freude, die ich fühlte, wenn die dankbaren Augen Rosalins mich mit zärtlicher Liebe und Zuneigung betrachteten.

Oft glaubte ich, keine Vergangenheit zu haben, mit Rosalin immer nur in einer solchen Atmosphäre gelebt zu haben, von ihr nur so geliebt worden zu sein. Aber oft auch fragte ich mich betrübt, ob ich es gewesen sei, der diese zehn Jahre gelebt hatte, und ob es wirklich möglich war, daß sie so schnell vergessen sein konnten.

Dr. Dimitri empfing uns wie ein Vater, der seine Kinder seit langer Zeit nicht mehr gesehen hatte:

»Sie wissen nicht, wie ich mich freue«, sagte er uns strahlend. »Seien Sie mir nicht böse, meine Liebe«, wandte er sich an Rosalin, »wenn ich das sage, aber meine Freude gilt zuerst Jan. Sie wissen, wie dankbar ich ihm bin und wie ungeduldig ich auf diese Stunde gewartet habe, um ihm meine Dankbarkeit zu zeigen. Ich und meine Gesellschaft sind ihm auf immer verpflichtet. Das soll selbstverständlich nicht heißen, daß ich Ihnen gegenüber ...«

Er sorgte sich um unser Befinden, er fragte, ob wir allen seinen Ratschlägen gefolgt seien, und endlich informierte er uns über bestimmte Details unseres Aufenthaltes im ›Lebensgarten‹, die uns die Planung der Flucht wesentlich erleichtern sollten:

»Unsere Spender«, sagte er, »haben sich prächtig entwickelt. Sie sind beide gesund, und somit haben Sie Ihren Spendern die günstigsten Voraussetzungen weitergegeben, gesunde Organe heranzubilden. Was meinen Sie, wie oft wir in Schwierigkeiten geraten! Ich meine natürlich nur manche der Empfänger. Das Leben beansprucht unsere Persönlichkeiten zu sehr, und das bekommen auch die gezeugten Spender zu spüren. Wir hatten unlängst den Fall eines auch Ihnen, Jan, bekannten Finanzmannes, der bei allen Versuchen nicht imstande war, einen Spender zu zeugen. Seine Samenkraft war zu gering. Wir unternahmen bei ihm und seiner Frau eine künstliche Befruchtung und erreichten damit unser Ziel. Aber, ich bin mir fast sicher, wir werden Schwierigkeiten mit seinem Fall haben, die mit medizinischen Mitteln wieder wettgemacht werden müssen. Ich hoffe das Beste für ihn, aber ... Man kann nicht rechtzeitig genug für die Zukunft sorgen. Nun gut. Für Sie ist natürlich bestens gesorgt. Professor Benedikt teilte mir mit, daß das ganze Hospital Ihnen zur Verfügung steht. Zur Zeit sind keine anderen Transplantationen vorgesehen, und damit werden Sie eine fürstliche Bedienung genießen können. Allerdings für Sie, liebe Rosalin, ist es noch nicht ganz sicher, ob es bis zur Verpflanzung kommen kann. Ihr Spender und Sie werden zwar gemeinsam an den Simulator angeschlossen, aber ob das Ergebnis die

Durchführung der Transplantation erlaubt, vermag ich jetzt noch nicht mit hundertprozentiger Sicherheit zu sagen. Wir müssen berücksichtigen, daß bei Ihnen die normale Zehnjahresfrist noch nicht abgelaufen ist. Und wir hatten keinen Grund, einen früheren Termin vorzusehen, da Ihr organisches Bild ausgezeichnet ist und Sie durch und durch gesund sind. Also, meine lieben Freunde, Sie können sich zum ›Lebengarten‹ begeben. Jan, Sie kennen doch den Weg, nicht wahr? Ich werde bei der Transplantation dabeisein und nachdem alles vorbei ist, werden Sie selbstverständlich meine Gäste sein. Ich hoffe ...«

Er sagte noch vieles und erzählte manches aus dem Leben im Bereich der Gesellschaft, bestand darauf, daß wir mit ihm zu Abend essen sollten, um erst am nächsten Morgen weiterzufahren, und entließ uns endlich am darauffolgenden Tag mit vielen beruhigenden Worten über den sicheren Verlauf der Transplantationen, die bei unserer Gesundheit und unserer Konstitution absoluten Erfolg haben würden.

Kaum anders äußerte sich Professor Benedikt. Er untersuchte zuerst Rosalin, die in der ganzen Zeit einen sicheren und gekonnt freudigen Eindruck machte und sogar den Professor fragte:

»Sagen Sie mir, Professor, wie lange wird der ›faule‹ Zustand bei mir dauern?«

»Faul?« fragte er verwundert. »Was meinen Sie damit, meine Liebe?«

Rosalin lachte spaßhaft:

»Ich meine damit, wie lange ich mich ausruhen muß nach der Operation. Ich arbeite so gerne an meinen Skulpturen.«

Der Professor lachte auch und erwiderte:

»Oh, nicht so eilig, meine Liebe! Nicht so eilig! Sie

müssen sich schon gedulden. Aber wenn ich Ihren Mann gut genug kenne, dann wird er Sie gerne ein wenig verwöhnen.«

Nach den Untersuchungen hatten wir noch Zeit, kleine Ausflüge zu unternehmen, zu denen uns der Professor Benedikt sogar ermunterte, denn, wie er sagte, nichts sei besser für den gesamten Ablauf als ein physisch und psychisch ausgeglichener Organismus, besonders für Rosalin, bei der er eine gewisse unruhige Herztätigkeit feststellte, was mich trotz Rosalins äußerer Gelassenheit überhaupt nicht wunderte.

Die kleinen Ausflüge paßten uns sowieso sehr ins Konzept, weil dadurch die Wächter gewöhnt waren, uns zu jeder Tageszeit bis spät in die Nacht im Komplex des Hospitals aus- und zurückfahren zu sehen. Ständig sprach ich beruhigend auf Rosalin ein, die vor allem nachts sehr unruhig war. Ich sagte ihr, um ihre Ängste zu vertreiben: »Daß du endlich einsiehst, wie wichtig es in unserer Zeit ist, eine Persönlichkeit zu sein!«

Sie lachte zögernd und meinte: »Ich bin erst dann froh, wenn alles vorbei ist, mag später kommen, was will.«

›Mag später kommen . . .‹ Darüber machte ich mir die meisten Sorgen. Wie würde die Gesellschaft reagieren? Dr. Dimitri? Sogar ein Regierungsproblem könnte es geben! Eines stand fest, und darüber waren wir uns einig: Wir müßten so schnell wie möglich das Land verlassen, koste es was es wolle. Leicht wäre das nicht; aber davon erwähnte ich nichts.

Ich führte Rosalin durch das ganze Hospital, ich zeigte ihr den Operationssaal und ich saß mit ihr auf der Empore, von der aus ich jene Operation damals miterlebt hatte. Wir gingen eine ganze Woche in allen

Räumen ein und aus, und das nicht sehr zahlreiche Personal kannte uns schon.

Jetzt wußte ich, wann die Kinder eintreffen sollten, und wir beide, Rosalin und ich, sahen vom Erholungsheim aus an einem regnerischen Morgen, wie kurz nacheinander unsere zwei Kinder aus den Automobilen ausstiegen und in den Aufenthaltsflügel des Hospitals gebracht wurden. Wir beschlossen, am gleichen Abend die Entführung und die Flucht zu wagen.

Die Sonne hatte sich während des ganzen Tages kaum gezeigt, früh schon war die Nacht über den Bereich des ›Lebensgartens‹ hereingebrochen. Nichts hätte günstiger sein können, eine solche Nacht war gerade recht!

Beim gemeinsamen Abendessen plauderten wir mit Professor Benedikt, der mich aufgefordert hatte, ihm von den neuen Errungenschaften der Astrophysik zu erzählen, einem Wissensbereich, der ihm, wie er sagte, völlig fremd war. Es entwickelte sich zwischen uns eine spannende Diskussion, während Rosalin immer unruhiger wurde.

Professor Benedikt war derjenige, der das Gespräch mit der Begründung abbrach, er müßte noch heute mit dem Nachtflugzeug zur Hauptstadt. Er bemerkte aber zugleich beruhigend, daß er übermorgen rechtzeitig zurückfliegen wolle, um die Operation an mir persönlich vorzunehmen.

Ich hatte die Zeit der Entführung mit dem Programm des Staatsfernsehens abgestimmt. Als ich gesehen hatte, daß um 20 Uhr ein Film über das ›Abnorme Leben asozialer Gruppen in östlichen Ländern‹ gesendet wurde, hatte ich gewußt, daß während der nächsten Stunde das ganze Personal vor dem eigenen oder dem gemeinsamen Apparat sitzen würde, um einen willkommenen Film aus dem auch in unserer Zeit faszinierenden Osten anzusehen. Ich hatte mir schon überlegt, was ich den Wächtern sagen würde – ich wollte einen Besuch bei Dr. Dimitri vortäuschen –, und ich machte mir über die späte Zeit keine Gedanken, weil wir schon zweimal nach 20 Uhr ausgefahren waren, ohne daß die Wächter etwas besonderes daran gefunden hatten. Rosalin wartete im Automobil auf mich mit kalten, zitternden Händen. Sie war nicht fähig, ein anderes Gefühl als Angst zu haben oder zu zeigen.

Ich hatte an alles gedacht, was nach meiner Meinung wichtig war, sogar an ein Fläschchen mit einem Betäubungsmittel für die zwei Kinder, falls die Situation es erfordern sollte.

Als ich allein auf dem orangefarbenen Teppich des Ganges, der das Hospital mit dem Aufenthaltsflügel verband, ging, spürte ich erst meine Angst, die ich in Anwesenheit Rosalins immer zu verbergen oder zu unterdrücken wußte. Ich sagte mir bei jedem lässig erfolgten Schritt, daß alles gut gehen würde und bis jetzt nichts gegen einen guten Ausgang spräche.

Trotzdem erschrak ich und zögerte merklich, als die Tür vor mir geöffnet wurde und eine Schwester heraustrat. Sie kam aus dem Fernsehraum. Ich lachte sie an und grüßte:

»Ach, sagen Sie mal, Schwester, lohnt es sich, den Film anzuschauen?«

Sie erwiderte meinen Gruß und antwortete: »Oh ja, Herr Jan! Er ist sehr spannend! Sie werden eine gute Schau verpassen, wenn ...«

»Das will ich aber ganz und gar nicht«, lachte ich, ging durch die offene Tür hinein und machte sie hinter mir zu.

Es waren fünf Personen im Raum, die in weichen Sesseln vor dem Apparat saßen und von der Handlung so sehr gefesselt waren, daß sie mich nicht einmal bemerkten. Ich blieb mit meinem wild pochenden Herzen neben der Tür stehen und wartete auf die Rückkehr der Schwester. Sie kam bald zurück; ich hatte richtig vermutet, sie hatte den Toilettenraum aufgesucht. Als sie mich stehen sah, deutete sie auf einen Sessel; ich flüsterte ihr aber zu, daß ich auch meine Frau an dem Genuß teilnehmen lassen wolle, und verschwand mit einem kurzen Nicken. Draußen angelangt, brauchte ich nur ein paar Schritte, bis zur nächsten Ecke, wo ich für einen Augenblick herzklopfend stehen blieb. Genau dort beschloß ich, den Rückweg zu vermeiden und lieber durch ein Fenster in die Freiheit zu gelangen.

Am Ende des schwach beleuchteten Ganges öffnete ich die erste Tür, auf der die Umrisse eines Jungen abgebildet waren, und im grünen Licht des kleinen Raumes sah ich zum ersten Mal das Gesicht meines Sohnes; ich erkannte die Konturen seines Körpers unter der Bettdecke. Auch in dieser Situation fühlte ich, wie mein trockener Hals mich schmerzte und mich der Gedanke überwältigte: dieses Kind wäre in zwei Tagen mein ›Spender‹ geworden.

Mit Entsetzen nahm ich plötzlich wahr, daß der Junge an einen Computer angeschlossen war, der leise summte und ein Datenblatt langsam hervorbrachte. Ich wußte zugleich, daß der Junge unter leichter Narkose stehen mußte, und entfernte entschlossen die beiden Verbindungskabel von seinem Kopf und seinem linken Arm. Er bewegte sich leicht, aber die Augen blieben geschlossen.

Ich nahm ihn aus dem Bett, hielt ihn fest in den

214

Armen und ging raschen Schrittes aus dem Zimmer. Ich beschloß, beide Kinder auf einmal hinauszubringen, denn ich war mir nicht sicher, ob vielleicht jemand nach dem Computer sehen würde.

Auf der anderen Seite des Korridors waren die Mädchenräume, im letzten befand sich meine Tochter. Ich ging mit dem Jungen in den Armen hinein und sah das gleiche Bild wie eben; auch sie war an einen Computer angeschlossen. Ich führte die gleichen Handgriffe aus und kam bald aus dem Zimmer mit der schweren Last der zwei Körper meiner Kinder, von denen ich nicht sagen konnte, wie sie aussahen. Nur eins wußte ich, als das Fenster offen war: Es waren meine Kinder.

Es schien mir eine Ewigkeit, bis ich und die beiden noch schlafenden Kinder draußen im Hof waren. Hier mußte ich das Risiko, gesehen zu werden, in Kauf nehmen und aufrecht im hellen Licht bis zum Automobil gehen.

Es waren fünfzig Meter Spießrutenlaufen ... Ich überstand sie, aber ich mußte dann eine ganze Minute zitternd auf dem Fahrersitz verbringen, keuchend und mit einem Herzen, das bis zum Zerspringen klopfte. Rosalin half mir, die Kinder in ihren Verstecken unterzubringen, ohne ein einziges Wort zu sagen. Ich sah sie kurz an, sie erwiderte meinen Blick schweigend, und dann fuhr ich los.

Der Posten kam nur bis zum Fenster seines Wachhäuschens und wartete auf meine Erklärung. Ich gab sie ihm:

»Wir fahren zum Verwaltungskomplex. Wahrscheinlich kommen wir erst morgen zurück, gute Nacht.«

Er nickte und machte uns das Tor auf.

»Das wäre geschafft«, sagte ich Rosalin, als wir auf der leicht ansteigenden Straße fuhren.

»Werden sie es nicht merken?« fragte sie.

»Wir wollen hoffen: nein!«

Ich sagte nichts von den Computern.

»Und wenn?«

»Daran wollen wir nicht denken, wir werden sehen. Wahrscheinlich ist es nicht.«

»Hast du sie betäubt?«

Jetzt mußte ich von den Computern erzählen:

»Nein, sie waren schon betäubt, man hatte sie an den Kontrollcomputer angeschlossen.«

»Sie werden es bemerken! Wenn sie nachsehen gehen!«

»Rosalin«, sagte ich mit beruhigender Stimme, obwohl auch ich an diese Möglichkeit dachte, »wir haben vor uns zwei Kontrollposten und nur ungefähr dreißig Kilometer Fahrt. Wir werden beides hinter uns bringen, ich bin davon fest überzeugt. Ich sagte dir, im Staatsfernsehen läuft gerade ein interessanter Film. Wir schaffen es schon.«

»Gut, Jan. Gut ...«, sagte sie nur, warf einen Blick nach hinten und dann blieb sie still.

Ich fuhr auf der nassen Straße so schnell ich konnte, trotzdem darauf bedacht, vor den Kontrollposten die Geschwindigkeit zu drosseln. Wir passierten beide ohne Schwierigkeit, und nach dem zweiten sagte ich:

»Es ist gleich so weit. Von hier bis zum Ausgang sind es nur vier Kilometer. Wenn wir dort sind, leg dich zurück und tue so, als ob du schläfst. Niemand von den Wächtern dort weiß, warum wir hier sind, und niemand wird etwas dabei denken, wenn wir hinauswollen. Ich werde schon eine glaubhafte Erklärung finden.«

Sie nickte nur, sie sagte nichts, sie vertraute.

Wir sahen schon die Lichter des äußersten Ausgangs der ›Gesellschaft für Forschung, Technik und Genetik SB‹, als wir die Alarmsirenen heulen hörten. Wir wußten im gleichen Augenblick, was das bedeutete. Ich wollte erst mit höchster Geschwindigkeit durch das Tor fahren, aber sogleich war mir klar, daß das nicht realisierbar wäre. Ich stoppte.

»Und jetzt?« fragte Rosalin kaum hörbar.

Ich gab ihr keine Antwort. Ich wußte, daß es jetzt ausgeschlossen war, mit dem Automobil aus dem Bereich der Gesellschaft auszubrechen. Wenn eine Chance bestünde, dann nur zu Fuß.

»Und jetzt?« fragte sie zum zweiten Mal.

Ich wollte sie nicht verletzen, aber ich forderte sie barsch auf, still zu sein. Sie gehorchte. Ich sagte weiter:

»Es ist nicht alles verloren, laß mich bitte überlegen. Eins steht fest: Mit dem Automobil können wir nicht durch. Auch auf der Straße können wir nicht bleiben. Links von uns ist die Ebene, leicht hügelig, wir können eventuell bis zu dem Zaun über die Wiese fahren ... Wenn sie das Automobil nicht finden, werden sie vermuten, daß wir damit nach links gefahren sind. Sie wissen, wo wir ungefähr sind, wir fahren also nach rechts, so weit es geht. Es wird steil. ... Geh bitte nach hinten, wir holen die Kinder aus dem Versteck heraus ... Sie könnten sich sonst verletzen.«

Sie tat, was ich sagte, ich sah sie an, wie sie kurz danach auf dem Rücksitz saß, mit beiden Kindern rechts und links zu ihrer Seite. Plötzlich waren sie wach. Ich sah es nicht, aber Rosalin und ich hörten, wie der Junge und das Mädchen riefen:

»Onkel?«

»Tante?«

Ich überlegte verzweifelt, was ich ihnen sagen sollte, und erwiderte mit leiser Stimme, ruhig und doch geheimnisvoll:

»Jawohl, wir sind da! Der Onkel und die Tante! Stellt keine Fragen und macht mit! Wir spielen auf dem Gelände mit dem Automobil! Einverstanden?«

Sie gaben keine Antwort, was hätten sie sagen sollen?

»Auf jeden Fall bleibt ruhig!«

Rosalin umarmte beide, streichelte ihnen das Haar und die Wangen und sprach unverständliche beruhigende Worte.

»Halte sie fest, Rosalin! Es wird schon gehen.«

Ich bog rechts von der Straße ab und fuhr mit fast ›heulendem Motor‹ – wenn man überhaupt von einem heulenden Elektromotor sprechen kann – den noch nicht sehr steilen Hang hinauf. Von hier aus mußten wir nach ein bis eineinhalb Kilometern den Zaun finden.

Und es kam, wie es kommen mußte, wenn man keine Zeit hat, an den nassen Boden zu denken. Nach wenigen Metern drehten die Räder durch. Ohne lange zu überlegen, ließ ich das Automobil bis zur Straße zurückrollen, bog diesmal nach links ab, fuhr, so schnell es ging, auf die Wiese und hoffte zugleich, daß wir auf diese Weise weit genug fahren könnten, bevor wir erneut im feuchten Boden steckenblieben.

Es ging besser, als ich erwartet hatte, obwohl ich mir mit den ausgeschalteten Scheinwerfern wie ein Blinder vorkam. Die verrückte Fahrt dauerte nach meiner Schätzung mehr als einen Kilometer; ich hoffte, uns mit dem Automobil bis zum Zaun bringen zu können, sah die dunklen Baumgestalten des Waldes, spürte, wie mir der Schweiß am Körper herablief und übersah den

Bach, in den das Automobil krachend seine Schnauze bohrte ... Ich schlug mit dem Kopf an die Scheibe und dachte, das Ende sei gekommen.

Ich hörte die Kinder weinen, schmeckte auf meinen Lippen das Blut, das mir aus der Nase rann und vernahm die Stimme Rosalins, die meinen Namen rief:

»Jan! Jan!«

»Ich bin in Ordnung«, beruhigte ich sie sofort, «nur raus hier!«

Wir holten die Kinder aus dem Automobil und befanden uns gleich danach zu Fuß auf der Flucht.

Ich wußte nicht, wie weit der Zaun noch entfernt war, ich versuchte, mit beiden Kindern auf den Armen, keuchend, mindestens die Richtung einzuhalten.

Wir gingen die Böschung hinauf, so schnell wir nur konnten. Ich merkte, wie meine Kraft unter dem Gewicht der beiden Körper rasch abnahm, und machte bei den ersten Bäumen des kleinen Waldes halt.

»Nur kurz, Rosalin, nur kurz ...«

Ich ließ die Kinder auf den Boden gleiten, sie blieben stehen, wahrscheinlich waren sie voller Angst, naß bis auf die Knochen und froren in den dünnen Schlafanzügen. Ich zog meine Jacke aus, überlegte einen Moment und hüllte dann das Mädchen ein. Beide weinten, wie konnten wir sie beruhigen?

»Was kann ich tun, Jan?« fragte Rosalin mit einem Schluchzen. »Die Kinder ...«

»Nichts, Rosalin, nichts! Wir sind zwei Fremde für sie, sie werden nichts verstehen!«

»Wir sind doch die Eltern, Jan! Vater und Mutter!«

»Nichts, Rosalin! Sie können nichts davon verstehen. Nur beruhigen ...«

Die zwei kleinen Gestalten zwischen uns weinten unaufhörlich. Ich holte aus der Jacke, die nun das

Mädchen schützte, die kleine Taschenlampe, die ich für alle Fälle mitgenommen hatte, und sagte:

»Stell dich davor, ich möchte das Licht anknipsen. Es beruhigt sie bestimmt.«

Sie tat es, und ich knipste die Taschenlampe an. Zuerst leuchtete ich in mein Gesicht und sagte:

»Habt ihr mich nie gesehen? Ich war doch vor einem Jahr bestimmt bei euch und brachte euch Schokoladeneier. Mit dem alten Onkel?«

Ich sah, wie beide mich kurz mit ängstlichen Augen ansahen und dann weiterweinten. Rosalin kniete plötzlich daneben. Ich versuchte, sie zurückzuhalten.

»Nein, Rosalin! Erzähle nichts und laß mich machen!«

»Ich will sie nur sehen«, sagte sie mit ruhiger Stimme.

»Wir haben noch viel Zeit vor uns. Das wirst du morgen lange genug können.«

»Ich will sie nur sehen«, wiederholte sie bestimmt, und ich ließ sie gewähren.

Ich stand auf, ich schützte mit meinem Körper alle drei und versuchte, die Gesichter der Kinder indirekt zu erhellen. Für einen Moment dachte ich an die Berghütte und daran, daß ich vergessen hatte, Rosalin zu fragen, woher sie die Gesichtszüge der Kinder kannte. Rosalin versuchte, den Schmutz von den Wangen des Mädchens zu entfernen und flüsterte ihm immer wieder zu:

»Weine nicht, kleines Mädchen, weine nicht ...«

Sie wandte sich dem Jungen zu, tat bei ihm das Gleiche und wiederholte:

»Weine nicht, großer Junge, weine nicht ...«

Sie streichelte das blonde Haar des Jungen und küßte ihn auf die Stirn, sie entfernte die Blätter zwischen den nassen Haarsträhnen des Mädchens und küßte es ebenfalls. Ich stand davor und schützte sie, und ich fühlte, daß ich imstande wäre, eine Ewigkeit so stehen zu bleiben.

Der Lichtstrahl eines Suchscheinwerfers von der entfernten Straße konnte unsere Umrisse im Schutz der Bäume nicht erfassen, aber er deutete darauf hin, daß die Wächter auf der Suche waren. Die Spuren, die die Räder auf dem Gras hinterlassen haben mußten, wurden sie bis zu uns führen. Ich faßte Rosalin am Arm und sagte:

»Wir müssen zum Zaun, Rosalin. Danach wird es leichter. Wir nehmen die Kinder an die Hand ...«

Sie gehorchte, ohne ein Wort zu sagen, sie nahm die Hand des Mädchens, ich knipste das Licht aus und nahm die Hand des Jungen.

Wir gingen durch den Wald, der bald zu Ende war. Weiter rechts, vielleicht zwei Kilometer entfernt, konnte ich den beleuchteten äußeren Ausgang erkennen.

Würden wir den Stacheldraht überwinden können? Und wie? Wir rannten den kleinen Hang hinunter und stießen wieder auf den Bach, der dem Automobil zum Verhängnis geworden war. Als ich sein Rauschen vernahm, dachte ich daran, daß er uns die einzige Möglichkeit bot, den Stacheldraht zu überwinden. Ich hatte kein Werkzeug, nur meine Hände, und hoffte, die Pfähle wären so vom Wasser unterspült, daß ich sie herausnehmen könnte. Falls ein Zaun dort überhaupt da wäre ...

Er war da, und obwohl er ein neues Hindernis für uns bedeutete, faßte ich dankbar in seine Stacheln, als er plötzlich vor uns auftauchte.

»Wir sind da!« rief ich mit wachsender Erregung.

»Höre gut zu, Rosalin. Du bleibst hier mit den Kindern, und ich versuche, das Bachbett zu durchwaten. Ich will sehen, ob es notwendig ist, Pflöcke herauszureißen.«

Sie nickte stumm und blieb am Ufer stehen. Sie hielt die beiden Kinder an der Hand. Ich ging den Stacheldraht entlang in den Bach hinein. Als ich in der Mitte war, knipste ich die Taschenlampe an. Ich sah sofort, daß die Befestigung sehr lose war und das schnell fließende Wasser immerhin eine Menge Holz herangetrieben hatte. Damit konnte ich die Drähte über das Wasser hochhalten oder nach oben schieben.

Ich steckte die Lampe in die Hosentasche und arbeitete fieberhaft. Schnell hatte ich die Drähte auf meiner Seite mindestens fünfzig Zentimeter über dem Lauf des Wassers befestigt, Raum genug zum Durchschlüpfen. Zugleich hatte ich festgestellt, daß der Stacheldraht nicht bis zum Boden reichte, so daß bei ungefähr einem Meter Wasserstand die Kinder aufrecht hinübergehen konnten.

Ich bückte mich, so tief es ging, und arbeitete mich unter dem Zaun hervor, um auch die andere Seite auf ähnliche Weise zu befestigen.

Von den Suchscheinwerfern war nichts zu sehen.

Ich erledigte auch diese Arbeit sehr schnell, und als ich fertig war, rief ich Rosalin zu:

»Ich bin fertig. Ich komme und hole euch.«

Bei dem Versuch, wieder gebückt den gleichen Weg durch den Bach zurückzulegen, rutschte ich aus und wurde vom Wasser mitgerissen. Gleichzeitig schlug ich mit dem rechten Knie auf einen Stein und stieß einen Schmerzensschrei aus.

Ich hörte Rosalin rufen:

»Jan! Jan!«

Ich fand etwa zehn Meter stromabwärts wieder Halt. Mein Knie schmerzte stark, und ich zog mich mit Mühe aus dem Wasser an das Ufer hinauf. Ich humpelte zum Stacheldraht, aber bevor ich dort ankommen konnte, begann der Anfang vom Ende.

Zuerst sah ich die Suchscheinwerfer der Wächter von der kleinen Anhöhe aus, die wir vor kurzem heruntergekommen waren, den Bach anleuchten und dann rasch zum Stacheldraht herüberwandern. Ich sah, wie Rosalin, die neben dem Stacheldraht allein stand, sich jählings den Scheinwerfern zuwandte, auf dem feuchten Boden ausrutschte, auf die Drähte nach hinten fiel und hängenblieb. Dann hörte ich ihren Schrei und sah das grausame Zittern ihres Körpers, der vom Stacheldraht geschüttelt wurde. Ich konnte mir das nicht erklären. Ich sah die Kinder, wie sie zu den Wächtern rannten und

»Onkel! Onkel!«

»Tante! Tante!« riefen, und wunderte mich über Rosalins Schweigen.

Ich näherte mich dem Zaun, näher und näher, ohne ein Wort zu sagen, und hörte dann die Wächter rufen:

»Bleiben Sie weg vom Zaun! Er steht unter Strom! Bleiben Sie weg vom Zaun ...«

Ich hörte die Worte, ich hörte das Rauschen des Baches, ich hörte die Kinder, und ich stand doch vor dem Zaun, zwei Meter von Rosalin entfernt, ich sah ihr Gesicht und ihre Todesangst und ich hörte sie nicht ›Jan‹ rufen und ich wollte, daß sie ›Jan‹ rufe und ich schrie sie an:

»Ruf mich! Ruf mich!«

Ich vergaß, wo ich war, ich vergaß den Regen, das Wasser im Bach, die Wächter und die Kinder. Ich kniete plötzlich auf dem Boden, und ich dachte ... Es ist so hell im Sommer und so warm und so schön im goldenen Sand bis auf ... Ja, bis auf das dumme Mädchen, das im Meer schwimmen will, ohne schwimmen zu können, und mich dazu zwingt, sie zu retten, hier an den Strand zurückzubringen, die nun endlich die Augen öffnen und mich beruhigen wird, daß die Mühe nicht umsonst gewesen ist, die ... so schönes Haar hat, herrlich blaue Augen, deren Farbe sie wohl dem tiefen Meer gestohlen hat. Ich weiß, wie sie bald erleichtert weinen wird, und ich weiß, ich werde sie beruhigen und ihr sagen:

»Es ist schon gut, kleines Mädchen, es ist alles wieder gut.«

Sie wird mir zwar keine Antwort geben, aber ich bin doch sicher, wenn ich sie anschließend frage:

»Wie heißen Sie denn?« wird sie ihren Arm nur ein wenig verschieben, sie wird mich mit halboffenen Augen ansehen und antworten:

»...«

Diesmal aber hatte ich mich getäuscht. Sie gab mir keine Antwort.

Rosalin.